織田信奈の野望　安土日記 2
小早川隆景の初恋

春日みかげ

ファンタジア文庫

2674

口絵・本文イラスト　みやま零

目次

巻ノ一　旅のはじまり　安芸厳島《あきいつくしま》

「……小早川《こばやかわ》さん」

「良晴《よしはる》。織田《おだ》家と戦いたくないきみの気持ちはわかる。でも、誰《だれ》かが天下を統一しなければ、戦乱は終わらない。どうか私に力を貸して……お願い」

「わかった。俺は小早川さんのために、戦うよ」

「もしも私が勝てたら、きみの居場所を定めて。ずっと、私の隣《となり》にいると。それまで、返事は待つから」

「ああ。小早川さんの言うとおりにするよ」

「ありがとう。これで、勝てる。勝ってみせる。みんな、私に力を貸して。お願い」

これは、相良《さがら》良晴が記憶《きおく》を喪失《そうしつ》して、毛利《もうり》家に仕官していた時の話。

小早川隆景《たかかげ》と村上《むらかみ》水軍による「明石《あかし》上陸作戦」の途中《とちゅう》。

未来人の相良良晴は、小早川隆景率いる村上水軍に、来たるべき「第二次木津川口《きづがわぐち》の合戦」で織田家が開発した「鉄甲船《てっこうせん》」に倒《たお》される未来が迫《せま》っていることに気づいたのだった。

「一度目は村上水軍が九鬼《くき》水軍を徹底的《てっていてき》に打ち破って毛利が勝つ。この合戦はすでに起きている。でも小早川さん、二度目は——九鬼水軍が村上水軍を殲滅《せんめつ》するんだ！　毛利は大敗する！　織田信奈《のぶな》は知らないが、織田信長《のぶなが》ならば、二度目の決戦で村上水軍を討《う》ち滅《ほろ》ぼす！　日本人が、いや南蛮人《なんばんじん》すらまだ見たことがない新兵器を開発して、木津川口にそれをぜんぶ一気に投入してくるんだ！」

「な、南蛮人すら見たことがない新兵器？」

「ほう。小僧《こぞう》、そんなものが？」

瀬戸《せと》内《うち》の海賊《かいぞく》王・村上武吉《たけよし》が首を捻《ひね》り、小早川隆景が「いくら私でも、そのような未知の兵器には対応できない」と困ったように眉《まゆ》を下げた。

「では、私は……私に従ってくれている海賊たちは……毛利家は……」

「小早川さん、だいじょうぶだよ。俺が、知っている。織田信長が投入してくる新兵器がどんなものかを知っている者がいれば、小早川さんならあらかじめ策を練ることができる。歴史を変えることになるが、俺が、小早川さんを勝たせる！」

「……良晴」

「ぎりぎりの戦いになるだろうが、勝つ方法はある！」

「……ありがとう」

良晴は、感極《きわ》まって震《ふる》えている隆景の身体《からだ》を強く抱《だ》きしめていた。

自分の全身が熱く燃えていることに、良晴は気づいた。

合戦への恐怖《きょうふ》も、戦国時代に流されてきたことへの不安も、すべて消えていた——。

(俺は毛利家の仲間たちと一緒《いっしょ》に必ず小早川さんの運命を変えてみせる、たとえ日《ひ》ノ本《もと》の歴史を書き換《か》えてしまうことになるとしても！)

しかしこの時点で、織田家と毛利家・大坂本猫寺《おおさかほんびょうじ》との停戦期限が切れるまでは、もう半年もない。

「第二次木津川口の合戦」に勝利するために。

相良良晴と小早川隆景、そして毛利家の面々による冒険《ぼうけん》の旅がこれよりはじまるのだった。

※

「そんなわけで俺は、対織田水軍決戦に勝利するための作戦会議にみんなを招集したのだけれど……なぜその俺が、厳島神社の隠《かく》し廊下《ろうか》を忍《しの》んでいるんだろう？　う、宇喜多《うきた》さん？」

「オレはただの道案内役さ。『女殺し』を極《きわ》めて、色の道も恋《こい》の道も味わい尽《つ》くしてすでに涸《か》れた男だからな。うっ、オレさまの黄金の腰《こし》が。いいか小僧、これは未来語で言うところのチャンスだ！　小早川のお嬢《じょう》は軍議前に厳島神社の舞台《ぶたい》で踊《おど》る！　だから着替《きが》え部屋で巫女《みこ》服に着替える！　そこを覗《のぞ》け！　そして押し倒せ！」

ほっかむりを被《かぶ》った相良良晴と宇喜多直家《なおいえ》は今、腰を曲げながら狭《せま》い隠し廊下を突《つ》き進んでいる。

「おおおお俺がここここ小早川さんをおおお押し倒すって、そんな。二人は健全なおつきあいをしているんですよ。エロゲーじゃあるまいし」

「ああもう。それでも相良良晴か、てめーは！　ここは戦国時代だ！　お嬢のてめーへの好感度はすでにＭＡＸだ、フラグは立った！　お前はもう、小早川隆景ルート入りしてるんだよ！　それなのに『織田家に勝つまで、小早川さんと祝言《しゅうげん》をあげるかどうか返事は保留する』とか言って良《い》い子ぶってんじゃねえぞ小僧！　オレさまは、そういう死亡フラグを立てて童貞《どうてい》のまま戦場に散っていくガキを腐《くさ》るほど見てきたんだッ！」

「うーん。宇喜多さんにギャルゲー知識と未来語を教えすぎたな……戦国武将の発言には聞こえない」

「小僧！　戦国の人間の命は短い！　明日にも船が沈没《ちんぼつ》してお嬢と永遠に別れることになるかもしれねえんだぞ！　後悔《こうかい》のないように生きろッ！」

「い、一理ある！　しかし狭いよ。宇喜多さんが俺のファーストキスの相手になっちゃいそうだ。くっつかないでほしいなあ」

「隠し廊下だからな。こらえてつかあさい」

宇喜多直家は（織田家の記憶が頭のどこかに残っているらしく、お嬢と恋仲になっていながらいまいち押しが弱い小僧をけしかけてお嬢を押し倒させる！　オレはお嬢の覚えめでたく、「裏切りの武将」から「忠義の男」に格上げ。宇喜多家と秀家《ひでいえ》は未来永劫安泰《えいごうあんたい》だ。小僧、せいぜい利用させてもらうぜ。うひ、うひひひ）とほくそ笑みながら、良晴の背中とお尻《しり》をずんずんと押して巫女専用の「着替え部屋」へと連れていった。

「着いたぞ。まずは宇喜多家伝来の秘密兵器『坪錐《つぼきり》』を用いて、覗き穴を開けてやる……本来は暗殺用の道具だがな。お嬢が中にいることを目視で確認したら、突入《とつにゅう》しろ。あとはお前一人でやれ、ビビるな。お嬢はお前を待っている。男なら『壁《かべ》』を乗り越《こ》えろ！」

宇喜多さんってなんて親切な人なんだ、と感動しながら良晴は覗き穴を覗いてみた。

「着替え部屋」の中では――。

「巫女服はきついのう、輝元《てるもと》。わらわは涼《すず》しいのが好きでの。おへそを出したいのじゃ」

「てるも、巫女服苦手～。でも隆景にお尻ぺんぺんされたくないから、がんばって踊らなきゃ～」

「秀家はキリシタンですから、巫女服を着たことがありません。緊張《きんちょう》します。お父さまは喜んでくださるでしょうか」

「ぬな。秀家はあれじゃの。ちょっとおっぱいが膨《ふく》らんできたようじゃの」

「ええ？　そ、そんなことはありませんよ？　た、たぶん」

「いいな～。早熟だな～。秀家は毎日瀬戸内の海を遠泳しているから、成長が早いのかもねっ？」

「はい。遠泳だけには自信があります。厳島と小豆島《しょうどしま》を泳いで往復できますよ。ふふっ」

「フカに食われぬようにの。そちが食われたら、親バカな宇喜多直家が精神崩壊《ほうかい》してなにをやらかすかわからぬのじゃ」

　毛利家に居候《いそうろう》していることも将軍・足利義昭《あしかがよしあき》。

　父・隆元《たかもと》が早世したために毛利家の「三代目」を襲名《しゅうめい》した幼女大名・毛利輝元。

　悪辣《あくらつ》な父親にまったく似ていない無垢《むく》なキリシタンの姫《ひめ》・宇喜多秀家。

　毛利家が誇《ほこ》る「ちびっ子三人組」が馴染《なじ》みの衣装を脱《ぬ》いで、裸《はだか》んぼうでわいわいと騒《さわ》ぎあっていたのだった。亡《な》き山本勘助《やまもとかんすけ》が目撃《もくげき》していたら「うおお、こっ、この世に桃源郷《とうげんきょう》があ～っ!?」と鼻血を噴《ふ》いて昇天《しょうてん》していたことは間違《まちが》いない。

「外れですよ宇喜多さん。部屋の中にいる子は、秀家、義昭ちゃん、輝元。つるぺたの幼女三人組ですよ。でも、秀家はけっこう発育が早いかも……げふうっ!?」

良晴は「しまった」と悔《く》いたが手遅《ておく》れ。激昂《げきこう》した直家が泣きながら良晴の腹にパンチを入れ、首根っこを摑《つか》んでずるずると引きずっていた。

「おおおおお、オレの秀家の裸を覗いてんじゃねえ、小僧〜！　嫁入《よめい》り前の秀家を穢《けが》すんじゃねえええええ〜！　部屋は『二つ』あった！　小早川のお嬢は隣だ！　隣の部屋だ！」

「宇喜多さんが間違えたんじゃないですか。酷《ひど》いや。それに俺、露璃魂《ろりこん》じゃないし」

「う・る・せ・え！　色恋を極め尽くしたオレさまが露璃魂に転向してなにが悪いーっ！　もう打算と欲望《よくぼう》と虚飾《きょしょく》に満ちた大人の女はこりごりなんだよっ！　オレの露璃魂道はいわば出家！『方丈記《ほうじょうき》』！　サンキュー露璃魂、フォーエヴァー露璃魂！　だがな、小僧！　イエスロリータノータッチという至高の格言を忘れるなあ！」

「ちょ。ちょっと待って。心の準備が。やっぱりよくないよ宇喜多さん」

「子犬のようなつぶらな瞳《ひとみ》でオレを見るな！　気持ち悪いんだよ！　お前、それでも尾張《おわり》のエロザルかーっ！」

「いやぁだから、その『尾張のエロザル時代』の記憶がなくてさ、俺。織田家の家風に当てられて躁《そう》状態だったんだろうか……」

宇喜多直家は「もう時間がねえ。巻くぞ！」と隣の着替え部屋の扉《とびら》にシコロを差し込み、ぎりぎりと隙間《すきま》をこじ開けて、「こんどこそ小早川のお嬢が待っている。行け小僧！」と良晴の身体を室内へ押し込んでいた。同時に、失敗した時の責任逃《のが》れのために自らは脱兎《だっと》の如き勢いで現場から離脱することも忘れない。もしも生真面目な隆景が激怒したら「すべては小僧一人の犯行ですぜ」と言い逃れするつもりなのだ。

うーん。宇喜多さんは親切な人だけどけっこう無茶苦茶するなあ……と困惑《こんわく》しながら、良晴は「二つめ」の着替え部屋へと転がり込んでいた。

狭い室内には、甲冑《かっちゅう》を脱いで素肌《すはだ》を晒《さら》した小柄《こがら》な姫武将が一人。

その涼やかな短髪《たんぱつ》と、お人形のような整った顔立ち、そして慎《つつ》ましやかな胸の膨らみ具合——きょとんとして立ちすくんでいる姫武将と目を合わせた良晴は、

(こここ小早川さんだ！　うわあああ、この世に桃源郷があ〜っ!?　ありがとう宇喜多さん！　俺、一生涯《いっしょうがい》あなたの善意に感謝します！)

と、まだ宇喜多直家にいいように利用されていることに気づかぬまま、ゆっくりと立ち上がって、そして姫武将の小柄で華奢《きゃしゃ》な身体をそっと抱き寄せていた。なんて綺麗《きれい》なんだ！　これ以上じろじろ眺《なが》めていたら理性を失ってしまう！　とあわててしまい、思わず距離《きょり》を詰《つ》めていたのだ。

少女はかちこちに固まったまま動かない。しかし、良晴を止めようともしない。されるがままだ。

「……あ、あ、あの、その……よ、良晴？」

「ごごごめん！　え、ええと、その。し、忍んできたんだ」

「以前、接吻《せっぷん》寸前まで行ったのに、なぜか俺は躊躇《ためら》ってしまった。でも俺はもう、毛利家を守る、織田家に勝つと決意した。だから、今日こそは」

今まで「彼女」がいたことがなかった良晴には、この先どうすればいいのかさっぱりわからない。こういう時にはまず「接吻」をすればいいのか、それともおっぱいを触《さわ》ればいいのか？　いや待て！　いきなり胸はダメだろう！　それは、がっつきすぎだ！　相手はうぶで繊細《せんさい》な小早川さんだ。そう思うと（やっぱり無茶だったんじゃあ）と逃《に》げたくもなったが、ここで目を潤《うる》ませて震えている小早川さんを放りだして逃げるというのも違う気がする。それでは男失格、彼氏失格だ。宇喜多さんの言うように、行くしかない。髪《かみ》か。ふうわりと潮の香《かお》りがする髪を撫《な》でればいいのか。それとも、それとも……!?

「ほ、頬《ほお》を撫でていいかな。せ、接吻は、そ、それから……」

「あ……ほ、頬を……な、撫でるな……ほわ～ん……」

こここれでいいのだろうか？　頬を撫でられて嫌《いや》がらないだなんて、ほんとうに小早川さんと俺は恋人同士なんだな、と良晴は思わず涙目《なみだめ》に。守りたい、この女の子を、たとえ歴史を改竄《かいざん》することになろうとも。

「せ、せ、接吻するよ？　そ、そ、それとも、む、む、胸を触ったほうが……？　お、俺、経験ないから順番がわからなくて」

「ええと……む、胸？」

「わ、わかった。ううっ。緊張するなあ……い、い、いきます、こ、小早川さん！　えい！」

「うひゃっ？　って、ちょ、ちょっと待て～！　『小早川さん』とはなんぞ、良晴!?　自分は隆景ではないけえね！　双子《ふたご》の姉の、吉川元春《きっかわもとはる》じゃ！　これ以上はいかんけえ！　こらっ揉《も》むな、しごうするぞ！」

「ま……またまた小早川さん。手遅れになってからそんな心臓に悪い冗談《じょうだん》、やめてくれよ。吉川さんの着替え部屋に乱入しておっぱいを揉むだなんて、そんなことやらかしたら俺の首はただちに落ちるじゃないか」

そうだな良晴。姉妹丼《しまいどん》を狙《ねら》うとは、ついに「尾張のエロザル」の本性《ほんしょう》が目覚めてしまったらしいな。きみは打ち首だ、死罪だ、と良晴の背後から「冷血の将」小早川さん特有の冷たーい声が響《ひび》いてきた。首筋には、日本刀。

「ええっ？　小早川さんが俺の背後を取っているっ？」

あれ？　それじゃあ、俺の目の前にいる小早川さんは……？

って、俺はすでに彼女の胸を掴んで揉んでいるのだが、それではこのおっぱいは……!?

「だだだだから、自分は吉川元春じゃけえ！　日の丸鉢巻《はちま》きを外したからって、妹と見違えるな～っ！　胸だって、自分のほうが少しでかいけえね！　触った時点で気づかんかあ！」

「えっ……えええええええええ⁉　しまった！　今まで女の子のおっぱいを触ったことなかったから、わからなかったあああ！」

「良晴。私という者がありながら姉者の胸を揉むとは、その罪、万死《ばんし》に値《あたい》する」

「うわーっ⁉　待って、小早川さーんっ⁉　これは不幸な勘違《かんちが》いなんだよ！　小早川さんと吉川さんを間違えたんだ、浮気《うわき》じゃないんだーっ！」

「こ、恋人《こいびと》を見間違えるとは、その罪、やはり万死に値する！」

「小早川さんと吉川さんは双子だし、小早川さんの裸を見ていると思い込んで混乱していたんだよーっ！」

「こら待て良晴！　自分の全裸《ぜんら》姿を見ておいて……しかも、胸まで揉んで……その言いぐさはなんじゃ～！　これじゃ自分は見られ損、揉まれ損じゃけえ！　隆景よ、良晴を簀巻《すま》きにして瀬戸内の海へ放り込め～っ！　しごうしたれ！」

「言われるまでもない姉者。船牢《ふなろう》で『殿《との》は私を肉奴隷《どれい》として調教していた時のことをまだ思いだしてくださいません、七難八苦です！』と悶《もだ》えている山中鹿之助《やまなかしかのすけ》と一緒《いっしょ》に、宮島《みやじま》の女神《めがみ》・弁才天《べんざいてん》への贄《にえ》としよう。私と良晴とには前前前世からの縁《えにし》があると信じていたが、気のせいだったとは残念だ。恋人の私を差し置いて、姉者の胸を先に揉むとは……たしかに姉者のほうがほんの少しだけ私より胸が大きいが……ゆ、許せない……！」

「待って。待って。宇喜多さーん、弁解してくれーっ！　俺の無実を証明してくれよ～！

って、宇喜多さんがいない！　まさか……逃げた⁉」
お、大人の男ってずるい……戦国の謀将《ぼうしょう》は友を捨て置いて修羅場《しゅらば》から平然と逃げるのか
あ！　ほろ苦い思いとともに、ちょっとだけ自分も大人に近づけた気がした良晴であった。

※

さて、そんな宇喜多直家の陰謀《いんぼう》が炸裂《さくれつ》する一騒動《そうどう》があったあと、軍議は「海に浮《う》かぶ神社」こと厳島神社で開催《かいさい》された。

「宮島さんの～♪　神主《かんぬし》が～♪」

「おみくじ引いて～♪　申すには～♪」

「「「今日も～♪　毛利は～♪　勝～ち勝～ち、勝～ち勝ち～♪」」」

双子の毛利両川《りょうせん》と、輝元・義昭・秀家の幼女トリオが揃《そろ》って巫女《みこ》姿で舞《ま》い踊《おど》り、聖なる島・宮島の厳島神社に祀《まつ》られる弁才天に戦勝を祈願《きがん》したあと。

「こほん。良晴をそそのかした主犯の宇喜多直家は厳島神社からそそくさと逃走《とうそう》したが、このままあれを軍議に入れると情報を織田家に売りかねないから、捨て置いて問題ない。軍議をはじめることとする」

まだ「私と間違って姉者の胸を揉むとは、許せぬ」と珍《めずら》しくつり目になっている小早川

隆景が頬を赤らめながら咳払《せきばら》いし、

「わわわ忘れるんじゃ、隆景！　うう。良晴め、躊躇《ちゅうちょ》なく摑みよって……おとなしそうな顔をして、やはり心のどこかに『尾張のエロザル』の血が眠《ねむ》っているけんね！」

隆景の双子の姉・吉川元春が「毛利上等」と書き込んだ日の丸鉢巻きを頭に巻いて「しゃもじ」をぽんぽんと叩《たた》いた。

「だから、ごめんなさいごめんなさい！　何度も謝ってるんだから許してよ二人とも。織田水軍を倒《たお》すための軍議なんだから……しかし、お、女の子のおっぱいって、あんな触り心地《ごこち》だったのか……」

こってり双子に叱《しか》られたわれらが相良良晴は、まだ指に残る感触《かんしょく》を忘れられないらしく、元春に「ぽこん」としゃもじで頭をはたかれるのだった。

そんな毛利両川と良晴の仲立ちをする、毛利家が誇る幼女トリオ。

「良晴お兄ちゃんは、さっさと隆景と祝言《しゅうげん》あげちゃえばいいのに〜。織田家に勝つまでは清い交際を、とか言っているから事故が起きるんだよ〜？　間違って元春の寝床《ねどこ》に夜這《よば》いをかけて赤ちゃんできちゃったら、三本の矢がへし折れて『毛利両川大戦』がはじまっちゃうよ？」

毛利両川が「当主」として担《かつ》ぐ幼い三代目・毛利輝元。毛利家の仕事は両川にお任せで基本的にお茶会三昧《ざんまい》、あまりお仕事はしていないが、今日は「毛利家の運命を決める重大軍議」ということで乗り出してきた。

「お父さまがまたしてもみなさんにご迷惑《めいわく》をかけて、すみません、すみません。毛利両川さんも、良晴さんを許してください。すべては純真な良晴さんをそそのかしたお父さまのせいなんです」

裏切りご免《めん》の父・直家とは似ても似つかない純真な姫《ひめ》武将・宇喜多秀家。

「うむ！　お年頃《としごろ》の良晴が女の子のおっぱいに興味を持つのは自然なことじゃ！　むしろ戦場で若い男武士が禁欲《きんよく》を貫《つらぬ》くと、裏返って『衆道《しゅどう》』に奔《はし》るかもしれんぞえ。村上水軍にも、最近は衆道に目覚めた輩《やから》が出現したとの噂《うわさ》もある。そもそも隆景は、姉に先を越《こ》されたことを怒《おこ》っておるのじゃ。この場で隆景のおっぱいを揉むがよいぞ、良晴。それで仲直りじゃ。ほ、ほ、ほ」

そして、毛利家に押しかけてきた「元祖本家正統将軍」こと、こども将軍の足利義昭。すっかり良晴に懐《なつ》いているらしく、良晴の膝《ひざ》の上に座っている。

「将軍さま!?　わ、私は、姉者に焼《や》き餅《もち》を焼いているわけでは。そ、そうではなくて、良晴が神聖なる厳島神社でいやらしいことをしたから怒っているだけで……うう」

「ほっほっほ。お堅《かた》いのう隆景。恋の道はの、もっと素直にならねばならんぞ。このお手紙将軍が、隆景のおっぱい触り放題、と許可証を書いてやろう」

「う、うるさい黙《だま》れ！　ううう。者ども！　このこども将軍を瀬戸内の海に沈《しず》めろ！」

「ひえっ？　隆景が怖《こわ》いのじゃ～っ！　相良良晴、わらわを守るのじゃ！」

「ここ小早川さん、落ち着いて。相手は子供なんだから！」

「……衆道、か……やはり自分の想像通り、村上水軍にそんな兆《きざ》しが……男ばかりの長い船旅の途中《とちゆう》では、互《たが》いに背中を預けて生死をかけあった男どもの友情がいつしか愛へと育つことも……ゴクリ……」

「姉者。だからそのおかしな妄想癖《もうそうへき》を直さないと、腐《くさ》るぞ」

「黙れ隆景！　そっちこそ恋人に指一本触《ふ》れさせぬお堅い暮らしを続けていると、せっかくの胸も成長が止まって腐るぞ。すくすく育っとる自分とは、どんどん差がつくけぇね」

「う、う……そんなことない、大きさなんてほとんど変わらないんだから！　姉者といえども許せぬ！　者ども！　姉者を簀巻きにして、瀬戸内の海へ」

「いいや！　自分のほうが、ちょっとだけでかいんじゃ～！」

「まだ言うか！　うるさい黙れ！　この瀬戸内の海の広さから比べれば、われらの胸の大きさはほとんど同じだ！」

「そっちこそ黙れ！　海にたとえるならば女の子の胸は殿方に揉まれれば満ち、揉まれねば引くというぞ隆景」

「その言葉、姉者といえども聞き捨てならぬ」

困ったなあ。宇喜多さんのおかげで軍議がぐちゃぐちゃだよ、毛利家が誇《ほこ》る「三本の矢」

体制が折れてしまう、と良晴が頭を抱《かか》えていると。

「ほいっ！　景さまも、吉川の姉上さまも、仲良く！　ここは虫けらのこの僕が良晴さまの代わりにお仕置きを受けるということで、どうか手打ちに！　景さま！　さあ、僕を『虫けらめ〜』と罵《ののし》ってください！」

毛利家の庶子《しょし》——先々代・毛利元就《もとなり》が妻の妙玖《みょうきゅう》たんを失ったあと、側室との間にもうけた穂井田元清《ほいだもときよ》が、毛利両川の姉妹ゲンカの仲裁《ちゅうさい》に入った。

穂井田元清は毛利両川にとっては異母弟《いぼてい》で、毛利元就が姉妹に「元清は虫けらの如《ごと》き奴《やつ》じゃが、憐《あわ》れと思うならば捨《す》て扶《ぶ》持《ち》を与《あた》えて飼い殺しにしてやってくれぬか」とわざわざ言い残していったような不安定な立場にいる。

毛利元就は「智謀《ちぼう》の人」だったので、敢《あ》えて庶子の元清を虫けら扱《あつか》いすることで、自分の死後お家騒動に巻き込まれて粛清《しゅくせい》されかねない元清を守ったのだった。

そのことを知っている小早川隆景は、弟の元清に約十二万石《ごく》もの領地を与えて厚遇《こうぐう》しているのだが、毛利家に仕える家臣団が「毛利家の庶子だというだけで十万石越《ご》えは不公平、過大評価」と不満を抱《いだ》かぬよう、口では「虫けらめ」と元清を冷遇している。毛利家は領地こそ広大だがそのほとんどは山。石高が低いので、やりくりやら家臣団の統制やらでいろいろとたいへんなのだ。

その穂井田元清は小早川隆景を、弟としてこよなく崇拝《すうはい》し「景さま」と慕《した》っている。織田家から参入した相良良晴が村上水軍入りした際には「僕も良晴さまとともに景さまをお守りする立派な海賊《かいぞく》になります！」と志願して水軍入り。幼い海賊見習いとして、良晴と一緒に鍛《きた》えられた。今では、隆景と恋仲になった良晴をも「将来のお兄さま」と慕っている。出自ゆえに父親の愛に餓《う》えているせいか、年上のきょうだい分に懐きやすい性格らしい。

硬派《こうは》だった村上水軍の中に「衆道に目覚めた男がいる」という噂が立ったのは、どうやら、この幼くあどけない穂井田元清の半裸姿を見ているうちに、なにか心の扉《とびら》が開いた海賊がいるためらしい。「相良良晴×穂井田元清」派と「穂井田元清×相良良晴」派の対立もあるのだとか、ないのだとか。

しかし、それらの噂はすべて、戦国を代表する腐女子《ふじょし》・吉川元春の妄想だという説もある。吉川元春は戦場では天下無双《むそう》を誇る「剛勇《ごうゆう》の将」だが、ひとたび自宅に戻《もど》ると乙女心《おとめごころ》を補充《ほじゅう》するために「太平記」や「平家物語」の書写、さらには二次創作を手がけてしまい、脳内でカップリングを作らずにはいられないのだ。

ともかく、穂井田元清が「さあ景さま！　僕を虫けらと罵倒《ばとう》してください！　すべてのお怒《いか》りはこの僕が受け止めます！」と瞳《ひとみ》を輝《かがや》かせて迫《せま》ってくると、小早川隆景も吉川元春も困惑して姉妹ゲンカをやめざるを得ないのだった。

「……隆景。元清が日に日に山中鹿之助みたいになってきとるけんね。頬《ほお》を染めながら

『虫けらめ～』とかわいい声で罵倒のご褒美《ほうび》をやりすぎたおどれのせいじゃぞ、なんとかせえ」

「ご、ご褒美などではないんだから……し、仕方がない。元清に免じて良晴の罪は見逃《みのが》そう。今回だけだぞ」

有り難《がた》き幸せ！　と元清は隆景の前で這《は》いつくばり、さらに「良晴さま！　織田家との合戦に勝利したあかつきには、僕の十二万石は軍師として大功をあげた良晴さまのものに！　僕は虫けらですから千石の捨て扶持でじゅうぶんですっ！」と良晴に「毛利家残留願い」を猛《もう》アピール。

良晴は「い、いや、俺は恩賞は要《い》らないから」と遠慮《えんりょ》しながら、いよいよ本題を切りだした。

「小早川さん。吉川さん。みんなも聞いてくれ。織田家が開発しているであろう新兵器とは、『鉄甲船《てっこうせん》』だ」

「「「鉄甲船？？？」」」

「そうだ。明《みん》の商人や倭寇《わこう》が用いるジャンク船とも、南蛮のガレオン船ともまったく違う。織田信長は……あ、いや、織田信奈だったかな。ともかく織田家は、海上で自在に『火』を操る村上水軍の焙烙攻撃《ほうろくこうげき》・自爆《じばく》特攻攻撃に対応するために、船体を『鉄』で覆《おお》った巨大《きょだい》な船を造るんだ。船体を鉄で覆ってしまえば、火で燃やすことはできない」

「「「鉄でできた船？」」」

生牡蠣《なまがき》を殻《から》ごと噛《か》み砕《くだ》いていた村上武吉が、

「おいおい、そりゃ夢物語だぜ、小僧《こぞう》。鉄の船が、海に浮かぶわけがねえ。重すぎるぜ。無理矢理に浮かせたとしても、そんな重量じゃあ海上でまともに身動きできねえ」

と首を捻《ひね》ったが、良晴は、

「未来の船はみんな金属製だ。それでも工学技術を駆使《くし》してバランスを取れば海上に浮かせることもできるし、移動も可能だ。それに織田家としては木津川口を封鎖《ふうさ》して村上水軍による大坂本猫寺への兵糧《ひょうろう》の輸送を遮断《しゃだん》できればいいんだから、速度はさほど必要ない。沈まなければそれでいいんだ。逆転の発想だよ、村上さん。織田家は──『鉄の要塞《ようさい》』を、『巨城』を、海上に築くんだ。歴史が俺の知っている『史実』通りに進むならば、織田信奈が織田信長と同等の英雄ならば、先の『第一次木津川口の合戦』で村上水軍に大敗した織田家は、必ず鉄甲船を開発し、しかも複数建造する。それだけのことをやってのける無茶な経済力が、堺《さかい》の港を押さえている織田家にはある」

と説いた。相良良晴は未来人というだけではない。今や、村上水軍でとことん鍛えられた立派な海賊衆でもある。村上武吉は、冷《ひ》や汗《あせ》を流しながら思わず唸《うな》った。

「ふむう。海上に不沈《ふちん》の要塞を築き、俺たちの船団を阻《はば》む、か。まさしく逆転の発想だな。つまり小僧、大航海時代を迎《むか》えている南蛮人たちよりも早く、織田信奈が世界に先駆《さきが》けて鉄甲船を発明して実戦に投入するということか？　未来人の入れ知恵《いぢえ》ではなく、織田信奈自身が鉄甲船という新兵器を閃《ひらめ》き、そして量産すると？」

「そういうことになる。織田信長は、破格の天才なんだ」

しかし鉄の巨船は防御《ぼうぎょ》力こそ高いだろうが、速度では決して村上水軍には勝てない。追いつくことは不可能だ。だから、鈍重《どんじゅう》な鉄甲船では木津川口を塞《ふさ》ぐことはできても村上水軍は倒せないはずだが……と「明智《めいち》の将」としての冷徹《れいてつ》な表情になった小早川隆景が尋《たず》ねた。

「織田家はおそらく、鉄甲船に南蛮の最新兵器『大筒《おおづつ》』を搭載《とうさい》してくる。それも、大量に」

「豊後《ぶんご》の大友宗麟《おおともそうりん》が南蛮から輸入している、あの新兵器を？　しかし大筒はあまりにも重すぎる。新しもの好きの大友宗麟とて、城の防衛に用いるのが精一杯《せいいっぱい》で、野戦では使い物にならない。海戦での使用など無理だ」

いや、違《ちが》う。そうだ。南蛮のガレオン船には、大筒が実装されている、われら毛利家はかつて、対大友宗麟戦で高い火力を誇るガレオン船の砲撃《ほうげき》に苦戦させられた、と小早川隆景は気づいた。

「小早川さん。たしかに大筒は重い。従来の和船——関船や小早船には積めない。しかし織田家が開発する巨大な鉄甲船は、和船よりもはるかに積載量が多い。大筒を、何門も搭載できる」

「……複数の大筒を、海上に……しかも、燃えない不沈要塞の内部に……」

それも「歴史」に記されていることなのか、良晴？　と隆景は思わず良晴の手を握《にぎ》りしめながら尋ねていた。

「鉄甲船が大筒を搭載することは、オルガンティノという南蛮人の宣教師が記述しているから、たしかだろう。しかも、鉄甲船に積まれていた大筒がどこで生産されたのかがまったくわからない、ともオルガンティノは書き残している。つまり、織田家は鉄甲船とともに大筒をも国内で量産したんだ」

オルガンティノさんは安土《あづち》に滞在《たいざい》している実在の宣教師です、と宇喜多秀家が思わず声をあげていた。キリシタンの秀家は、南蛮宣教師との関係が深い。

「……隆景。織田家の経済力はほとんど無尽蔵《むじんぞう》じゃ。その上、織田信奈がほんとうに破格の英傑《えいけつ》なのであれば、超《ちょう》火力を装備した世界初の鉄甲船の量産も、じゅうぶんにありえるけぇね。これは、まずいかもしれん」

「姉者。織田家には、天下の二大軍師・黒田官兵衛《くろだかんべえ》と竹中半兵衛《たけなかはんべえ》がいる。とりわけ九州に留学していた黒田官兵衛の南蛮知識は群を抜《ぬ》いている。織田家の経済力と織田信奈の発想力及《およ》び実行力、そこに黒田官兵衛の南蛮知識が加われば……」

「良晴が知っている『未来』が実現するけぇ。焙烙攻撃を完全に封《ふう》じられ、一方的に海上で大筒を食らわされれば、村上水軍は壊滅《かいめつ》じゃ！　隆景」

織田水軍が新兵器を投入することはすでに良晴から知らされていた。しかし、戦国時代を生きてきた小早川隆景たちは、いくら新兵器とは言ってもこの時代の軍備と知恵とで対処可能なはずだと思っていた。だが、どうやら織田信奈の発想は桁《けた》が違うらしい。そして、なによりもその天才的な発想を実現してしまう経済力が、織田家にはある。津島《つしま》、岐阜《ぎふ》、大津《おおつ》、堺――名だたる交易拠点《きょてん》を次々と奪《うば》い取り、街道を整備して関所を廃止《はいし》し、「楽市楽座」政策を推《お》し進めることで、織田家は戦国日ノ本の常識を覆《くつがえ》す経済システムを構築してきたのだ。

対する毛利家は、尼子《あまこ》家を滅《ほろ》ぼして中国地方こそほぼ統一したが、九州に立ちはだかる強敵・大友宗麟から博多《はかた》を奪うという悲願を果たすことができず、南蛮貿易という「時代の波」に乗れぬままとなっている。博多さえ奪うことができれば事態はまったく異なっていただろうが、毛利家は持てる全力を尽《つ》くしてなお大友宗麟に勝てなかった。もはや、言っても仕方のないことだった。

「宣教師にも、どうやって作ったのか見当もつかぬとは。そんなものが完成したら、織田水軍は世界最強じゃけえ！　木津川口は、永遠に抜けぬ！　大坂本猫寺への補給路を遮断されれば、負けじゃ！」

「だが姉者。毛利家の技術力と経済力では、とても太刀《たち》打ちできない」

「兄上～！　義昭は、わらわは、一足先に海の藻屑《もくず》となりまする～！　安徳姫巫女《あんとくのひみこ》さまのあとを追いまする～！」

よよよ……と気丈《きじょう》な義昭が泣き崩《くず》れる。

軍議が騒然《そうぜん》となる中で、相良良晴は、一世一代の「策」を開陳《かいちん》した。

「策はある。村上さんが南蛮の宣教師ガスパールから貰《もら》ったという、羅針盤《らしんばん》。こいつのおかげで、南蛮人の船乗りたちは大海原《おおうなばら》のど真ん中でも東西南北を正確に知ることができるようになった。大航海時代を可能とした最新の『道具』だ。そいつを見た時に、閃いたんだ」

「「「それは⁉」」」

「羅針盤の肝《きも》は『磁石』――だ。磁石で攻撃するんだ。たしかに鉄甲船は焙烙では燃やせない。鉄は火に強い。しかし、鉄には磁力を帯びている砂鉄や磁石を吸い寄せるという特性がある。鉄甲船の鉄板に大量の磁石を吸着させて、船のバランスを崩す！　未来の船が相手ならば焼け石に水のような攻撃にすぎないが、織田家が生産している鉄甲船は本来ならオーパーツにも等しい急造の試作品だ。ぎりぎりのバランスで浮《う》かび、ゆるゆると進むので精一杯なはず。船首部分に集中して、大量の磁石を吸着させれば」

「船首と船尾《せんび》の重量の『ばらんす』が崩れる、良晴！　超重量を誇《ほこ》る鉄甲船の船体は傾《かたむ》く！」

「そうだ小早川さん。普通《ふつう》の船ならば、底荷を放り捨てることでバランスを保たせることができるが、鉄甲船は重量がありすぎるから、にわかには対処できないはずだ。なにしろ大筒は重いから簡単には捨てられない。もしも織田水軍が磁石攻撃を無効化するために鉄甲船の船体を覆っている鉄板を外せば、その時はすかさず村上水軍が誇る焙烙攻撃で炎《えん》上《じょう》させられる」

大航海時代は、磁石を用いた羅針盤の発展によって可能となった。羅針盤の「原理」は戦国時代の日ノ本ではほとんど明らかになっていないが、すでにイングランドの物理学者ウィリアム・ギルバートが磁石の研究を進めている。彼は、地球そのものが磁気を帯びた巨大な「磁石」であること、それ故《ゆえ》に羅針盤の方位磁針が正確に北の方角を指し示すことに気づき、今まさに自らの発見を理論化している最中《さなか》だったのである。

黒田官兵衛は実はこの最新の電磁気学を九州で学んでいるのだが、織田家時代の記憶《きおく》を失っている良晴はそこまでは知らない。それに、官兵衛は智者だがうかつ者なので、まさか良晴が「磁石で鉄甲船のバランスを崩す」という奇策《きさく》を閃いたことまでは予測しきれないだろう。

「おお、さすがは相良良晴！　いけるのじゃ！　して、どれほどの磁石を集めればよいのじゃ？」

「それは俺にもわからないんだよ、義昭ちゃん。鉄甲船の正確な設計図を入手できれば、村上さんが計算してくれるだろうけれど……さすがに難しいだろうな」

「いやっ、いけるけえ良晴！　毛利家は生野《いくの》銀山をもっちょる！　手持ちの銀すべてを磁石と交換《こうかん》すればええ！　村上水軍の船団は六百艘《そう》の大所帯！　いくら集めても積みきれん！　集められるだけ集めればいいんじゃ〜！」

「うむ。残された時間、資金、技術力、あらゆる面を考慮《こうりょ》するに、われらの手持ちの札で鉄甲船という破格の超兵器を打ち破る道は、良晴の策の他《ほか》にない。毛利家の未来のすべてを良晴の策に託《たく》そう、姉者！　みんなも、どうか信じてほしい。良晴は、織田家に敗れ去る運命から毛利家を救うために来てくれたのだと……」

小早川隆景が深々と頭を下げ、軍議に出席していた面々が「おう！」と応《こた》えていた。

「はいは〜い！　すでにこの恵瓊《えけい》ちゃんは、良晴どのからあらかじめ磁石作戦を教えられておりま〜す。さっそく、短期間で可能な限りの磁石を買い占《し》めるための航海予定を立てて参りました〜」

毛利家が誇る謎《なぞ》の外交尼僧《にそう》。

暗黒寺《あんこくじ》恵瓊が、「世界地図」を広げてみせた。

恵瓊は、もともとは中国地方制覇《せいは》に邁進《まいしん》した毛利家に滅ぼされた名家の姫《ひめ》である。毛利家は、尼子家をはじめ無数のライバルを激しい出入りと謀略《ぼうりゃく》によって倒《たお》して呑《の》み込んできた。しかし「初代」毛利元就は用心深い男で、滅多《めった》なことではライバルの家系を根絶やしにはしなかった。最大の宿敵だった尼子家の面々ですら、武装こそ取り上げられたが毛利家のもとで悠々《ゆうゆう》自適の暮らしをしている。それなのに尼子復興を唱えて執拗《しつよう》に抵抗《ていこう》してきた山中鹿之助のほうが実は少々抜けていると言っていい。

恵瓊も命を奪われることはなく、その名家の血を名刺《めいし》代わりに京で人脈を築き、小早川隆景に取り立てられて毛利家の「外交尼僧」として活躍《かつやく》することになったのだ。

小早川さんって、「奸悪《かんあく》無限」で裏切りご免《めん》の宇喜多直家さん、もとは毛利家の敵方の姫だった恵瓊ちゃん、「庶子《しょし》」で虫けら扱《あつか》いだった穂井田元清、そして未来から流れてきて織田家に仕えてきたこの俺と、身分や血筋や過去に囚《とら》われず次々と人材を集めてその才能を発揮させることができるんだなあ、とつくづく良晴は小早川隆景の器《うつわ》の大きさに感心せざるを得なかった。戦国武将としては弱点なのかもしれないが、優《やさ》しいのだ、と思う。武将として働く時には非情で冷徹な「冷血の将」の仮面を被《かぶ》るが、優しさを隠《かく》しきれていないのだ。

「良晴どの？　隆景さまをじーっと眺《なが》めて赤くなっている場合ではありませんよ～？」

「あ、ごめん。お、思わず」

「……よ、良晴。そんなふうに私の胸を見つめられるのは困る。い、嫌《いや》だと言っているわけではないのだが、今は軍議の場だから……っ、慎《つつし》んでくれ」

「ええっ？　そそそういうことを考えていたんじゃないよっ⁉」

「……むう。では、姉者の胸のことを考えていたのか」

「ち、違うよ。小早川さんって、ほんとうに優しい女の子だなあ、って」

「けほ、けほ!? ななななにを言いだす、うるさい黙《だま》れ！」

ああっ、「虫けらめ」に次ぐご褒美《ほうび》の言葉「うるさい黙れ」が飛び出しました、おめでとうございます良晴さま！　と穂井田元清が大喜びでしゃもじをぽかぽかと叩《たた》きはじめた。

「はいはいごちそうさま！　みなさん、静かに！　いいですか、われらには時間がありませーん！　そこで！　織田家との停戦期間を利用して大船団を組んで九州博多へと繰《く》り出し、片《かた》っ端《ぱし》から磁石を買い占めます！　留守居役と各船の乗組員の割り振《ふ》りは、この恵瓊ちゃんが行いま～す！」

わ、私と良晴を別の船に割り振ったらその時は、と小早川隆景が思わず恵瓊に詰《つ》め寄り、恵瓊は「恵瓊ちゃんはまだ死にたくないので、もちろん隆景さまと良晴どのは同じ船に乗っていただきますよう」と苦笑していた。

「この恵瓊ちゃんは、隆景さまと毛利家に大恩がある身。必ずや磁石集めの旅を成功させ、お二人の恋《こい》、叶《かな》えてみせましょう！　この世に、祝言《しゅうげん》の斡旋《あっせん》ほど楽しい外交仕事があるでしょうか！　いや、ない！」

隆景さま。船の上では、何人《なんぴと》もお二人の邪魔《じゃま》はできません。九州には織田家の武将もいませんし、ご懐妊《かいにん》まで一直線です、ご懐妊が実現すればもう良晴どのは毛利家のご家族ですようふふ、と恵瓊がこっそり隆景に耳打ちし、隆景は「い、いや、それは」と思わず顔をしゃもじで覆《おお》っていた。

「しかし良晴。博多は大友宗麟の支配下にある。毛利家と大友家は、博多の支配権を巡《めぐ》って長年敵対している。どうやって入り込む？」

「そこは問題ないよ、小早川さん。商人は武家への忠誠心ではなく『利』で動く。堺の会合衆が今井宗久《いまいそうきゅう》派と津田宗及《つだそうぎゅう》派に分かれているように、博多商人もまた一枚岩ではないと恵瓊から聞いた。博多における大友宗麟の御用《ごよう》商人は、島井宗室《しまいそうしつ》。だが、島井宗室の商売敵《がたき》・神屋宗湛《かみやそうたん》は大友家から冷遇《れいぐう》されている。この神屋宗湛のツテを用いれば、身分を偽《ぎ》装《そう》して博多に入り込めるんじゃないかな？」

そうか、神屋宗湛のツテか。それならば毛利家にある、と隆景が膝《ひざ》を打った。「どういうことじゃ」と吉川元春が首を捻《ひね》るので、恵瓊が補足する。

「はいはい。神屋家はもともとは、石見《いわみ》銀山の開発に投資して豪商《ごうしょう》にのし上がった商家です。かつては大内《おおうち》家が博多を支配していましたからねえ。その大内家は下克上《げこくじょう》で滅びましたが、大内家を裏切った陶晴賢《すえはるかた》をこの厳島で破って中国の覇者《はしゃ》の座を継《つ》いだのが毛利家というわけです。大友宗麟の支配下に入った博多だけは、取り戻《もど》せませんでしたが～」

そうじゃ。石見銀山を通じて中国の毛利家と博多の神屋家は繋《つな》がっているんじゃった。

だったら、いけるけぇ！　と吉川元春も目を輝《かがや》かせた。

「われらは隆景さまと良晴どのの船団を中心として動き、中国地方の留守居役は期限を区切って交代制でいきます！　本来ならば、最前線の備前美作《びぜんみまさか》を支配している宇喜多直家さんにずっと留守番させたいんですが、なんとなくいつもの習性で謀反《むほん》されたら困りますからね〜」

斡旋好きを自認する恵瓊による人事・編成は完璧《かんぺき》なもので、これならば主要な武将がしばし本国を留守にしても問題はない、と良晴も両川《りょうせん》も判断した。織田家は、姫巫女さまからの御綸旨《ごりんじ》をいただいているから、停戦期限が切れるまではおおっぴらには攻めてこられない。空気が読めない・玉砕《ぎょくさい》を求めて突進《とっしん》してくる・やたらに強いという厄介《やっかい》な属性持ちで最大の懸念《けねん》となるであろう山中鹿之助も、すでに捕縛《ほばく》してある。

恵瓊は「そうそう。鹿之助さんも捕虜《ほりょ》のまま連れ出しましょう。逃《に》げられたら、またまた七難八苦を求めて出雲《いずも》で暴れはじめます。良晴どの、あなたの家臣なんですからお世話を頼《たの》みますよ」と笑っていた。

「良晴。鹿之助に妙《みょう》なことをしたら、許さないから。あの者、織田家時代は良晴に毎晩子種を仕込まれていたとか吹聴《ふいちょう》しているぞ」

「それは妄想《もうそう》だよ〜！　あの子を牢《ろう》から出してあげないから、最近だんだん現実と妄想の区別がつかなくなってきて。かわいそうだよ小早川さん」

「あ、あの女はうかつに解放できないのだ。もしも脱走《だっそう》されて、またぞろ出雲で尼子再興の兵をあげられたら」

「そうか。じゃあ、せめて九州の海を旅している間だけでも解放してあげてよ」

「……ま、まあ、九州の海の上ならば、いいけれど……」

小早川さんはやっぱり優しいなあ、と良晴はなんだか嬉《うれ》しくなった。むずがゆい気分だった。

なによりも、海の上ならば誰《だれ》にも邪魔されない。俺と小早川さんとの恋を阻《はば》む者は、誰もいない。

この作戦には、毛利家の未来がかかっている。楽しみだって思っちゃいけないんだろうけれど、やっぱり楽しみだ、この心のときめきは抑《おさ》えられない、と良晴は思った。

※

夜の宮島。旗艦《きかん》「三《み》つ巴《どもえ》」の甲板《かんぱん》に佇《たたず》みながら、小早川隆景は星空を見上げていた。隣《となり》には、良晴が寄り添《そ》うように立っている。

「いよいよ日ノ本の歴史を変える大戦になるな、良晴。磁石集めの旅、無事に全員帰還《きかん》できればいいが。この季節、台風に出くわすと危険だ」

「うん。厳島神社の女神《めがみ》・弁才天に旅の無事を祈《いの》ろう」

「だが良晴。姉者の着替《きが》えを覗《のぞ》いて胸を揉《も》んだ件だけは、許さぬ。次に同じことをしたら、お仕置きだぞ」

「ええ？　だからあれは宇喜多さんが～！　こ、小早川さんって、意外と焼《や》き餅《もち》焼きだったんだね？」

「や、焼き餅なんかじゃないんだから！　そんな単純な話ではない。仮にも恋人である私と姉者を良晴に見間違《みまちが》えられたことが悲しくて、腹立たしいのだ。たしかに日の丸鉢《はち》巻《ま》きを外した姉者は私と瓜二《うりふた》つだが、良晴ならば絶対に見間違えないと信じていたのだぞ。姉者の胸まで触《さわ》っておいて」

「ご、ごめん。小早川さんが裸《はだか》で俺の前に、と思うとわけがわからなくなって、判断力が鈍《にぶ》ったんだよ。その、小早川さんに夢中すぎて……」

「……ず、ずるい。そんな言い方されたら、私はこれ以上良晴を怒《おこ》れない」

隆景は、「し、しかし、良晴は私の裸身《らしん》を見たこともないし胸を触ったこともないから、間違えても仕方がなかったのかもしれない……で、でも、祝言もあげていないのに殿方《とのがた》の前で裸になるのはちょっと……うう」と照れながら良晴の腕《うで》にそっと自分の腕を絡《から》めていた。

「こ、今夜は特別に、む、胸を指でなぞってもいいぞ良晴。ただし着物の上からだ。摑《つか》むのはダメだぞ。こ、これで二度と、姉者と私を間違えることはなくなるはず」

「え、ええっ⁉　こここ、小早川さん⁉」

「……私と良晴は今、星空の下で同じ夢を見ている。幸せな夢を。でも……この旅の途中《とちゅう》、船が海原《うなばら》に沈《しず》んで、夢はそこで終わるかもしれない。二度と私と姉者を間違えないように、良晴の指に覚えておいてもらいたいのだ。わ、私の、その……」

幸福な夢はいつまでも続かない。いつか夢の終わりが来る。かつて最愛のお兄さんを暗殺されたことが心の傷になっている小早川さんは、まだ怯《おび》えているらしい。俺が、いずれ織田家に帰ってしまうのではないかと。

良晴は「わかった」と隆景の胸元にそっと手を伸《の》ばしていた。織田家に勝利し、隆景と添い遂《と》げる、毛利家の家族として生涯《しょうがい》をともにすると誓《ちか》えるその時までは触《ふ》れてはいけないと思っていた。だが、そうやって躊躇《ためら》っているうちに、限りある時間が否応《いやおう》なしに流れていく。明日《あした》からは、命がけの船旅になるのだ。この旅の中で、俺と小早川さんの思い出を、絆《きずな》を、少しずつ作っていくんだ。そう、決めていた。

「……だ、だが良晴。この論法で、接吻《せっぷん》、子作り、出産と順番に姉者側から進めていくのはダメだぞ？」

「わ、わかってるよ。ここから先、俺が触れる女の子は小早川さんだけだ。決して間違えないように、小早川さんの胸のかたちを、心臓の鼓動《こどう》を、その肌《はだ》のぬくもりを、覚えるよ。もしもまた記憶喪失《きおくそうしつ》になってしまったとしても、絶対に、忘れない」

「嬉しいな。やっぱり、私は……織田信奈に勝ちたいな、良晴」

隆景がそっと目を閉じた。良晴もまた、緊張《きんちょう》のあまり硬直《こうちょく》してしまわないように、目をぎゅっとつぶっていた。良晴は、（指は添えるだけ、なぞるだけ）と心の中でつぶやきながら、小早川さんが痛がらないようにそっと彼女の胸に触れた。だが、気がついた時には頭が真っ白になってしまい、思わず握《にぎ》りしめていた――。

「あ、あれっ？　い、意外と大きいんだね、小早川さん？　吉川さんより少しだけ小さいんじゃなかったっけ？　か、片手で摑みきれないんだけど？　う、うわぁ……」

「……ちょっと待て、良晴。摑むのはダメだと言ったはずだ。それに、それは……私の胸ではないぞ……」

「えっ？」

良晴が目を開くと、二人の間に、船牢から解放されたばかりの山中鹿之助がいつの間にか割り込んでいた。良晴が摑んでいたそのおっぱいは、鹿之助のものだったのだ。

「ああ、わが殿！　そんなに摑まれたら痛いです、はあはあ。ついに思いだしていただけましたかっ！　播磨《はりま》ではさんざんこの山中鹿之助の裸身をチラ見して堪能《たんのう》されましたよね！　さあ、播磨での酒池肉林の記憶を取り戻してくださいませ！」

「ぎゃーっ⁉　しししし鹿之助⁉　酒池肉林の記憶ってなんだよ？　俺がいつきみのおっぱいをチラ見して堪能したんだよ〜⁉」

「水くさい！　修行《しゅぎょう》中に、さんざん見ていたではありませんか！」

修行ってなんの修行？　記憶にございません！　と良晴はあわてて手を「ばんざい」しながら泣いた。泣いて隆景に謝ろうとした。だが、時すでに遅《おそ》し。隆景は「ゴゴゴ」と闘気を放ちながら嫉妬《しっと》の炎《ほのお》を燃やしていた。

「……良晴……これはいったい、どういうことだ……やはり『尾張のエロザル』だったのだな……私の胸と鹿之助の胸とでは、ぜんぜん大きさが違うではないか……こんな牛じみた巨乳《きょにゅう》が好物だったとは……許せない。海に、沈める」

「やっぱり、焼き餅焼きなんじゃないか～！」

「う、うるさい黙れ！　焼き餅なんかじゃないんだから！　お、乙女《おとめ》として、巨乳好きの恋人だけは許せぬ！」

「ついに厳島神社の贄《にえ》として葬《ほうむ》られるのですね殿！　鹿之助もお供いたします！　ともに水死体となって瀬戸内の蛭子《えびす》と化しましょう！」

「化せるかあ！」

「ううう。もはや我慢《がまん》なりません、お先にご免《めん》！　海中に七難八苦あり！　どっぼーん！」

「ああっ。鹿之助が海に飛び込んでしまった!?」

「捨てておけ良晴。鹿之助の生命力の強靭《きょうじん》さは異常。決して溺《おぼ》れ死んだりしないし、徒手空拳《くうけん》でもフカより強い」

「脱走したら毛利家が困ることにならない？」

「……鹿之助は良晴のもとから決して離《はな》れぬ。よ、良晴が私の隣にいてくれれば、泳いででも博多までついてくる」

「あれ？　小早川さん。今日の軍議では、鹿之助が尼子復興の兵をあげたら困るから牢から出せないって言ってなかった？　実はもしかして、鹿之助に焼き餅を……」

「ち、違う！　や、焼いてなんて、いない！」

「な〜にをやっとるんじゃ、おんしらは。まもなく夜は明ける。博多へ向けていざ出発じゃけえ！」

吉川水軍の旗艦「三つ引き」に乗り込んで船首に立っていた吉川元春が、毛利家の大旗「一文字三星」をばっさばっさと振《ふ》りながら良晴たちに声をかけていた。

小早川隆景は「わかった姉者。ともに行こう、良晴。博多へ――」とうなずいていた。

そのどこか儚《はかな》げな瞳《ひとみ》は、海原の彼方《かなた》に眩《まぶ》しい夢を見ている。良晴はそんな隆景の手をそっと握って、「ともに行こう」と応《こた》えていた。たとえ旅の結末がいかなるものになろうとも、夢のような幸福な時間を永遠に止めることはできなくても、それでもこれから二人がともに過ごす船旅は、泡沫《うたかた》の幻《まぼろし》でも淡《あわ》い夢でもない。なにものにも代えがたい、唯一《ゆいいつ》無二の時間なのだから。そしてその記憶はきっと、二人にとって生涯の思い出になるはずなのだから――。

巻ノ二　石築地《いしついじ》と神風　博多《はかた》

織田《おだ》軍が極秘《ごくひ》建造している鉄甲《てっこう》船に勝つため、毛利《もうり》家の面々は今、膨大《ぼうだい》な量の「磁石」を求めて九州《きゅうしゅう》の博多湊《みなと》に寄港していた。

博多は対明《みん》貿易の一大拠点《きょてん》で、南蛮《なんばん》貿易の玄関口《げんかんぐち》でもあるが、九州最大の姫《ひめ》大名・大友《おおとも》宗麟《そうりん》の勢力圏《けん》。大友宗麟と毛利家は、かつて博多の支配権を巡《めぐ》って抗争《こうそう》を繰《く》り広げてきた。

その宗麟のお膝元《ひざもと》の博多に、「毛利でーす」とすんなり入るわけにはいかない。

そこで、毛利家とは生野《いくの》銀山を通じて縁《えん》が深い博多商人・神屋《かみや》宗湛《そうたん》が、偽《にせ》の身分証や通行手形を準備して、毛利家の面々をこっそりと博多に入れたのだった。毛利家はそのためにそうとうの銭《ぜに》を神屋宗湛に支《し》払《はら》ったが、背に腹はかえられない。

「おおっ⁉　博多にも、万里《ばんり》の長城があるのじゃ！　明では残念ながら長城見学はできなんだが、まさか日《ひ》ノ本《もと》で見学できるとは～！　登るのじゃ！　明の兄上～！　義昭《よしあき》は今日も足利《あしかが》将軍家復興のためにがんばっておりまする～！」

「あーっ。自分の背よりも高い石築地に登ったら危ないんだよ～義昭ちゃん？　てるも登ろうっと！　高いところから見下ろす玄界灘《げんかいなだ》の絶景は最高だね！　海賊《かいぞく》女王に、てるはなる！」

「将軍さまも三代目輝元《てるもと》さまもはしゃぎすぎです。仕方ありません、秀家《ひでいえ》も登ります。デウスさま、お二人をお守りください。うんせ、うんせ」

明から単身舞《ま》い戻《もど》ってきて、毛利家に居ついたこども将軍足利義昭。

二代目毛利隆元《たかもと》の遺児、幼い毛利家の「三代目」輝元。

父親の「奸悪《かんあく》無限」ぶりに心を痛めて、幼くしてキリシタンになった宇喜多《うきた》秀家。

三人の幼女たちは、博多の海岸線にえんえんと連なる「石築地」の壮観《そうかん》さに大はしゃぎし、いっせいに石築地に登って海の彼方を見渡《みわた》している。

神屋宗湛との交渉《こうしょう》を終えた小早川隆景《こばやかわたかかげ》は、ため息をついていた。

足利義昭が「浜辺《はまべ》を散歩するのじゃ」と言いだしたのでお目付役としてついてきたが、敵地に極秘潜入《せんにゅう》していることも忘れて三人とも浮《う》かれすぎだ。

「まったく。将軍さまをあんな危険な目に遭《あ》わせるなんて。三代目はお尻《しり》ぺんぺんの刑《けい》だ」

「まあいいじゃねえか、お嬢《じょう》。子供は無邪気《むじゃき》だ。子供は正直だ。戦国の世のことはひととき忘れて好きに遊ばせてやれ。毎日お尻ぺんぺんしているだけじゃあヒネてしまうぜ。幼子は若竹のようにまっすぐに育ててやらなきゃあな！」

懐《ふところ》に短筒《たんづつ》を忍《しの》ばせて幼女組の護衛を買って出ていた宇喜多直家《なおいえ》が、日頃《ひごろ》の悪人ぶりはどこへやら、幸せそうに目をきらきらと輝《かがや》かせながらうなずいている。

「相良《さがら》の野郎《やろう》、織田家では家臣に幼女が多くて『相良幼稚園《ようちえん》』の園長と呼ばれていたらしいが、オレも切った張ったの武将暮らしにはもう飽《あ》きた。織田水軍を倒《たお》したら、出家して『宇喜多幼稚組』の組長になるかな……無垢《むく》な幼女に囲まれて、心安らかに幸せな晩年を送りてえな……」

「待て。なぜ良晴《よしはる》ではなくお前がついてくる⁉ 呼んでいない！」

「相良は神屋宗湛に『博多ラーメン』の製法を伝授しているところさ。未来料理のレシピを売りつけることで、鬼畜《きちく》のようにがめつい神屋への支払いを大幅《おおはば》に割り引かせたんだから、我慢しな。磁石を買い付ける軍資金は一文でも多いほうがいい。節約、節約」

「うう。いつから良晴は料理人になったのだ。豚《ぶた》の骨を鍋《なべ》で煮《に》込むとか、悪魔《あくま》めいている……あの強烈《きょうれつ》なけもの臭《くさ》さはなんだ……ほんとうに博多ラーメンは売れるのか？」

　売れる売れる、あいつは意外と料理の才能がある、未来じゃインターネットとやらで検《けん》索《さく》すりゃあ誰《だれ》でも貴重なレシピを勉強できたらしい、と直家はうなずく。なんだか安請《やすう》け合いっぽいし、直家は未来語の習得速度が速いな、と隆景は呆《あき》れた。

「案ずるな、お嬢。この磁石探しの旅は、お嬢の恋《こい》を成就《じょうじゅ》させる千載一遇《せんざいいちぐう》の好機だ。必ず二人きりにしてやる。満願成就の折には宇喜多直家、宇喜多直家をよろしくお願いしますぜ！」

「ふ、二人きり……み、未来語で言う『でぇと』か。そ、そうだな。良晴と手を繋《つな》いで博多の浜辺を歩いてみたいな……」

近頃勝手に「毛利家の恋愛《れんあい》指南役」を自称《じしょう》している直家は、大げさにかぶりを振ってみせた。

「ダメだダメだ！　手を繋ぐだけじゃあダメなんだぜお嬢！　お嬢の恋にはあまり時間がないというのに！　もったいねえ！」

「え、えっ？　し、しかし、まだ正式に祝言《しゅうげん》もあげていないのに、手を繋ぐ以上のことは……は、はしたないではないか」

「不意に相良の記憶が戻って、相良が織田家に戻っちまったらどうする！　奴《やつ》は、よく言えば女人《にょにん》に誠実、悪く言えばはぁれむ管理や修羅場《しゅらば》の面倒《めんどう》臭さを好まない。最初の恋人と生涯添《そ》い遂げる男だ！　記憶が戻れば、相良の最初の恋人は織田信奈《のぶな》になっちまう。お嬢はいつ何時《なんどき》、別れを告げられるかもしれない立場なんだぜ？」

「……うう……それはわかっている……良晴の心のどこかに、織田家で過ごした過去の記憶が眠《ねむ》っていることは。だからこそ、良晴に退《ひ》かれるようなはしたない真似《まね》はしたくない。一歩一歩着実にお互《たが》いの恋心を育てて」

武将としては「冷血の将」「明智《めいち》の将」なのに、なんであんたは恋に関してはまるっきりガキなんだーっ！　ふざけんなーっ！　と直家は地団駄《じだんだ》を踏《ふ》んだ。

「秀家は相良に懐《なつ》いている！　オレは、秀家をオレみたいな極悪人に育てたくねえ！　秀家の情操教育には温厚《おんこう》な未来人の相良が必要だ！　いいか、恋ってのは勢いなんだよ！　後先考えずに突《つ》っ走るんだ！　二人きりになったらすかさず相良を押し倒せ！　そして『女の武器』を使って相良の心を射止めろーっ！」

本来なら打ち首ものの暴言だが、「恋の伝道師」直家の勢いと妙《みょう》な説得力に隆景はすっかり呑《の》まれてしまった。さすがは稀《き》代《たい》の「姫武将殺し」。

「女の武器？　わ、私の胸は小さい。姉者にも劣《おと》る。胸囲を武力に換算《かんさん》すれば、八十前後という戦闘《せんとう》力しかないぞ」

「違《ちが》う。胸じゃない！　胸なんてただの飾《かざ》りだ！　女の武器は『子供』だ！　男には絶対に産めねえ！　そして、子供は――かわいい。どれほど極悪卑劣《ひれつ》な謀将《ぼうしょう》であろうとも、幼子の前には無力。幼子こそは戦国に生きる男の魂《たましい》を癒《い》やしてくれる究極の――神だ……幼子の無垢な瞳にオレは母性を感じるんだ。秀家は、オレの母になってくれるかもしれない……」

「せ、宣教師みたいなつぶらな瞳で清々《すがすが》しい言葉を吐《は》くな、気持ち悪い。お前は、最近流行《はやり》の露璃魂《ろりこん》ではないか」

「露璃魂のなにが悪い。露璃魂のなにが恥《は》ずかしい。真に悪いのは、合戦や謀略で人を殺《あや》めることさ。子供を育てることによって、オレが犯《おか》してきた忌《い》まわしい罪は浄化《じょうか》されるのさ。オレ、織田軍に勝ったら露璃魂教団の教祖になるんだ……」

「それは合戦で死ぬ男が吐く『ふらぐ』だぞ、宇喜多直家」

「いいから、一刻も早く相良の子を孕《はら》むんだお嬢。相良の子を産んでしまえば、もう奴は絶対に織田家には戻れねえ。お嬢の勝ちだ！」

そ、そんな卑劣な……と純情な隆景は赤面したが、直家はなおも追い打ちをかける。

「なにが卑劣だ。恋する男と女が二人きり！　当然、子作り！　出産！　そして育児！それが生き物すべてに与《あた》えられた道理！　恋があり、愛があり、男と女がこの世にいるからこそ、命は次世代の幼子たちに受け継《つ》がれる！『出家したら女人に接してはならない、色欲《しきよく》を断たねばならない』とか言っている仏教僧《そう》のほうが不自然なのよ。相良の小僧《こぞう》も、叡山《えいざん》なんぞ焼き討《う》ちしちまえばよかったのによ」

それを言えば姫武将というしきたりじたいがおかしいではないか、戦国の世で乙女が姫武将になってしまえばなかなか祝言も恋もできない、まして子を産み育てるのは至難だ……と隆景は玄界灘の彼方を眺《なが》めながら愁《うれ》いに満ちたため息をついた。

「ところが破格の英雄《えいゆう》、乱世の強欲《ごうよく》。織田信奈《のぶな》はその両方をやろうとしている。天下盗《と》りと、相良との祝言のいずれをも。お嬢がそんな織田信奈に勝つためには、恋をあきらめちゃならねえ。あきらめればそこで恋愛終了《しゅうりょう》だぜ」

「だ、だが、実は子作りの方法がよくわからない……姉者に相談してみたが、なにやら男と男がむつみあっている妙な本ばかり読まされて、かえって混乱した」

そんなもん、「いざ鎌倉《かまくら》」となりゃあ生き物としての本能がどうにかしてくれるっ！　頭で考えるな、魂で感じるんだ！　と直家は隆景の細い肩《かた》をどんどんと叩《たた》いてけしかけ続けた。

相良良晴を毛利家に留《とど》めるために、この男なりに必死なのだ。


その数刻後。

百道浜《ももちはま》の砂浜を、隆景と良晴は二人きりで散歩していた。

神屋宗湛への「博多ラーメン」レシピ伝授は、無事に終了。

『えらい臭いスープやわ～。うちの鼻が悲鳴をあげとう。これ、ほんとに博多っ子に売れるとね？』

と、完成した博多ラーメンの強烈な臭《にお》いにやられた博多の姫商人・神屋宗湛はすっかり涙目《なみだめ》になっていたが、とにかく取り引きは成立した。

が、しかし。

恋人の相良良晴とやっと二人きりになれたというのに、隆景は宇喜多直家の言葉の数々が気になって、恥ずかしくなってまともに良晴の顔を見ることができない。特に「子作りしろ」の一言が強烈だった。

（うう。意識してしまうと、良晴と素直におしゃべりもできない。逆効果ではないか。わ、私は「姫武将殺し」のような押せ押せな性格ではない。宇喜多め、恨《うら》むぞ）

しかも、やっぱり厨房《ちゅうぼう》から出てきたばかりの良晴はけもの臭い。とんこつスープとは悪魔の汁《しる》に違いない。せっかくの『でぇと』なのに。でもまあ、幸いにも海辺だ。すぐに磯《いそ》の香《かお》りが消してくれる。

「よ、良晴？　近頃、宇喜多がおかしなことばかり言うのだが。『秀家は、オレの母になってくれるかもしれない』とはいったいどういう意味なのだろう？」

なぜ良晴とでぇとしているのに、宇喜多直家の話など！　と隆景は泣きたくなった。

「その台詞《せりふ》は露璃魂を通り越《こ》して、もはやバブってるな。宇喜多さんは戦国武将として生きることに疲《つか》れ果てて、露璃魂からバブみに進化しちまったんだ。バブみ。それは、幼子に母性を見出《みいだ》して甘えたがるという、中年独身男の終着駅さ」

「ばぶみ？　未来の世界には妙な殿方が多いのだな……よ、良晴は同年代のお年頃の女の子が好きなのだろう？　露璃魂にはならないだろうな？」

毛利家は三代目をはじめ愛らしい幼子が多いから、その、と隆景は思わず自分の指であやとりをはじめていた。

「も、もちろんだよ？　お、俺が好きな女の子は、こ、小早川さんだけ……だよ？」

隆景の心臓が止まりかけた。

「……よ、良晴。そ、そんな恥ずかしい言葉をいきなり言われても……あ、ありがとう」

「あ、ああ、うん。し、しかしこの石築地《いしついじ》はどこまで続くんだろう？　海へ向けた万里の長城なんて、なんのために作られたんだろう？」

まるでイースター島のモアイみたいだ、と良晴が照れ隠《かく》しで頭をかきながら百道浜に建てられた石築地に近づき、石にそっと触《ふ》れた。

「良晴。これはその昔、元寇《げんこう》の折に、元軍の上陸を阻《はば》むために築かれたものだ。だから博多湊を守るように、東から西までえんえんと続いている」

「ああ、そうか。『蒙古《もうこ》襲来《しゅうらい》』の時、海岸線を塞《ふさ》いだのか！　中国では騎馬《きば》民族の襲来を防ぐために内陸部に万里の長城を築いたというのに、海からの敵を防ぐための石築地とは。島国・日ノ本らしいなあ」

その昔、元軍は二度も九州に攻《せ》め寄せたが、鎌倉武士の活躍《かつやく》と神風によって退却《たいきゃく》していった。すでに元王朝が滅《ほろ》び明王朝が成立した今では、もう無用の長物となっている。近頃は城に「石垣《いしがき》」を積む建築法が流行《はや》っているから、いずれこの石築地も城の石垣に転用されるかもしれない、と隆景は良晴にそっと囁《ささや》いていた。

「なるほど。戦国時代は内乱の時代だ。来ることのない海からの敵よりも、国内での防衛が優先されるわけか。そういえば安土城《あづちじょう》は、墓石や地蔵をそのまま用いて造られたらしい」

今の良晴には、織田信奈についての記憶《きおく》はない。それでも織田家についての歴史知識は持っている。しかも、史実では中国の覇者《はしゃ》止まりだった毛利家よりも、天下を盗った織田家についてのほうがずっと詳《くわ》しい。それが隆景には切なかった。

「……良晴。明はモンゴルに悩《なや》まされているから、わざわざ海を渡《わた》って日ノ本を攻めてはこないだろう。だがしかし南蛮諸国は強力な艦隊《かんたい》を持っている。博多《はかた》を巡《めぐ》る大友宗麟と毛利家との戦いでは、南蛮艦隊が大友方として参戦し、海上から砲撃《ほうげき》を仕《し》掛《か》けてきたこともある」

「大友宗麟は熱烈なキリシタン大名だけど、南蛮艦隊をも動かせるのか⁉」

「ただし公益目的で九州に来ていた船団だったから、戦意に乏《とぼ》しく、すぐに撤退《てったい》していった」

「そうか、それはよかった。南蛮船団が日ノ本の海で暴れたら、かえって貿易や布教の妨《さまた》げになると気づいたのかな？」

まあいろいろあったのだが、大友と毛利の博多を巡る攻防戦《こうぼうせん》はお互いに得るものがなくむしろ失ってばかりだった、と隆景は亡《な》き兄の面影《おもかげ》を思いだしてつい声を詰《つ》まらせていた。

「……小早川さん？」

いけない。私は、良晴という人に巡り合えた。もう兄者を失った悲しみに浸《ひた》るのはやめたのだった、と隆景は自分の心を叱咤《しった》した。良晴の中に兄者の役柄《やくがら》を求めるのでは、宇喜多直家のバブみと変わらぬではないか、それは良晴にも兄者にも失礼だ、と思った。兄者を失って以来、私の心にも石築地がある。良晴への想《おも》いを阻もうとする壁《かべ》が。私は、壁を乗り越えたい、と。

「……よ、良晴。もしも将来、侵略《しんりゃく》目的で本格的な南蛮艦隊が博多に押し寄せて来たら、この石築地を再び用いることになるかもしれない。ほんとうに歴史に逆らって織田家を倒《たお》してしまっていいのだろうか？」

「だいじょうぶ。俺たち毛利家が鉄甲《てっこう》船を上回る水軍を完成させればいいのさ、小早川さん！」

合戦の話となると、良晴は胸が躍《おど》るらしい。やはり男の子だな、と隆景は半ば呆《あき》れながらも微笑《ほほえ》ましかった。

「戦国日ノ本には大量の種子島《たねがしま》があり、合戦で鍛《きた》えられた精強無比な武士たちが揃《そろ》っている。陸軍の強さは世界屈指《くっし》だ。あとは水軍さえ充実《じゅうじつ》させれば、たとえ毛利家が天下を盗っても日ノ本は史実通り独立を維持《いじ》できる。むしろ日ノ本を代表する水軍といえば村上水軍、そして小早川さんじゃないか！　海を閉じて鎖国《さこく》しちまう『未来』よりも、村上水軍や小早川水軍の船団が太平洋の大海原《おおうなばら》をガンガン突き進む『未来』のほうが、きっとずっと楽しいぜ！」

それに俺だって村上のおっさんに鍛えられた立派な村上海賊《かいぞく》だよ、と良晴は隆景の小さな手をそっと握《にぎ》っていた。

「……あ、ありがとう、良晴。そ、そこまで言ってくれると、その」

「こ、こちらこそ。こ、小早川さんに必ず勝利を。それが戦国時代に流された俺にとっての生きがいだよ」

「……う、うん……」

お互いに、お互いを想う心にふれ合う時、隆景も良晴も言葉が少なくなる。隆景には、この時間が心地《ここち》よかった。宇喜多直家にはあれこれ要らない知恵《ちえ》を吹《ふ》き込まれたが、私と良晴の恋《こい》はこのままでいいと思った。息を吸い息を吐くのと同じに、互いに自然に心を近づけていずれ重なりあえばそれでいい、いつか春になって雪が解けるように私の心の石築地も崩《くず》れ落ちるだろう、それは良晴と私とが手を携《たずさ》えてともに崩すのだと。

「そ、それにしても、小早川さん」

「う、うん」

「もしかしてこの石築地に磁石が混じっていないかなと期待してみたけれど、そんなに甘くはなかったなあ。石築地に方位磁石を当ててみても、針がぜんぜん乱れない」

「良晴。これらは肥前《ひぜん》や肥後《ひご》からかき集めてきた石だ。残念だが、磁石はまず含《ふく》まれていない」

「うーん。神屋宗湛に頼《たの》んで博多にある磁石を買えるだけ買い占《し》めたが、ぜんぜん足りないなあ。どうするかな？」

「日ノ本では磁石はあまり用いないから、仕方がない。大友宗麟のもとには以前、磁石を研究している南蛮の学者が棲《す》み着いていたというが、その学者はもう南蛮に帰ってしまったそうだ」

「磁石学者だって？　その学者が日ノ本に残ってくれていればなあ〜」

「私の旧友の黒田《くろだ》官兵衛《かんべえ》が九州遊学時代、その学者に弟子《でし》入りしていたそうだ。今の官兵衛は、良晴の軍師なのだぞ」

記憶にはないが、黒田官兵衛か。小早川さんといい黒田官兵衛といい、博多には縁《えん》のある武将だな、と良晴は笑った。

「縁？　たしかに私は博多を盗ろうとして大友宗麟と戦ったが、結局敗北した。大友宗麟はやる気がない時は弱いが、希《まれ》に本気を出すと凄《すさ》まじく強い。外交力に長《た》け、南蛮渡来《とらい》の新兵器を次々と用いる厄介《やっかい》な姫《ひめ》武将だ。織田家との対決に踏《ふ》み切った毛利が博多をうかがう機会は、もうないだろう」

「いや。俺が知っている歴史知識では、小早川さんはいずれ筑前《ちくぜん》の国主となり、博多を治めることになるのさ。そしてそのあとに黒田家が入る」

「えっ？　そ、そうなのか？　私が、この博多を……？」

そう。黒田家が自分の発祥《はっしょう》の地「福岡《ふくおか》」の名前を博多に持ち込んだので、博多湊は武家町の「福岡」と商人町の「博多」に分断されて、俺の時代まで揉《も》めることになるんだよ、黒田官兵衛のうかつものっぷりにも困ったもんだ、と良晴は笑った。

「地名は『福岡県福岡市』。なのに、鉄道の駅名は『博多駅』。両者痛み分けってやつさ。東京のラーメン屋に『博多天神《てんじん》』って美味《うま》い店があるんだけど、天神は博多じゃない！　福岡だ！　って地元の人は怒《おこ》ってたなあ～」

「ふふっ。元祖対本家の争いか。官兵衛を叱《しか》らないとな。あ、でも、黒田家が博多に入ったあと、小早川家はどうなったのだ、良晴？　わ、私は世継《よつ》ぎを産めなかったのか？」

良晴はその隆景の問いには答えなかった。隆景は（やはり私の生涯《しょうがい》は、寂《さび》しい結末を迎《むか》えるのだな）と察した。良晴は、「だいじょうぶ！」とそんな隆景の肩をぽんと叩いた。

「小早川さん。俺が毛利家に仕官したからには歴史は大きく変わる。変えてみせるさ！」

だったら良晴の赤ちゃんを産んでいる未来がいいな、と隆景はふと自然にそう思い、そして瞬時《しゅんじ》に真っ赤に染まった顔を思わず手で隠していた。

幸い、良晴には気づかれていない。はしたないと思われたくなかった。

「うーん。やっぱり、磁石を求めてさらに西へ向かうしかないかな。神屋宗湛によれば、南蛮船は博多にはあまりやってこない。かつては平戸《ひらど》が、今では長崎《ながさき》が最大の貿易拠点《きょてん》になっているんだってさ。『博多は浅瀬《あさせ》なので乗り入れづらい』と南蛮商人たちは言うけれど、実は、裕福《ゆうふく》な町人が自治権を握っている博多ではキリスト教の布教がうまくいかないので貿易もやりづらいらしいんだ」

同じ自由貿易都市でも、堺では商売のためにキリシタンに改宗する商人が大勢いたのに、博多っ子気質ってやつかな？　この石築地を見ているとなんとなくわかる気がする、と良晴がつぶやいていると。

「あっ。待って、良晴。ほら、波の向こう。ゼゴンドウたちが踊《おど》るように泳いでいる。ふふ、かわいい……」

隆景は、玄界灘にイルカの群れを見つけていた。

瀬戸内《せとうち》の海でも時折見かける、小さなイルカたちだ。

「……良晴。ゼゴンドウはいいな。海に生きるイルカには国境がない。身分を偽《いつわ》って敵国の湊に潜伏《せんぷく》する必要もない。ほんとうに、いいな……」

私もイルカに生まれてきたかった、イルカには姫武将の習わしもない。恋だけに生きることができたかもしれない、と隆景は目を細めていた。

その隆景の切なそうな横顔を食い入るように眺《なが》めていた良晴は、隆景の手を再び握りしめると、思いついたままの言葉を早口で口走っていた。

「こ、小早川さん。平戸・長崎を回ったら、次は琉球《りゅうきゅう》まで行こう！」

「りゅ、琉球？」

「そうだ。琉球王国は戦国日ノ本の枠《わく》の外だ。毛利家も織田家も大友家もない。人目を気にせずに二人でデートできるし、きっと磁石も大量に手に入る。だから、行こう！」

隆景は、（琉球まで行ってしまえば、もう誰《だれ》にも邪魔《じゃま》されない）という胸の高鳴りを抑《おさ》えられなかった。

幸せすぎて、かえって不安になる。

だが、（恐《おそ》れるな。勇気を出せ）と亡き兄・隆元が、そして「奸悪《かんあく》無限のバブみ」宇喜多直家が、双子《ふたご》の姉・吉川元春《きつかわもとはる》が背中を押してくれているような気がした。

こくり、とうなずいていた。

「……うん。嬉《うれ》しい」

隆景と良晴は、石築地の影《かげ》の中で、そっと抱《だ》きしめあっていた。ごく自然に、どちらからともなく。

足利こども将軍義昭、三代目毛利輝元、宇喜多秀家の幼女組はすでに海岸で遊び疲《つか》れて、宇喜多直家に守られながら神屋屋敷《やしき》への帰路についている。だから今、隆景と良晴は浜辺《はまべ》に二人きりだ。

海から来る者はいない。陸地からの視線は、石築地が隠してくれる。

「……小早川さん。もしも織田家の記憶が戻《もど》っても、俺は……俺の小早川さんへの想いは、消え失《う》せたりしない。約束するよ。もう、不意に黄金のひょうたんの馬印を海の向こうに見つけて戸惑《とまど》ったりしない。だから」

「う、うん。よ、良晴。せ、せ、接吻《せっぷん》、しよう……その……む、胸はダメだぞ。せ、戦闘《せんとう》力が不足しているから」

「戦闘力？」

「む、胸なんて、た、ただの飾《かざ》りなんだから」

「え、え？　なんの話？　ま、まあいいや。厳島《いつくしま》でやらかしたばかりだし、胸を触《さわ》ったりしないよ。い、今は、接吻だけでいっぱいいっぱいだ」

「……わ、私もそうだ、良晴。焦《あせ》らずにゆっくりと、先へ進んでいこう。わ、私は良晴の恋人なのだから。ど、どこにも逃《に》げたりはしない」

たとえ良晴の記憶がいずれ戻って、良晴が織田家に去っていくことになったとしても、この日この接吻の記憶は私が生きる限りいつまでも消えない。恋が報《むく》われる一瞬がたしかにあった、それだけで私は生きていける。隆景はそう思った。

その先はもう、言葉は要らなかった。

二人は互《たが》いに目を閉じて、ゆっくりと唇《くちびる》を近づけていく。

しかし、幸福と不幸は表裏《ひょうり》一体。

今まさにはじめての接吻を交《か》わそうとしていた隆景が周囲への警戒《けいかい》心を解いたこの瞬間に、まさに恐るべき刺《し》客《かく》が現れたのだった。

その者こそは、毛利家にとって大友宗麟以上の宿敵。毛利の天敵。天が毛利家を困らせるためにこの世に生誕させたとしか思えない「生きる厄災《やくさい》」。

「ああ、七難八苦！　山中鹿之助《やまなかしかのすけ》、もはや我慢《がまん》なりませんっ‼　目の前でわが殿《との》が宿敵毛利の姫さまに唇を奪《うば》われてしまう屈辱《くつじょく》的な瞬間を、こうして地中に埋《う》まりながら無言で眺めるという非道の仕打ち！　まさに絶望！　これほどのご褒美《ほうび》は生まれてはじめて！　あっしまった、思わず顔を出してしまいましたーっ⁉」

幼女組の玩具《おもちゃ》にされて、砂浜に埋められていた山中鹿之助が、首だけをぽこんと砂の中から伸《の》ばしてきて歓喜《かんき》の悲鳴をあげていたのだった。

うわっ鹿之助？　と良晴が隆景との接吻を寸止めしてしまったので、隆景は激昂《げきこう》した。

鹿之助には、厳島でも邪魔をされた。

一度ならず二度までも！

「鹿之助？　きっ貴様、瀬戸内の海に身投げしておきながらまだ生きていたのかっ⁉　しかも、われらの密会をずっと覗《のぞ》いていたとは！　もはや容赦《ようしゃ》ならぬ！　打ち首に！　いやっ、ちょうど胴体《どうたい》まで砂に埋まっているから、このままのこぎり引きに！」

「ええっ？　のこぎり引きですかっ！　殿の手で引いていただければ、わが生涯に悔《く》いなしです！　ありがとうございます、ありがとうございます！」

「貴様なぜ喜ぶのだ！　いったいどうすれば鹿之助に反撃《はんげき》できるのだ！　この女、無敵すぎる！」

「こ、小早川さん。落ち着いて。鹿之助は苦労しすぎて幸福と不幸を感じるスイッチが入れ替《か》わってしまっただけなんだ。かわいそうな子なんだよ！」

「ぐはっ⁉　殿が私を庇《かば》ってくださる言葉が、いちばん私を傷つけるような⁉」

「そもそも、のこぎり引きだなんて残虐《ざんぎやく》非道な刑《けい》はダメだよ。優《やさ》しい小早川さんには似合わない。織田信長《のぶなが》じゃあるまいし」

「……お、織田信奈か……わ、わかった。そうだな……私としたことが取り乱してすまない。良晴に仕える忠実な家臣をのこぎり引きにしようだなどと。き、嫌《きら》いにならないでほしい」

「い、いや。嫌いになったりはしないよ。安芸《あき》からの天丼《てんどん》だから、そりゃさすがにね？　鹿之助も、『仏の顔も三度まで』という言葉を覚えておいてくれよ？」

「はいっ殿！　それではあと一度だけ邪魔できるのですね、了解《りようかい》いたしました！」

「「違《ちが》うそうじゃない！」」

　ま、まあ今回の鹿之助は故意ではなく、こども軍団に埋められていただけだから、大目に見よう……と隆景は頬《ほお》を膨《ふく》らませ、（胸を触らせようとした時に邪魔されたことはともかく、良晴とのはじめての接吻を邪魔されたのはほんとうに悔《くや》しい）と珍《めずら》しく拗《す》ねていた。

「むう。博多での人事を変更《へんこう》する。宇喜多直家に鹿之助を監視《かんし》させておくことにする。三代目たちのお守《も》り役は、弟の穂井田《ほいだ》元清《もときよ》に任せよう。少々心配だが、元清もぶらぶら遊ばせておくと私と良晴のでぇとを覗きに来る手合いだからな」

「小早川さんは、いい弟を持って幸せだよね。元清は小早川さんに懐《なつ》いている」

「いーや。あれは虫けらだ。父上がそう言い残されたのだから間違いない」

「そうやって照れて拗ねている時の小早川さんって、かわいいよね」

「う、うるさい黙《だま》れ……って、し、しまった。良晴、今の言葉は忘れてほしい。つい軽口を」

「ううん。軽口を叩《たた》いてくれるほうが嬉しいよ。俺ももう毛利一家の一員なんだなーって思えるから」

「……よ、良晴……」

「あのう。お取り込み中申し訳ありませんが、この鹿之助はいつまで砂に埋まっていればいいのでしょう？　自力では脱出《だっしゅつ》できません……満潮になればじわじわと苦しみながら溺《でき》死《し》できる自信があります」

そう。毛利一行を刺《さ》そうとしている真の刺客は、実はこの鹿之助ではなかった。

鹿之助は、むしろなにかやらかして刺されたがっているほうである。

隆景も良晴もまったく予想していないところに、意外な「刺客」が出現したのだ。

※

さて、かつて毛利家と博多を争った「九州六ヶ国の女王」大友宗麟は、本国の豊後《ぶんご》にいる。

しょっちゅう合戦となる紛争《ふんそう》地帯の博多と太宰府《だざいふ》は、大友家きっての武闘派・立花道雪《たちばなどうせつ》たち「立花一家」に任せてあるのだ。

立花道雪は九州でも屈指《くっし》の剛勇《ごうゆう》を誇《ほこ》る「雷神《らいじん》」だが、諜報《ちょうほう》には疎《うと》いので、隆景・良晴たちの博多潜伏は短期ならば決してバレないはずだった——。

しかし今、予想外の事態が起きていた。

宗麟のもとに、良晴から博多ラーメンのレシピを買い取ったばかりの神屋宗湛が「うち自身、毛利家を裏切る喜びはあったタイ」と飛び込んできたのだ！

毛利家との密貿易で稼《かせ》いだその足で、次は大友宗麟に「毛利一行が博多に潜伏中」という情報を売って二重に稼ごうというのだから、まさに鬼畜《きちく》商人。

もっとも、神屋宗湛のほうにも理屈《りくつ》はあった。

「奸悪無限の宇喜多直家、豚《ぶた》の骨を鍋《なべ》で煮《に》込む謎《なぞ》の未来人相良良晴、『神屋家は高転びに転びますね〜』と怪《あや》しい予言を囁《ささや》く暗黒寺《あんこくじ》恵瓊《えけい》……毛利家では誰を信用していいかわからなかったタイ。博多生え抜《ぬ》き商人のうちにとって毛利家は外様《とざま》、九州人にとって信用できるのは九州人だけ。これからは島井《しまい》宗室《そうしつ》ともども、うちを大友家のご贔屓《ひいき》に！」

神屋宗湛は、古なじみの毛利両川《りょうせん》はともかく、その下に集まっているうさんくさい面々に恐れをなしたらしい。初代元就公の時代にはあんなヘンな面子はいなかったタイ、とりわけ豚の骨で出汁《だし》を取る相良良晴はおっかないタイ、とんこつスープの臭《くさ》さといったらそれはもう、と震《ふる》えている。

とんこつラーメンの博多への伝授は、あまりに時代が早すぎたのだ。

大友宗麟は「博多のユダだね～」と苦笑しながら神屋宗湛に褒美の銀を与《あた》えて下がらせると、宰相《さいしょう》役に収まっているドミヌス会の宣教師・ガスパールを呼び出した。

相良良晴が記憶《きおく》を失うきっかけを作った男こそ、このガスパールだった。

彼は日ノ本の神話・遺跡《いせき》を研究する蒲生氏郷《がもううじさと》に「古代の超《ちょう》兵器です」と偽って神器を譲《ゆず》り、時空を越《こ》える扉《とびら》「天岩戸《あまのいわと》」を開かせたのだ。主君と禁断の恋《こい》をして織田信奈の志を妨《さまた》げている相良良晴を未来世界へと帰すために。

南蛮から日ノ本に来たガスパールは、織田信奈を新生統一ジパングの女王に就《つ》け、大友宗麟をその親友となし、ジパングを起爆剤《きばくざい》に全世界の文明を融合《ゆうごう》するという奇妙《きみょう》な野望を抱《いだ》いていた。彼は、日ノ本にはじめてキリスト教を布教した故フランシスコ・ザビエルに瓜二《うりふた》つだったために、ドミヌス会内部で一気に出世し、日ノ本に乗り込んできたのだ。

良晴はこの時代に生きることを決断して未来には帰らず、合戦の最中《さなか》に負傷し記憶を失って毛利家に仕えることになった。

それでもガスパールにとって、織田信奈との縁《えん》が切れた良晴は「未来へ去った」も同然である。信奈と良晴の恋愛《れんあい》関係が全国に知れ渡《わた》ったのは痛かったが、これでガスパール自身が織田信奈を補佐《ほさ》する道が開けたはずだった。

それなのに、その相良良晴が九州に来ているという。

「……相良良晴も博多に潜入《せんにゅう》しているのですか？　毛利家でおとなしくしてくれていれば、捨て置いて構わなかったのですが……」

「ガスパールさま。飛んで火に入る夏の虫だよ。毛利家の面々を捕《つか》まえちゃおうよ！」

「なりません宗麟さま。今は毛利家と戦っている場合ではないのです。反キリシタン・攘《じょう》夷《い》を掲《かか》げる薩摩《さつま》の島津《しまづ》四姉妹《しまい》の勢力伸長《しんちょう》が、私の予想よりもはるかに早い。島津の北進を防ぎ止めねば九州は危《あや》ういのです」

合戦が嫌いな宗麟は「そっかぁ。でも磁石なんて買い集めてどうするんだろうね？」と、毛利一行を捕《と》らえようという企《たくら》みをあっさりあきらめた。

だが、もうひとつの企みのほうは、そう簡単には捨てられない。

「それじゃあ毛利ご一行はお目こぼしするということでぇ、相良良晴くんを豊後に呼ぼう！」

「……な、なぜですか？」

「『天岩戸開き』の時に良晴くんの凜々《りり》しい姿を天空に見て、宗麟は良晴くんに恋しちゃったの！　織田信奈のことは忘れているそうだし、おつきあいしてもいいよね？」

大友宗麟は、南蛮絵師に描《えが》かせた「相良良晴肖像画《しょうぞうが》」を部屋に飾っている。

実物の十倍増しくらいで美形に描かれたその良晴の肖像画を見つけたガスパールは（宗麟さまはもともと飽《あ》きっぽいお方だが、禅宗《ぜんしゅう》にもカトリックにも飽きて、よりによってこんな男に……「天岩戸開き」以来流行しはじめている「恋愛教」とでも言うべきものに走られたのか）と呆《あき》れると同時に焦った。

「……またしても相良良晴め！　いけません。キリスト教はそのあたり実に厳しいのです。ジパングを統《す》べる二人の女王に恋愛は御法度《ごはっと》です。少なくともヨーロッパにジパングの実力を知らしめるまでは」

「ええ～。でもでも、生涯《しょうがい》恋愛できないなんて宗麟はイヤだよ～。いくらデウスさまに祈《いの》っても、宗麟の心の闇《やみ》は晴れないんだよ？　人間の乙女《おとめ》を救う者はやっぱり、生きた人間の殿方でないとね！　神への愛より生きた殿方への愛だよね！」

「ダメです」

「ガスパールさま、冷た～い。どうしてそういうこと言うの？」

「今の相良良晴は小早川隆景と恋仲だと思われます。宗麟さまが無理矢理に豊後に引き立てても、彼に嫌われるだけです。つまり機が熟していません――信仰《しんこう》にも恋愛にも『機会』というものがございます」

「今、良晴くんに会わなかったら、それこそ時機を逸《いっ》しちゃうよ。宗麟は毎晩悲しみに暮

れているんだよ、もう限界だよ〜！」

いずれ機会が訪《おとず》れます、その時は私のほうで宗麟さまの恋が成就《じょうじゅ》するようにお膳立《ぜんだ》ていたしますので今は耐《た》えてください、とガスパールはだだっ子のような宗麟をけんめいになだめた。

「……ほんとに？　機会が来る？　その時は、邪魔《じゃま》しない？」

「はい。ただし、恋が成就するかどうかまでは保証しかねますが。最後は宗麟さまご自身次第《しだい》です」

「……えええ……失恋したら神も殿方も宗麟を救ってくれなかったって絶望して、きっと自害しちゃうな〜」

良晴が記憶を失ったと知ったガスパールは、（もしかしたら相良良晴は過去の「私」自身なのでは？　なぜなら私もまた記憶を失っている。私のわずかな記憶に残されていた手がかりは「ジパングのオダノブナ」という言葉だけだ。相良良晴は織田信奈の運命改変に失敗し、「二周目」に入る際に記憶と元の顔を失って私になったのでは？）という恐《おそ》ろしい疑いを抱きはじめている。

「相良良晴。あれはほんとうに、厄介《やっかい》な男です。まるで私の志を阻《はば》むために存在しているかのような。記憶を失ったまま早く小早川隆景と祝言《しゅうげん》をあげてもらいたいですよ」

「ガスパールさまって彼に会ったこともないのに、目の敵《かたき》にしているよね。もしかして、織田信奈の取り合いなのかな？」

「……いえ。私には恋愛感情はありません。愛も怒《いか》りも悲しみも、すべて失ってしまいました……ドミヌス会の上層部は、ザビエルの顔を持ち観測術《プレビジオン》を操る私に異端《いたん》の嫌疑《けんぎ》をかけています。いずれ彼らはジパングまで私を『狩《か》り』に来るでしょう」

それでも、「織田信奈の運命を変えろ。彼女をジパングの女王にしろ。世界を変えろ」という強烈《きょうれつ》な「意志」が、記憶を失い自分の正体すらわからなくなった放浪《ほうろう》者ガスパールの魂《たましい》を捉《とら》えて放さないのだ。

「宗麟さま。相良良晴は泳がせておきましょう。うかつにつつけば、かえって記憶を取り戻《もど》してしまうかもしれません」

「うーん。そうなれば宗麟が割り込む余地はなくなっちゃうね」

「はい。ですが彼が再び織田信奈の野望を妨げる存在となった時、私は動きます」

宗麟は、キリスト教信仰よりも、ザビエルと同じ顔を持って南蛮から日ノ本へ流れついてきた漂流《ひょうりゅう》者ガスパールの孤独《こどく》にこそ共感していた。それは、恋とはまた違《ちが》う感情だった。自分自身が誰《だれ》かを知るために世界を彷徨《さまよ》っていた「孤独者」ザビエルに抱いていた淡《あわ》い憧《あこが》れを、思いだすのだ。

大友宗麟は、ガスパールを下がらせると、銀の勘定《かんじょう》を続けていた神屋宗湛を再び召《め》していた。

「大友家は今回の件にいっさい関知せず。ただし領内に長居されると騒動《そうどう》の火種になるから、適当な手を使って毛利家の面々を博多から追い払《はら》っておいて。お・ん・び・ん・に。ぜ～んぶ宗湛の責任だよ？」

神屋宗湛は安堵《あんど》したように「承知したタイ」とうなずいていた。

宗麟は気まぐれでわがままな女王だが、残酷《ざんこく》ではない。「毛利一行を皆殺《みなごろ》しにしろ」とは決して言いださないことを、宗湛は知り抜いていた。「毛利一行を始末しろ」と無茶を言われたら神屋家にとっても大災難だが、早々に博多から追い払うだけならば「手」はある。もっとも、かなり荒《あら》っぽい仕事にはなるが。

「その仕事代、別途《べっと》請求《せいきゅう》するタイ」

※

博多における暗黒寺恵瓊の人事は完璧《かんぺき》なものだったが、山中鹿之助に二度までもいいところに水を差された小早川隆景が、「子守役」の宇喜多直家に鹿之助の見張りを命じたことが、予想外の事態を招く結果になろうとしている。

もちろん、毛利両川姉妹も恵瓊も直家も、まさか自分たちに館と湊《みなと》を貸して商売中の神屋宗湛が躊躇《ちゅうちょ》せず「二重商売」をやっているとは気づいていない。宗湛は博多弁が愛らしい人あたりのいい娘《むすめ》だが、根は武家にも異国にも屈《くっ》しない反骨の博多商人である。その燃える商魂《しょうこん》は、まさに鬼畜。

惜《お》しむらくは、彼女が博多ラーメンの中毒性を理解するには、数杯《はい》は食べる必要があった。が、とんこつスープの製法とその臭《にお》いは戦国時代の人間にとってはあまりにも凄《すさ》まじかった。これは大損したタイ！　と早合点した宗湛はあわてて、赤字を回収するべく大友宗麟のもとに奔《はし》ったのだ。なので、良晴が博多ラーメンではなく辛子明太子《からしめんたいこ》を伝授していれば、この大騒動は起こらなかったのだが――。

「ううう。僕はお姉ちゃんっ子なんですよう。年下の子供たちの面倒《めんどう》を見るのは不慣れなんですよう。子供って、なんて騒《さわ》がしくてなんてわがままなんだ……容赦《ようしゃ》なく攻撃《こうげき》してくるし……っ、疲《つか》れた～……」

この日、博多湊の桟橋《さんばし》で毛利家のこども軍団の相手をさせられていた穂井田元清はへろへろになっていた。

「元清。わらわをあのジャンク船に乗せてたもれ～。明の海岸ではよく見かけたものじゃ、中はどうなっておるのかのう」

「てるも、ジャンク船に乗ってみたーい♪　元清、お願いっ♪」

「海賊《かいぞく》船かもしれません、危険ですよ。でももしかしたら、宣教師さまが乗っておられるかも」

その上、こども軍団はいつの間にか桟橋に横付けされている所属不明のジャンク船に乗りたいなどと騒ぐ始末。

「あれ？　おかしいなあ。昨日はこんな船、見かけなかったような……」

元清が首を傾《かし》げていると、船長らしき男が船内から現れて、そして桟橋へと降りてきた。

痩《や》せた男で、南蛮の道化師《どうけし》のような妙《みよう》な扮装《ふんそう》をしている。なんだか笑顔が怪《あや》しい……と元清は悪い予感に襲《おそ》われていた。

「はあ～い、コモエスタ！　愛らしいお嬢《じよう》ちゃん方、お元気ぃ？　この船は長崎から来た最新型のジャンク船、『ハウステンボス号』よ～ん。アタシは船長の馬武《ばぶ》。身体《からだ》は男でも心は半分乙女だから、『ばぶみ』って呼んでちょうだい。南蛮のお菓子《かし》を博多に売りに来たのよ～ん♪」

「ぬな。なんじゃと。南蛮の!?」

「お菓子の船なの～？」

「金平糖というものを秀家は食べてみたいです！」

「はいはい、あわてないあわてない。アタシは商売柄《しようばいがら》子供に優《やさ》しいのお。見学させてあげるわよ～ん♪　なーんだか神屋ちゃんったら今回もケチ臭《くさ》くて、長崎産のお菓子が少々売れ残っているの。今なら船内のお菓子、食べ放題よ～」

み、みなさん、知らないおじさんについていってはダメですよお～と元清は止めたが、気が弱くてこども軍団を決して叱《しか》りつけない元清が、「お菓子の？」「船ぇ〜⁉」「食べ放題ですか⁉」と釣《つ》られたこども軍団を止められるわけもなかった。

「はあ〜い。金平糖はともかく、日持ちしないカステラを長崎に持ち帰っても腐《くさ》らせちゃうから。もったいないでしょ？　お菓子だってかわいそうだわ……だってお菓子は、愛らしいお子さまに美味《おい》しく食べられるために作られたのに！　人間にたとえれば、生涯独身で子供を産めないままに死んでいくって寂しいでしょ！　アタシってばどうして男の身体に生まれてしまったのーっ！　この『わが子を産めない』という切なさを克服《こくふく》するために、アタシは子供たちの笑顔を見たくてお菓子の商人になったのよん♪」

いい人なのじゃ！　いい人だね！　信用できます！　と義昭・輝元・秀家が馬武に連れられてぞろぞろと「お菓子の船」ハウステンボス号に乗り込むと同時に、船は碇《いかり》をあげてそそくさと湊から出奔《しゅっぽん》してしまった。

たちまち、船内から「あ〜れ〜。降ろしてたもれ〜」と義昭の悲鳴が響《ひび》いてきた。

「あーっ⁉　子供攫《さら》いだーっ！　うわあああ！　景さま、申し訳ありません！　僕は、僕はあああ！」

栈橋に取り残された穂井田元清は、絶望して切腹しようとした。が、ハウステンボス号の甲板《かんぱん》に立っていた馬武船長のこの言葉が、元清を思いとどまらせた。

「おーほっほっほ。実はアタシ、幼子専門の奴隷《どれい》商人なの♪　子供たちを返してほしくば、親御《おやご》さん一同で長崎へいらっしゃい！　博多では交渉《こうしょう》しないわよん。長崎へ来ないなら、この子たちは南蛮の奴隷商人に売り飛ばしてしまうわよん♪　日ノ本人の幼女って、南蛮の露璃魂紳士《ろりこんしんし》たちに、と～っても人気なのよね～ん♪　南蛮紳士たちも、無垢《むく》な幼女の中に――母性を、感じるのかしらね……男って悲しい生き物よね……フッ……」

「ええええ？　奴隷商人？　南蛮の露璃魂紳士に売り飛ばす、ですって？　たっ、たいへんだあああ！　景さまあああ！」

神屋屋敷《やしき》で今後の航海計画を練っていた小早川隆景、吉川元春、相良良晴たちは、元清の知らせを聞くや否《いな》や立ち上がり、全員で毛利船団を停泊《ていはく》させている桟橋へと駆《か》けていた。

「景さま。僕がこども軍団に甘すぎたばかりに、ごめんなさい！」

「仕方がない元清。良晴とのでぇとに夢中になって恵瓊の人事を勝手に変更《へんこう》した私の責任だ。海に飛び込んだりしてはならないぞ。ただちにハウステンボス号を追撃《ついげき》する！　長崎への航路を取る！」

「どうせ次は平戸・長崎を回る予定じゃったけぇ、手間が省けたと考えればええ、隆景。じゃが、三代目たちを攫った変態船長はしごうしたる！」

「『ハウステンボス』はオランダ語だが、『コモエスタ』はポルトガル語だ。しかも船長の名前は『馬武』と唐名《とうめい》。完全に無国籍《むこくせき》だな……」

「僕が見た船長は南蛮風の恰好《かっこう》でしたが、人相は東洋人でした。倭寇《わこう》ですよ！　昔は日ノ本人が倭寇の中心でしたが、今の倭寇は文字通りの無国籍海賊なんです！」

子供の相手は難しいのに、よりによって『虫けら』と舐《な》められる穂井田ちゃんにお守《も》りをさせるなんて、んもう、と憤慨《ふんがい》していた暗黒寺恵瓊が、

「なにやら陰謀《いんぼう》の臭いを感じますよ〜。毛利一行が博多に居座ることを嫌《きら》ったなにものかが裏で画策している気がしますよ〜」

と言いだしたが、もはや馬武を雇《やと》った「真犯人」を捜《さが》している時間はない。まごまごしていると、馬武は義昭たちを南蛮の変態紳士に売り飛ばしてしまう。

そしてここに、「正義の怒り」に燃えて阿修羅《あしゅら》と化している男が一人。

「雄雄雄雄雄雄雄雄《おおおおおおおお》！　子供専門の奴隷商人だとう？　オレさまは、生涯でこれほどの悪を見たことがなかった！　オレは奸悪《かんあく》無限の謀将だが、たったひとつ、幼子の笑顔だけは穢《けが》すまいと己《おのれ》に誓《ちか》うことでかろうじて人間の心を失わずに生きてこられたんだぞ！　外道《げどう》め、絶対に許さねえええええ！　秀家を返せえええええ！」

今や幼子たちの笑顔を守るための聖戦士と化した、宇喜多直家だった。

「お嬢！　相良！　急ぐぜ！　オレは今回ばかりは正義の味方となる！　外道に天罰天《てんばつてん》誅《ちゅう》を下してやらあ！　『こども十字軍』、出発だあああ！」

いったい誰なのだこの男は。宇喜多直家がいつもこの調子だったら天下すらうかがえた

のにと小早川隆景は半ば呆《あき》れたが、叛服《はんぷく》常ないうさんくさい男が良晴にも匹敵《ひってき》する頼《たの》もしい「ナイト」になってくれた。三代目たちは取り戻せる、と隆景は確信していた。

「だが宇喜多、どうも西の方角の雲行きが怪しい。しかも、われらは玄界灘には不慣れだ。長崎へ向かう途中で暴風雨に巻き込まれる恐《おそ》れが……もしも村上武吉《むらかみたけよし》がここにいたら、出発をしばし見合わせるはずだが」

「お嬢！　あんたは知恵《ちえ》者だが考えすぎる！　問題ねえ！　毛利船団が嵐《あらし》に襲われるはずがないと、オレさまは断言するぜ！」

「どういう理由で？」

「オレたちが、穢れなき幼女を救う『正義のこども十字軍』だからだーっ！　この世に神がおわすのならば！　馬武とかいう野郎《やろう》に神罰を下し、無垢な子供たちを救ってくれる！　すなわち！　馬武の船だけを神風が襲う！　カ・ミ・カ・ゼ、がー！」

「なにを言っているのだ。そんなに都合よくいくはずがない。元寇《げんこう》とて、神風だけの力で勝てたわけでは……鎌倉武士たちが博多に石築地《いしついじ》を築いて果敢《かかん》に戦ったからこそ」

「いーや！　ぎりぎりのところで最後に勝敗を決するものは『正義』だ！　そして正義はわれらにあり！」

この国は姫巫女《ひみこ》さまをいただく幼女神の国・日ノ本！　そしてこの地は因縁《いんねん》の博多！　神風が、神風が吹《ふ》いてくれる！　間違いねえ！　神風が秀家たちを救ってくだされば、オレは前非を悔《く》い、出家して善人になる！

宇喜多直家は熱烈《ねつれつ》な宣教師と化したかのように「神風が幼子を救い給《たも》う」と唱え続けた。

「神仏を恐れぬ奸悪無限の宇喜多が、神頼《かみだの》みとは。悪い予感がする」と迷う小早川隆景も、そして「キャラぶれしすぎだろう宇喜多さん。しかし『露璃魂』対『馬武』か。なにかの因果を感じるな。深い闇《やみ》の因果を」と戸惑《とまど》っている相良良晴も、ついに押し切られた。

嵐が迫《せま》る中、長崎への航海は明らかに危険だが、義昭や三代目輝元たちを見捨てることはできない。

ついに毛利船団は、長崎へと逃《に》げる馬武のハウステンボス号を追いかけるべく出航した。

それぞれの船に、小早川隆景と相良良晴。宇喜多直家。恵瓊。穂井田元清が分散して乗り込み、いっせいに帆《ほ》をあげて西の海へと押しだしていた。

宇喜多直家の船を先頭に、毛利船団は躊躇《ちゅうちょ》なく突《つ》き進む。

だがあまりにも直家が急ぐので、他《ほか》の船が追いつけない。とりわけ、小早川隆景と相良良晴の二人が乗った船は大幅《おおはば》に出遅《でおく》れてしまった。

ともあれ、「吹けよ神風！　幼子の笑顔を守り給え！」と血眼《ちまなこ》になって玄界灘を突き進んだ宇喜多直家は、ハウステンボス号の「背中」をついに視界に捉《とら》えた。

「あらあら。ちょっと来るのが早いわよ～ん。焦《あせ》りすぎぃ♪　もうじき玄界灘は時化《しけ》るというのに。アタシは毛利船団を沈《しず》めろとまでは言われていないのに～。どうなっても知らないわよ〜ん♪」

「黙《だま》れこのサタンめ！　貴様は神風によって罰《ばっ》されるのだーっ！　天誅！」

宇喜多直家と馬武の船が接近し、互《たが》いに交戦状態に入ろうとしたこの時。

はるか後方を進んでいた小早川隆景と相良良晴が乗った船に、不運にも玄界灘を襲った
「時化」が直撃していた。

「なにが神風だ、宇喜多め。やっぱりこうなったではないか。よ、良晴、甲板から滑《すべ》り落ちたら溺《おぼ》れるぞ！　柱から手を離《はな》してはダメだ！」

「小早川さん、やばいぞこの時化は。瀬戸内の海では味わったことのない大嵐だ！　しかも、よりによってなぜか俺たちが乗っている船がいちばん酷《ひど》い時化に巻き込まれている！」

「妙だ。まるで時化が宇喜多の船を避《さ》けているかのようだ。そういう意味では神風なのか……が、このままでは」

舵《かじ》を取ることができない。どうにかして船を時化から脱出《だっしゅつ》させようと戦っていた船乗りたちも、次々と波に呑《の》まれていく。彼らは「自爆特攻《じばくとっこう》」上等の村上海賊衆の男たちだ。このまま溺死《できし》することはないだろう。だが気がつけば、船の上にはもう隆景と良晴の二人しか残っていなかった。しかも、時化はますます激しくなっている。

「これ以上、船体が持たない！　転覆《てんぷく》する！　小早川さん！　絶対に俺から離れるな！」

「良晴。すまない。海の上は危険だ、板子一枚下は地獄《じごく》だと知っていながら、私は良晴を海賊衆にしてしまった……その結果が……」

「後悔《こうかい》なんてするなっ！　俺は村上水軍のお姫《ひめ》さま、小早川隆景の恋人《こいびと》なんだぜ！　海賊にならずに、なにになるんだ！　俺は村上さんたちに鍛《きた》えられた！　絶対に小早川さんを死なせない！　だから俺の身体にしがみつけ！　なにがあっても離すな！」

「……良晴」

俺の力は「女の子を守る」と決めた時だけ十倍増なんだ！　と良晴は大波に抗《あらが》うかのように叫《さけ》びながら、隆景の身体をかたく抱《だ》きしめていた。隆景は、（この人に出会えてよかった）と良晴の背中に腕《うで》を回していた。そして、二人が乗った船は、波に呑まれてついに転覆していた――。

玄界灘を襲った時化の中、小早川隆景と相良良晴が遭難《そうなん》したことを海上で毛利一行が知ったのは、およそ一刻後。暴風雨をかろうじてやり過ごし終えた時のことだった。

巻ノ三　こども十字軍と、小早川《こばやかわ》さんのニライカナイ　長崎《ながさき》

謎《なぞ》の無国籍倭寇・馬武《ばぶ》が足利義昭《あしかがよしあき》・三代目毛利輝元《もうりてるもと》・宇喜多秀家《うきたひでいえ》の「毛利こども軍団」をハウステンボス号に乗せたまま博多湊《はかたみなと》を出航したことから、毛利家を震撼《しんかん》させる大騒動《おおそうどう》が勃発《ぼっぱっ》していた。

「こども十字軍」による聖戦を訴《うった》えた宇喜多直家《なおいえ》が神風を頼《たよ》りにして無茶な海上追撃を行った結果、玄界灘《げんかいなだ》の時化が「こども十字軍」船団の最後尾《さいこうび》を進んでいた小早川隆景《たかかげ》と相良《さがら》良晴《よしはる》の乗る船を直撃。

九死に一生を得た宇喜多直家たちがからくも時化を逃《のが》れて一息ついた時には、隆景と良晴の姿は忽然《こつぜん》と消えていたのだった！

ちりぢりになった毛利船団が「いったいここは」「どこの海じゃけぇ」「沖《おき》から流されてしまって、現在位置がさっぱりわからん」と海上に集結しつつある中、ハウステンボス号にも逃げられ、船団まるごと海上で迷子《まいご》となり、しかも隆景と良晴が消えた。

あわてて周辺を捜索《そうさく》したが、二人が乗っていた船はどこにも見当たらない。沈没《ちんぼっ》したか、あるいは時化に巻き込まれて遭難したか。

動揺《どうよう》した吉川元春《きつかわもとはる》はすっかり涙目になり、

「宇喜多、おどれのせいじゃ～っ！　な～にが神風じゃ！　南蛮人《なんばんじん》いわく、『十字軍』ちゅうのはこうなるものなんじゃ！　た、た、隆景と良晴が溺れてしもうたではないか～！　しごうしたる！」

と戦犯・宇喜多直家を簀《す》巻《ま》きにして船の舳《へ》先《さき》に追い立て、フカの餌《えさ》にしようとしていた。

「そんな馬鹿《ばか》なあああ！　ありえねえ！　無垢な幼子を救おうと戦ったオレたちを、露《ろ》璃《り》魂《こん》の神が見捨てるはずがねえええ！　なぜだ！　なぜ露璃魂の神は、沈黙《ちんもく》を続けるんだあああ!?　吉川のお嬢《じょう》、お慈《じ》悲《ひ》！」

あわわ。たいへんなことに。毛利家が分裂《ぶんれつ》してしまいますよ～、とあわてた暗黒寺恵瓊《あんこくじえけい》が、

「ま、まあまあ。隆景さまも相良良晴もひとかどの海のもののふですし、そう容易《たやす》く溺れ死んだりはしませんよう。捜せば必ず見つかります。宇喜多直家さまを海に突き落とすのはやめましょう。備前美作《びぜんみまさか》五十万石《ごく》を領有する宇喜多家を敵に回しちゃいます～。宇喜多家が織田信奈《おだのぶな》方に奔《はし》れば、毛利は上洛《じょうらく》の道を塞《ふさ》がれます」

と元春を説得したが、妹の遭難に絶望した元春は「知るか！　隆景がもしも見つからなんだら、上洛も毛利家もなにもかも終わりじゃ！」と恵瓊の説得を聞き入れない。

「思えば、宇喜多が狂信《きょうしん》的な露璃魂なのがすべて悪いんじゃ～！　こやつのおかしな幼女

信仰《しんこう》さえなければ、隆景がもっと冷静な策を立てて今頃《いまごろ》は三代目たちを救出できとった！　こやつは、邪教徒《じやきようと》じゃ！」

「ろ、ろ、露璃魂教から転ばせましょう。それで宇喜多さまのお命をお救いください、吉川さま」

「……宇喜多を、転ばせる？」

「はい。キリスト教を禁教にしている領主がキリシタンの領民を転向させる際によく使う手ですが、『踏《ふ》み絵《え》』をやらせます」

　この事態を収めるべく、暗黒寺恵瓊の黒い智謀《ちぼう》が炸裂《さくれつ》した。

　恵瓊は、頭に天使のわっかを、背中に天使の羽を装着した愛らしい幼子・宇喜多秀家を描《えが》いた肖像画《しようぞうが》を、簀巻きにされた直家の足下《あしもと》に置いたのである。

　しかもこの肖像画、十六世紀の南蛮画風ではなく、相良良晴が恵瓊に教えた「秋葉原《あきはばら》派」の萌《も》え絵タッチである。おお、かわいいのう、と元春が思わず感嘆《かんたん》してしまうほど、よく描けていた。

「形だけでよいのです、宇喜多さま。さあ、踏んでください。これはただの絵です。ほんものの秀家ちゃんを救うために、生き延びるのです～」

「うっ、うおおおおおお！　萌えええええええ！　天使の姿をした秀家たん、マジ萌えええええええええ！　ふっ、踏めねえ……！　この奸悪無限の宇喜多直家さまをもってしても、これほど神々《こうごう》しい秀家の似姿を踏みつけることはできねえ……！　そんなことをしたら神罰が下る！　脚《あし》が、脚が金縛《かなしば》りにあって、動いてくれねえええええ！」

「うーん。信仰者の悲劇ですねえ～。露璃魂に殉教《じゅんきょう》するおつもりなんですねえ」

なんじゃこいつは。踏み絵は逆効果じゃ。いよいよ邪教信仰に萌えくるっちょる！　ならばフカの餌になれい！　と元春が宇喜多直家を海へ突き飛ばそうとした、その時。

「貴公らは、毛利船団の方々とお見受けした。海難事故に遭《あ》ったか？　それとも、倭寇《わこう》に襲《おそ》われたのか？　玄界灘を守るは、この松浦《まつら》隆信《たかのぶ》率いる松浦党。力になろう」

平戸《ひらど》に根拠《こんきょ》地を置いている北九州の海賊《かいぞく》団、松浦党が颯爽《さっそう》と現れたのだった。

九州の戦国武家は、その源流を辿《たど》れば、地元古参の平家《へいけ》系統の武家と、平家を滅《ほろ》ぼして鎌倉《かまくら》幕府を開いた源《みなもとの》頼朝《よりとも》が九州支配のために送り込んだ外来の武家「下り衆」とに二分されている。

強力な武力を誇《ほこ》る薩摩《さつま》の島津《しまづ》四姉妹《しまい》や、豊後《ぶんご》の「九州の女王」大友宗麟《おおともそうりん》は、後者である。

平戸の松浦党、大友家に従属しているが「肥前《ひぜん》の熊《くま》」龍造寺隆信《りゅうぞうじたかのぶ》をも後援《こうえん》している蒲池《かまち》一族、大友家に逆らって何度も戦っている秋月《あきづき》家などの中小のご当地豪族《ごうぞく》たちは、前者に属する。彼らは勢力こそ小さいが、地元に根強い地盤《じばん》を持ち、決して大友家に心から屈《くっ》することのないしたたかな者たちだった。

渡辺綱《わたなべのつな》の末裔《まつえい》である松浦党はとりわけ、玄界灘の海域を支配する強力な水軍で知られていた。

「や、やっと運が回ってきました！　頼りになる助っ人《すけと》参上ですよ！　松浦どの！　どうか、景さまたちをお救いください！」

景さまが、景さまがあああ！　僕も安徳姫巫女さまのように海の藻屑《もくず》と消えます、景さまを黄泉国《よみ》まで追いかけます！　止めないでください！　と絶望して海へ飛び込もうとしていた穂井田元清《ほいだもときよ》が、黒ずくめの海賊服に身を包んだ松浦隆信を伏《ふ》し拝《おが》んでいた――。

宇喜多直家が「やはり露璃魂の神は、われを救い給えりいいい！　見ろ、吉川のお嬢！　わが祈《いの》りは露璃の神に届いた！　玄界灘を支配する松浦党を、救世主として遣《つか》わされた！」と喜色満面、これまでの経緯《けいい》を松浦隆信に語った。松浦隆信は苦み走った美男子で、「玄界灘は俺たちの庭であり家だ。この松浦党が玄界灘の治安を守る」という義侠心《ぎきょうしん》に溢《あふ》れていた。宇喜多直家とは大違《おおちが》いじゃ、と吉川元春は膝《ひざ》を打った。

「なるほど。ハウステンボス号に子供たちを攫《さら》われたのか。長崎の倭寇、馬武の仕業《しわざ》だな。あいつは、俺のダチだった王直《おうちょく》の子分あがりだ。多少の海賊働きはお目こぼししてやってきたが、南蛮の変態に子供を奴隷《どれい》として売り飛ばそうとは、許せんな。長崎の大村純忠《おおむらすみただ》に鷹《たか》を放ち、話をつけてやろう。長崎港に入港しよう」

「おんしは、大村純忠と親しいのか？」

「九州の国人豪族《こくじん》たちは対立と和睦《わぼく》を繰《く》り返している。平戸と長崎は南蛮貿易船を奪《うば》い合って切った張ったの出入りもやったが、今のところ松浦党と大村家とは友好関係にある。もっとも、お互いに佐嘉《さが》の龍造寺隆信に従属させられているというありさまだがな。奴《やつ》は俺と同じ名前の男だが、いずれ大友宗麟を潰《つぶ》して北九州を奪い取ろうとしている稀代《きたい》の暴君さ。ただし、陸では龍造寺に敵《かな》わずとも、玄界灘では松浦党は無敵だ」

肩《かた》に止めていた鷹を青空へと解き放ちながら、松浦隆信は「ただちに船団を二手に分けてくれ。長崎へと向かいハウステンボス号を拿捕《だほ》する追撃隊《ついげき》と、遭難した小早川隆景と相良良晴を捜索する別働隊とに」と元春に進言した。

「その追撃隊と別働隊をそれぞれ、われら松浦党が先導する」

「かたじけない！　しかし隆景と良晴がどこに流されたのか、見当もつかんけぇ。潮の流れから考えれば、東のかた、出雲《いずも》のほうへ……うわああ。尼子《あまこ》の呪《のろ》いじゃあああ！」

「いや、先刻の時化《しけ》に巻き込まれたのならば、いつもの潮の流れとは異なる方角に流されたはずだ。おそらくは南の方角。あるいは長崎方面に」

ならば、こども軍団救出と隆景捜索を同時にこなせて一石二鳥じゃが、そう都合よくいくとは思えん。どうも相良良晴には「遭難癖《へき》」のようなものがあるけぇね。二人はもっととんでもない僻地《へきち》まで流されてしもうた気がしてならん、と元春は悪い予感に憑《つ》かれていた。

「恵瓊ちゃんが船団を再編成します！　吉川さまと宇喜多さまは、松浦隆信さまとともに長崎へ直行して大村純忠さんの許可のもと、ハウステンボス号を拿捕してください！　恵瓊ちゃんと虫けらちゃんは、松浦党の先導に従って、隆景さまと良晴どのの捜索を開始しま～す！　いずれも一刻を争いますよ！　合流先はとりあえず長崎としましょう！」

「む、虫けらちゃんはやめてくださいよう～。景さま以外の方から虫けらと呼ばれても、ご褒美《ほうび》になりませんよう」

「うおっしゃあ！　こども十字軍、再結成だーっ！　これより『ハウステンボス号解放十字軍』と名を改める！　待っていろ、秀家！　踏み絵の受難をも耐《た》えたこの父の真心は、必ず天の露璃魂《ろりこん》の神へと届く！　松浦の旦那《だんな》、恩に着るぜえええ！」

なお、山中鹿之助の姿が消えていることに、この時まだ誰《だれ》も気づいていない。

「ふえぇ？　松浦党が長崎港に？　南蛮船を横取りしたから、怒《おこ》って攻《せ》めてきたの～？　でもでも、荒《あら》ぶる龍造寺隆信にシメられている者同士、しばらくは仲良くしようって約束していたはずなのに～？　仲良きことは美しきかな、の精神は～？　お助け～！　デウスさま～！　小鳥さま～！」

長崎を支配する大村純忠ことバルトロメオは、日ノ本ではじめてキリシタン大名となった姫《ひめ》大名である。

ただ、もともと小動物が大好きだったせいか、最近ではデウスよりもなぜか「小鳥」を崇拝《すうはい》するようになっていた。

長崎に巨大《きょだい》な小鳥園を建造して、世界各地から取り寄せた小鳥のパライソを築いている。大村純忠は、平戸の松浦党を相手に南蛮貿易船を激しく奪い合ってきたが、ドミヌス会から送られてきた「問題の男」ガスパールの口車に乗って長崎の港をドミヌス会に寄進するという奇策《きさく》に出て、平戸から完全に南蛮貿易船を奪取《だっしゅ》した。本来の主筋《しゅうすじ》である豊後の大友宗麟からも「いいね、いいね。九州にキリシタンの王国を作っちゃおうよ！」と勧《すす》められてのことであった。

ドミヌス会とポルトガル商人は、東アジアの各地に拠点《きょてん》となる港を開いて、カトリック伝道と貿易のためのネットワークを広げている。日ノ本では長崎、明《みん》ではマカオがポルトガルの拠点となっていた。

この拠点を「面」として広げていけば、いわゆる「植民地」にできる。たとえば東南アジアのマラッカでは地元の王家と戦って追い払《はら》いこれを植民地化しているのだが、それでもポルトガルは旧マラッカ王国領を「面」として完全支配するには至っていない。

ましてや、さらにポルトガル本国より遠い東アジアに位置する明と日ノ本に対しては、強行的な拡張政策は採っていない。あくまでも「点」を確保することで精一杯《せいいっぱい》だったのだ。

ガスパールは、ドミヌス会の強硬派でイスパニア国王フェリペ二世とも通じている「コンキスタドール派」に属しているが、自在に大艦隊《だいかんたい》を動かして日ノ本を独力で切り取れるような権限はないのだ。舌先三寸で長崎を手に入れただけでも大戦果なのである。

これに対して、イスパニアは南北アメリカ大陸と同様にアジアでも問答無用で植民地を拡大するコンキスタドール活動を行っており、呂宋《ルソン》――フィリピンはすでにイスパニア領土となっているのだった。「フィリピン」とはそもそも、イスパニア国王フェリペ二世の名からつけられた地名である。すでに呂宋では、自前のガレオン船が生産されている。規模こそ「無敵艦隊」を擁《よう》する本国に劣《おと》れど、この時代、アジアの海域に「イスパニア艦隊」が出現しつつあったのだ。

日ノ本への進出においてポルトガルに出遅《でおく》れたイスパニアは、今、虎視眈々《こしたんたん》と「黄金の国」日ノ本を狙《ねら》っているという。日ノ本が産出する黄金と銀――とりわけ銀が欲しいのだ。明でもヨーロッパでも、銀は「通貨」として流通している。イスパニア本国にとっても、対明貿易ルートの拡大のためにも、銀は欠かせない。なにしろ大国の明は自前でなんでも揃《そろ》えられるから、ヨーロッパから売りつけられる品物を欲《ほっ》しない。ただ、通貨となっている銀だけは別で、南蛮商人から銀を買い付けるのだ。

そんな中、財政難や龍造寺隆信の圧迫《あっぱく》に苦しむ大村純忠は、戦国日ノ本の大名としてははじめてカトリックに改宗することでポルトガル商人を長崎に呼び込んだのだった。

当初はけっこう無理矢理に領民たちを改宗させたりもしたが、教会と同時に大村純忠が建てた「小鳥園」が領民たちに受けたのと、ポルトガル商人が長崎で売り出した南蛮名物菓子《がし》「カステラ」の爆発的《ばくはつてき》な人気もあって、今ではすっかりカトリックと南蛮文化が領内に普及《ふきゅう》している。

だがこの時期は、大村純忠も松浦党も、急激に勢力を膨張《ぼうちょう》させている肥前佐嘉の龍造寺隆信に心ならずも従属している。龍造寺隆信も形の上では大友宗麟に従属しているのだが、宗麟を無視して勝手に四方八方に兵を出し、領土を切り取り続けているのである。雲仙島原《うんぜんしまばら》を治める大村純忠の実家・有馬《ありま》家も龍造寺に狙われて青息吐息《といき》というありさまだ。

「じい。どうしよう～！」

「姫。だいじょうぶでございます。松浦より、長崎の小鳥園へ向けて鷹が送られて参りました。鷹の脚に、姫宛《あ》ての書状が。こちらです」

「ええと。倭寇の馬武が毛利家の姫たちを誘拐《ゆうかい》して長崎港に潜伏《せんぷく》している。毛利船団に姫たちを引き渡《わた》してほしい、って書いてる！　罠《わな》じゃないよね？　実は長崎焼き討《う》ちを狙ってるとか？」

「松浦党が毛利の大船団を率いているのは事実。ここで戦えば、大村家と松浦党は共倒《ともだお》れに。長崎は龍造寺家の直轄《ちょっかつ》地にされてしまいます。入港を断れば、一大事に」

「ああ。小鳥さま……！　純忠はどうすればいいのでしょうか……！　どちらにしようかな、小鳥さまの言うとおり♪」

結局、悩《なや》んだ大村純忠は「小鳥占《うらな》い」を実施《じっし》して、返事を決めた。小鳥園に入ってバードウォッチングに興じ、時間内にカウントできた小鳥の数で「ＯＫ」か「不許可」かを選ぶという、実に神頼《だの》みな決断方法だった。

「決めた～！　小鳥さまの数が百羽を超《こ》えた～！　毛利船団を長崎に入れるべし！　仲良きことは美しきかな！」

家老たちも、（あ、危なかった……）（しかしなんでデウスじゃなくて小鳥なんじゃろう）と胸を撫《な》で下ろし、純忠の決定に異を唱えなかった。

長崎と平戸が龍造寺隆信の圧力に押されてこれに従属し、一時的な和睦状態にあったことが、吉川元春たち毛利船団に幸いしたと言っていい。

もしも松浦党と大村純忠が対立している時期だったら、松浦党に先導された毛利船団が長崎に入ることは難しかった。問答無用で、「長崎海戦」が勃発《ぼっぱつ》しただろう。

しかし、暴君・龍造寺に渋々屈《しぶしぶくっ》している両家は、いずれ機会を得ればともに龍造寺からの再独立を果たそう、と内々で誓《ちか》いあっている。

松浦党に先導された毛利船団は、長崎への入港を許可されたのだった。

ハウステンボス号を長崎港に入れていた馬武は、この時、足利義昭たち毛利こども軍団に船内でたっぷりとお菓子を与《あた》えて、「子供っていいわねえ！　アタシは身体《からだ》は男だけれど心は乙女《おとめ》！　むしゅめが欲しくてたまらなかったのよ～ん！」と大はしゃぎ。こども軍団と一緒《いっしょ》に遊んでいた。

「ぬな。わらわたちを奴隷として売り飛ばすのではなかったのかの？　どこにも南蛮の変態紳士《しんし》などおらぬ。それどころか、竜宮《りゅうぐう》城のように至れり尽《つ》くせりではないか。妙《みょう》じゃの」

「ななな南蛮の変態紳士さんって、どれくらい変態なの～？　厳島《いつくしま》神社で元春のおっぱいを揉《も》んだ相良良晴よりも変態なの～？　そもそも、おっぱいもない子供に、いったいどんなことを……てるは怖《こわ》いよう～。隆景にお尻《しり》ぺんぺんされるほうがましだよう～」

「キリスト教の本家本元である南蛮に、そんな罪深い人間が……秀家は衝撃《しょうげき》です……まだ、お父さまのほうが人間としてまともだったなんて……うう。これまでたびたび口にしてきた不敬な秀家の非難の言葉をお許しください、お父さま……お父さまが私に注いでくれた無尽蔵《むじんぞう》の愛に、攫われてから気づくだなんて、秀家は悪い子でした……」

　だいじょうぶよん！　と馬武は金平糖を放り投げてぱくりと口に入れる芸を披露《ひろう》しながら、笑ってみせた。

「奴隷として売り飛ばすという話は、毛利船団を博多からただちに引き離《はな》すための方便よん。今回は、そういうお仕事なの。アタシは痩《や》せても枯《か》れても、倭寇《わこう》の大旦那・王直さまの一の子分だった馬武さまよぉ。そんな野暮な真似《まね》はしないわよん」

「ぬな。王直とは、明人でありながら松浦党と組み、平戸を根城にして稀代の大倭寇として活躍《かつやく》しておった、あの王直かの？　わらわは兄上とともに長らく明で暮らしておったから、倭寇には詳《くわ》しいのじゃ！」

「そうよ！　その王直さまよう！　明政府の海禁策に反対して、『海はどの国のもんでもねえ、俺たち海に生きる民《たみ》のもんだあ！』ってタンカを切って倭寇になったお方よん。ああ、ほんとうにかっこよかったわあ……世界の海は俺の海！　と豪語《ごうご》して、南蛮人相手の南蛮貿易にまで手を広げていたのよん。平戸に南蛮船を呼んだのも、種子島《たねがしま》に鉄砲《てっぽう》を持ち込んだのも、み～んな王直さまだったのよん。最後は、アタシたち子分どもを救うために明の政府に投降して、処刑《しょけい》されちゃったけれどもねん。うわあああん、王直さまあああああ！　せめてあなたのお子が欲しかったのよねん！」

「なんじゃ。つまりそちは主君を処刑されて、しかも子供が産めぬ身。寂《さび》しかったのじゃな……それで、お菓子の船『ハウステンボス号』を作って、子供たちと遊んで寂しさを紛《まぎ》らわしておったのかの？」

「そういうことなのよん！　今回は、神屋《かみや》ちゃんからお仕事として依頼《いらい》されてあなたたちを攫《さら》ったのだけれど、悪気はなかったのよん！　毛利船団が長崎に着いたら、お土産《みやげ》のお菓子をどっさり持たせて帰してあげるわよん。だから、それまでアタシと遊んでちょうだい！　これ、美味《おい》しいわよ！　オランダ名物のカステラよん！」

足利義昭は「うむ！　遊んでやろうぞ！　孤独《こどく》にさいなまれている民の心を癒《い》やす、これも将軍の務めじゃ！」と思いきり背伸《せの》びすると、王直を偲《しの》んでぽろぽろと泣いている馬武の頭をそっと撫でようとした。

「な、なかなか届かぬの……うんせ、うんせ」

「……しょっ、将軍さまあああ！　なんとお優《やさ》しいのねん！」

「いや、ちょっと待ってください。今、『神屋ちゃん』って……それってまさか、私たちを博多に泊《と》めてくれていた神屋宗湛《そうたん》さんのことですか？」と秀家が思わず突《つ》っ込み、カステラにかぶりついて「あまーい！　美味しーい！　夢みたいに美味しいね！」とはしゃいでいた輝元が「あーっ！　そうだよ！　神屋宗湛がこのお菓子の倭寇さんを雇《やと》ったんだねっ!?　どうして～？」と声をあげた。

「う、う、うち自身、悪気はなかったタイ。相良良晴から博多ラーメンという悪魔《あくま》のような料理を騙《だま》し売りされた損失を補塡《ほてん》するために、毛利家の博多入港を大友宗麟に密告した結果タイ。首尾《しゅび》よく宗麟さまから銭《ぜに》をいただいて、博多ラーメンの損失はチャラになったタイ。あとは、馬武を雇って毛利船団を長崎まで移動させれば、お仕事は完了《かんりょう》だったタイ。と、と、ところが……」

神屋宗湛が、義昭たちの前に顔を出した。彼女は（小早川隆景か暗黒寺恵瓊のいずれかが、うちが子供攫いの主犯だと必ず気づくタイ）と読んで毛利方の追及《ついきゅう》を逃《のが》れるべく、はじめからハウステンボス号の船底に隠《かく》れていたのだ。しかしその宗湛が、「ばってん、まずかことになったタイ」と青ざめて震《ふる》えていた。

「こ、こ、小早川隆景と、さ、さ、相良良晴が乗っていた船が、玄界灘で遭難《そうなん》してしまったタイ！　あの二人がもし溺死《できし》してしまっていたら、うちは吉川元春に殺されるタイ！　博多の町を焼き尽くされるかも！　あーっ、しまったああ！　どうしてあんな見え見えの時化《しけ》の海に、毛利船団ともあろうものが突っ込んできたのか、うちには理解できんタイ！」

それはたぶんお父さまが……と秀家が申し訳なさそうにうつむき、怯《おび》える宗湛の背中をそっとさすった。優しい子供たちよねん、と馬武がほろりと泣いた。

「ぬな？　あの二人がっ？　そんな……もし二人が見つからねば、宗湛も馬武も吉川元春に斬られるのではないか⁉　わ、わ、わらわも、どうしてよいのかわからぬ……嘘《うそ》じゃ。隆景と良晴がこんなところで死ぬはずがない！　ううっ……ぐすっ」

「だいじょうぶだよ！　相良良晴は不死身なんだよ！　金ケ崎《かねがさき》でだって、天王寺《てんのうじ》でだって、九死に一生を得て生還《せいかん》した英雄《えいゆう》なんだから！　それに、村上《むらかみ》水軍のお姫さまとして瀬戸内《せとうち》の海をイルカのように自由に往来していた隆景が海で溺死するなんて、ありえない！　もしも遭難してしまったとしても、てるの亡《な》き父上が、隆元さまが、隆景を必ず守ってくれるから！」

宗湛が「うちはキリシタンではなかと。だけれども、今だけは二人の無事を神に祈《いの》るタイ」と手を合わせ、馬武が「松浦党の旦那《だんな》が、もしかしたら助けてくれるかもしれないのねん。王直さまが明の政府に投降する際に、ぶん殴《なぐ》って止めようとしたけれども、止めきれなかった。松浦党の旦那は、今でもあの日のことを悔《く》いているのよねん……彼はあれから海賊《かいぞく》というよりも、玄界灘の治安を守り、人々を救う義賊に生まれ変わったのよねん……」とそんな宗湛を励《はげ》ましていた。

「松浦党の旦那」――かつて王直とともに玄界灘を荒《あ》らし回った松浦隆信が先導する毛利船団が長崎へ入港したのは、それからまもなくのことだった。

松浦隆信と大村純忠との間で、鷹《たか》を経由して事前に交渉《こうしょう》が成立したため、海戦は回避《かいひ》された。

戦国九州の姫修羅《ひめしゅら》暮らしに疲《つか》れ果てて乙女趣味《しゅみ》に走っている大村純忠が、デウスよりも小鳥にハマっていることは、すでに知られている。

松浦隆信は「返礼」として、

「長崎入港を認めてくれれば、対馬《つしま》・李《り》氏朝鮮《しちょうせん》・明から買い入れた珍《めずら》しい小鳥を百羽進呈《しんてい》する」

と苦笑しながら大村純忠に約束し、大村純忠は、

「やったね！　日ノ本には生息していない新しい小鳥さまたちをお迎《むか》えできる～！」

と小躍《こおど》りして「約定」を交《か》わしたのだった。

のちに龍造寺隆信と有馬家の間で「沖田畷《おきたなわて》の合戦」が勃発した際、龍造寺軍に強引《ごういん》に参戦させられた大村純忠は実家である有馬家との交戦を嫌《きら》って戦場から撤退《てったい》することになるが、この頃《ころ》にはすでに修羅として戦場で戦い続ける「戦意」を失っていたらしい。

大友宗麟と同様に、大村純忠も「修羅」ではなく「姫」として生きる道を模索《もさく》していたのだ。

大友宗麟は相良良晴に憧《あこが》れて人間の殿方《とのがた》との「恋《こい》」に新たな道を見出《みいだ》したが、大村純忠は「小鳥」に走った。その点だけが異なっていた。根が享楽《きょうらく》的で肉食系な宗麟よりも、純忠のほうがより浮《う》き世離《よばな》れした姫大名だったと言える。純忠は身体もほっそりとしていて小柄《こがら》で、年齢《ねんれい》よりもずっと幼かった。現代にたとえれば、サービス残業続きの社畜暮らしに疲れてペットに走った独身女性に近い。

船上で、大村純忠から「小鳥さま百羽の約束を破ったら平戸を襲撃《しゅうげき》するから！　約束だよ！」という書状を受け取った松浦隆信は、

「以前だったら、大村純忠は『むっきー！　あんたなんかを港に入れてあげないんだから！』と俺に嚙《か》みついてきた。もっと交渉に時間がかかったはずだったが、あの娘《むすめ》もずいぶん変わったたな。戦国の世も、終焉《しゅうえん》に近づいているのかもしれんな」

と笑っていた。

ともあれ。

吉川元春たちはひとまず船上に留《とど》まり、松浦隆信が「使者」としてハウステンボス号の甲板《かんぱん》に乗り込んで馬武と直接交渉する、ということになった。

松浦隆信と馬武が再会するのは、数年ぶりだろうか。

かつては、大倭寇・王直とともに海を荒らし回った同僚《どうりょう》だったのだ。

二人は、南蛮ワインを酌《く》み交わしながら、在りし日の王直を思い起こしていた。

王直は、海には国境も民族もない、海は俺たち「海人《うみびと》」のものだ、と明の禁海政策にまっこうから逆らって抗《あらが》い続けた。国籍《こくせき》よりも「海」と「船」、そして「自由」にこだわり続けるおかしな男だった。馬武の無国籍な扮装《ふんそう》にも、王直のそういう志が息づいている。

もっとも、偶然《ぐうぜん》の海難事故がきっかけだったとはいえ種子島を九州に持ち込むことになったのは、はたしてよかったのかどうか。種子島の伝来によってもともと激しかった九州の修羅たちの戦《いくさ》は劇的に変貌《へんぼう》し、死傷者が続出する過激なものになった。龍造寺隆信や島津家は、南蛮の新兵器を惜《お》しみなく集めて、火力を増していった。大友宗麟もそうなのだ。強敵・毛利との戦では南蛮艦隊による海上砲撃《ほうげき》を実行させ、ついには巨大《きょだい》な大筒《おおづつ》「国崩《くず》し」まで配備した。

そんな大友宗麟も、大村純忠も、彼女たちのもとで暮らす領民たちも、種子島や大筒が大量投入されるようになった新時代の合戦に疲れて、カトリックや南蛮文化に惹《ひ》かれるようになったのだろう。いつ果てるともなく戦乱が続いていた戦国九州に、「平和」を望む人々が増えはじめていた。やはりあの「天岩戸開き」が契機《けいき》だった、と松浦隆信は思う。

「王直が明政府に投降したあの日以来かな、馬武よ。まったく、なにをやっている。少々の海賊働きは見逃《みのが》してやっていたが、子供攫いは見逃せんぞ」

「……う、ううう……旦那～！　アタシってば、寂しくてつい……！　子供たちはお菓子の船室でカステラを頬張《ほおば》って元気なのねん！」

「なんだ。子供たちを南蛮の奴《ど》隷《れい》商人に売るんじゃなかったのか？」

「アタシがそんなことするはずないのねん！　王直さまに顔向けできなくなるのねん！　あの子たちを奴隷商人に売るという話は、毛利船団をあわてて博多から出航させるための方便なのねん！」

「ふん。まあ、そんなことだろうとは思っていたが。ならば、毛利船団を博多から出航させろ、という仕事でも請《う》けたのか？」

「そういうことなのねん～。もとはといえば、相良良晴がけものラーメンで荒稼《あらかせ》ぎしようとしたのが騒動《そうどう》の発端《ほったん》だったのねん～」

けものラーメン？　と松浦隆信は首を捻《ひね》った。未来人の料理レシピはわけがわからない。

「そんなもののために、大毛利をこれほど震撼《しんかん》させていたのか。馬鹿《ばか》な奴《やつ》だな、まったく。大村純忠もすっかり小鳥にハマってしまったが、お前の場合は人間の子供にハマったわけか」

「旦那は妻子持ちだから、わからないのねん～！　いい歳《とし》をして伴侶《はんりょ》も子供も得られず、老いていく者のこの底なしの虚無感《きょむかん》が……王直さまがアタシを置いて逝《い》ってしまったあの日から、アタシは孤独なのねん……！」

明政府への投降を決意した王直を止められなかったことを責められると、松浦隆信も言い返せない。

ここまでだな、馬武にはもっと説教してやりたかったが、と頭をかいた。

「やれやれ。ハウステンボス号を『お菓子《かし》の船』として長崎港の名所にすれば、いくらでも子供が集まってくるだろうに。純忠の小鳥園と抱《だ》き合わせで集客すれば、いくらでも客は来るぞ」

「ぬな。その手があったのねん⁉」

「未来人の相良良晴が得意としている『町開き』ってやつだ。あいつは武士というよりは商人に近い男だからな。ハウステンボス号を『お菓子の聖地』にしてしまえ。カステラを子供たちに食べさせることを生業《なりわい》に、そして生きがいにしろ、馬武。たとえお前自身が子供を産めなくても、お前のカステラが大勢の子供たちを笑顔にできる。『血』が繋《つな》がっていなくても、いいじゃないか。王直はいつも言っていた。人間に国境も国籍も民族もない、海の上ならば俺たちは自由だ、と——」

「……旦那ああ～！　昔はもっとやさぐれていて、いけすかない海賊だったのにい～！　歳を取って渋《しぶ》みが出て、すっかりいい男になったのねん……！　王直さまに捧《ささ》げたこのアタシの操《みさお》、旦那にならば」

「ここここ断るッ！」

馬武もそして雇い主の神屋宗湛も、そもそも毛利と交戦するつもりなどなかった。

三人の身柄を引き渡《わた》す、と馬武が約束し、ここに毛利と馬武は和睦《わぼく》したのである。

「ところで、アタシ、相良良晴と小早川隆景は見つかりそうなのねん？　遭難したきり消えてしまったら、アタシ、毛利家に打ち首にされるのねん？」

「弟分のお前がやらかした尻拭《しりぬぐ》いは俺がやる。場合によっては松浦党だけじゃ、無理かもしれないがな。なにも海賊は松浦党だけじゃないのだぞ」

松浦隆信は、沖田畷の合戦の折に相良良晴側に寝返《ねがえ》り、龍造寺隆信を破ることになる。

直接面識はなくとも、「天岩戸開き」以来、相良良晴の活躍《かつやく》に間接的に触《ふ》れることによって、松浦隆信は未来人の相良良晴に亡き王直の面影《おもかげ》を見出していたのかもしれない。海には国境がない。海の上では、人間はみな、自由。身分も血筋も民族もなにも関係ない。

たしかに相良良晴の魂《たましい》には、そんな「海賊」の血が流れていた。だからこそ、良晴に九州の未来を託《たく》す、と決断したのかもしれない。

「なあ、馬武。相良良晴はこの戦国の世に必要な男だと、俺は思っている。王直が成し遂《と》げられなかった夢を、夢のまま終わらせたくはない。あの男ならば、王直の志を継《つ》いでくれる……いや、あいつは未来人だ。生まれながらに、この時代の人間が持ちがたい志を自然とその魂に刻み込んでいる男だと、俺は見た。必ず見つけだす。王直を、救えなかった。こんどこそ、俺は」

「松浦の旦那、それほど相良良晴にご執心《しゅうしん》なのねん？　妬《や》けちゃうのねん」

「だから、そういう意味じゃないっ！」


馬武との和睦、成立！

港の桟橋《さんばし》に降り立った吉川元春は、足利義昭・毛利輝元との再会を果たしていた。

「将軍さまああ！　三代目えええぇ！　よくぞご無事で！　われらは玄界灘で立ち往生しちょったところを松浦党に助けられたけぇね、もうだいじょうぶじゃけえ！」

「元春～。そちたちの忠義、この義昭、決して忘れぬぞえ～！」

「ねえねえ元春、馬武さんは優《やさ》しい人だったんだよ～。南蛮渡来《とらい》のカステラというすっごく美味《おい》しいお菓子をくれたんだよ！　殺さないであげて。あ、でも、隆景と相良良晴は……見つかりそうなの？」

「恵瓊と元清が今、松浦党とともに海上を捜索《そうさく》しちょるけえね。きっと見つかる！　それに、恵瓊の勧《すす》めでさらなる助《すけ》っ人《と》を招集したけえ！」

さらなる助っ人？　と輝元は首を傾《かし》げていた。

一方、宇喜多直家は「『ハウステンボス号の奇跡《きせき》』が起こり給《たま》えりいい！　無血のうちにハウステンボス号を武装解除して、穢《けが》れなき幼女たちを奪回《だつかい》することができました！　露璃魂《ろりこん》の神さま、オレはこの乱世が終わったらキリシタンに改宗し、虫も殺さぬ善人になりますう！　いや、待てよ？　はたしてキリストは、露璃魂だったのだろうか？　マグダラのマリアとかいう女と懇《ねんご》ろだったとも聞くが……だとしたら、露璃魂の神ではないな……オレは、どうすれば」と懊悩《おうのう》しながら、秀家の身体《からだ》を抱き上げて「とにかくこれですべて片付いた、わははは！　幼女は勝つ！　さあ、父とともに日ノ本一安全な岡山《おかやま》へ帰ろう秀家！　なにしろオレさまが秀家のために新たな宇喜多家の本拠《ほんきょ》と定めた岡山には、地震も台風も水害もねえ！　九州はおっかねえ！　修羅の大陸だ！　一刻も早く逃《に》げようぜ！」とそそくさと岡山への帰途《きと》につこうとしていた。

が、秀家に、

「お父さま！　隆景さまと良晴さんを見つけださなければダメじゃないですかっ！　そもそも、どうせお父さまがこの秀家を奪回したいがために無理矢理に時化《しけ》の海を突《つ》き進ませたに決まっていますっ！　秀家にはすべて、わかっていますからねっ！」

とこっぴどく叱《しか》られたので、「……はい。すみませんでした。捜索、がんばります」とうなだれて、捜索隊への合流を誓《ちか》わされたのだった。

こども軍団に「宗湛にも悪気はなかったんだよ～」「イエスさまもユダを責めてはいませんでした。愛をもって許してあげてください」と弁明してもらい、かろうじて一命を取り留めた神屋宗湛はぺこぺこと吉川元春に詫《わ》びを入れながら、「あの博多ラーメンと称《しょう》するけものスープへの投資は大失敗だったタイ。莫大《ばくだい》な赤字を急遽補塡《きゅうきょほてん》するために、宗麟から銭《ぜに》をせしめねばならなかったタイ……」と供述を繰《く》り返した。

妹たちの遭難《そうなん》に激怒《げきど》していた元春も「まあたしかに、あのけものラーメンは……」と情状酌量《しゃくりょう》を認めるしかなかったのである。あまりにも時代が早すぎたのだ。

「松浦隆信、礼を言う！　一戦も交えずに三人を取り戻《もど》せたのはまさに天佑《てんゆう》じゃ！　ただちにわれらも捜索隊に合流するけえね！　礼金じゃが、いくら用立てすればいい？　大村純忠に礼として贈《おく》る小鳥にも、けっこうな銭がかかるじゃろ？」

「フ。貴公たちは、織田信奈の水軍との決戦に必要な兵器を調達するために、危険を冒《おか》して船旅をしていると聞いた。ならば今は一文でも惜しむべき時だ。ここで銭を受け取ったら、われらは王直に叱られる」

だが、もしも二人が乗った船が長崎の海を漂流《ひょうりゅう》しているのならば、すでに暗黒寺恵瓊たち捜索隊が発見しているはずだ。もしかしたら九州の海域から離《はな》れてさらに遠くへと流されていったかもしれないな、「異国」の海まで。だとすると松浦党だけでは手に負えない、とてつもなく厄介《やっかい》な事態になるぞ……と松浦隆信はつぶやいていた。

※

「小早川さん。小早川さん！　俺たちは助かったらしい。島の浜辺《はまべ》に流れついた。目を覚ましてくれ……！　お、お腹《なか》を、押させてもらうよ。えいっ」

玄界灘で遭難した相良良晴は、片腕《かたうで》で小早川隆景を抱き留めながら、残る片腕と両足を駆使《くし》して転覆《てんぷく》した船の底板にしがみついて、九死に一生を得た。暴風雨を抜《ぬ》け、目を凝《こ》らして陸地を探しながら海上を漂流し、そしてついに小島の砂浜へと到達《とうたつ》したのだった。隆景は無事だった。柔《やわ》らかなお腹をぎゅっと押すと、すぐに目覚めてくれた。村上水軍で鍛《きた》えておいてほんとうによかった、と良晴は胸を撫《な》で下ろした。

「……けほ、けほ。よ、良晴……？　無事だったのか、よかった……！」

砂浜の上で、感極《きわ》まった隆景に、ぎゅっと抱きしめられてしまった。その背中が小刻みに震《ふる》えているのは、声を殺して泣いているからだろう。誰《だれ》もいない小島に、二人きりだ。良晴は「もうだいじょうぶだよ」と隆景の背中をそっと撫でていた。よかった。海で冷えてしまうかと心配したけれども、温かい。

「……ぐすっ。正直言うと、もう良晴は助からないのではないかと思っていた。弁才天《べんざいてん》に救われたのだろう。ほんとうによかった……」

「海からは生還《せいかん》できたけれども、ここから孤島《ことう》でのサバイバル生活だよ。ねぐらになる場所を探して、食料を確保しよう。それから、島を探険して地図を作らないと。さほど広い島じゃないから、一周するのに一日もかからないと思う」

「ふふ。良晴は頼《たの》もしいな。でも、今は……もう少し、このままで」

抱っこしていてほしい、と隆景はねだっているのだ。

そ、そうだね、と良晴はうなずいて、隆景の求めに応じていた。

海上で遭難して、怖《こわ》かったのだろう。それでも、隆景は良晴の安否のことだけをひたすらに案じていたらしい。自分が助かったことを喜ぶ前に、良晴が生きていたことを喜んでいた。ま、参ったなあ、腕を放せなくなった……と良晴は頭をかいていた。海水に濡《ぬ》れた髪《かみ》が磯臭《いそくさ》い。至急、川か泉を探さないといけない。

それにしても、絶景だった。浜辺の向こうに開けている海は、どこまでも広がっていた。陸地の影《かげ》はどこにも見えない。もしかしたら、無人島なのかもしれない。

「……美しい海だな、良晴。まるで宝石のように碧《あお》い……海の中を泳いでいる魚やイカの姿が透《す》けて見える。ここは黄泉《よみ》の国なのだろうか？」

「最初は出雲方面へ流されたと思っていたんだけれど、日本海の海の色はこんな鮮《あざ》やかなエメラルドグリーンじゃない。それにほら、岩場に珊瑚《さんご》が育っている。どうやらここは、南の海の小島らしい」

「珊瑚……ほんとうだ。素敵な浜辺だな、良晴。私たちは薩摩かあるいは奄美《あまみ》まで流されたのだろうか？　それとももっと南まで？」

「日ノ本の外まで流されたかもしれない。船を造って脱出《だっしゅつ》したいが、羅針盤《らしんばん》もないし現在位置もわからない。もしも吉川さんたちに発見されなければ、このまま二人でこの島で暮らし続けることになるかもしれないな。もちろん、吉川さんたちと合流するためにやれることはぜんぶやろう」

でもそれ以前に、まずは生き延びるために住《す》み処《か》と食料の確保だ、と良晴は隆景の髪をくしゃっと撫でていた。

「ほら。小早川さんの髪も潮でごわごわだよ。もともと癖《くせ》っ毛っぽいし、放っておいたら、髪の毛がわかめになったりして」

「……う、うるさい黙《だま》れ。でも、良晴？　もしも島から脱出できなかったら私たちは日ノ本の歴史から退場してしまうことになるが、それはそれで……ううん。なんでもない。考えてはいけないことを、考えそうになっていた……よ、良晴とこのまま、ずっと二人で暮らしたい、などと……毛利家と織田家の決戦を前にして、いけないことを」

遭難しちゃったんだから、仕方がないよ。小早川さんのせいじゃない、こういう時はなにも考えないのがいちばんだよ、と良晴は笑ってみせた。

「よ、良晴。もしもこの島で何年も過ごすことになったら……も、毛利家はどうなってしまうのだろうか。磁石を買い付けられれば、きっと海戦には勝てると思うが、私を失ったら姉者は」

「嘆《なげ》いてちゃダメだよ、小早川さん。こうして二人とも命があっただけでも僥倖《ぎょうこう》なんだ。必ず吉川さんたちと再会できる。だから、病気になったり気鬱《きうつ》になったりしちゃダメだよ。健康を保つために、楽しく生きていこう！」

「……うん。ありがとう。良晴がいてくれるなら、なにも怖くない。良晴は、ほ、ほんとうに、頼《たよ》りがいがあるな」

一人で遭難していたら今頃《いまごろ》パニックになっている自信があるが、小早川さんを守らなきゃならないんだと思うとむしろ気力体力が百倍増しだ、「俺はやるぞ！」と身体が燃えてくる、と良晴はこっそり思った。

海難事故に孤島への遭難。すでに村上水軍の海賊《かいぞく》となっていた良晴にとって、すべて訓練済みの事態だった。なにしろ、あの豪放磊落《ごうほうらいらく》な村上武吉《たけよし》のもとでみっちりと鍛えられている。まずは住居の確保だ。そして浜辺の裏側には、森が広がっている。

「森へ入ろう。蛇《へび》に気をつけて、小早川さん！」

「へ、蛇？　蛇がいるのか？」

「そりゃまあ南国だから当然、いるだろう。映画化される以前、テレビ番組だった『男はつらいよ』では、寅《とら》さんは奄美でハブに噛《か》まれて死んだらしい。俺の父さんは、寅さんが『毒が乳首《ちくび》まで回ってきたあ』とつぶやいて死んでいくテレビ版最終回がずっとトラウマになっていて……もしもハブに噛まれたらたいへんだ。血清もないし」

「寅さんとは誰なのだ。か、か、噛まれたとしても良晴が毒を吸い出してくれるだろうから心配はしないが、わ、わ、私は、へ、へ、蛇は苦手で……う、ううう……だ、抱《だ》っこ」

「え、ええ？　なんだか子供っぽくなってない、小早川さん？」

「か、家臣たちも姉者もいないから、いいのだ。いいから、抱っこ！」

「はいはい。小早川さんは軽いから、いくらでもお姫《ひめ》さま抱っこしますよ」

「そ、それに……ふ、ふくらはぎくらいならば構わないが……ど、毒が、ち、ち……ちく……まで回ってきたら、困る……よ、良晴が、そ、その、わ、わ、私の、む、胸を、す、す、吸うことに……」

げほげほげほげほっ！　良晴は思わずむせていた。

「こここ小早川さんっていいい意外と妄想《もうそう》力逞《たくま》しいんだね？」

「う、うるさい黙れ。妄想癖《へき》で腐《くさ》っているのは姉者だ。姉者は殿方《とのがた》同士を順列組み合わせして、妙《みょう》な小芝居《こしばい》物語ばかり書いている。私は健全だ。い、い、いやらしいことを考えたことがないとは言わないが、よ、よ、良晴と、わ、わ、私の二人のことしか、も、妄想したことはないぞ」

「も、妄想しているんだ……」

「よ、良晴だってさんざん妄想しているのだろう？　それとも、わ、わ、私には女の子としての魅力《みりょく》はないとでも言うのか？」

「すみません妄想しまくりですっ！　村上水軍の船に乗って野郎《やろう》だけで航海している時とか、それはもう！　四六時中、小早川さんのことばかり考えていましたっ！　特に、夜寝《ね》る時とか、どうしても小早川さんの姿が頭の中にちらついて眠《ねむ》れませんでしたっ！　なんか現実の小早川さんと違《ちが》って妙に胸がはだけていて、ふ、ふ、ふとももとか、む、む、胸元が見えそうで見えないぎりぎりの露出度《ろしゅつど》で……」

「……も、もういい！　それ以上具体的に妄想の中身を説明しなくてもいい！　ほ、ほら見ろ。よ、良晴のほうが、い、いやらしいではないか……わ、私が蛇に噛まれたら、待ってました と胸を吸うつもりなのだろう」

「も、もしも噛まれたとしても、む、胸まで毒が回る前にさくっと吸い出すから、心配ないってば！」

二人で照れ照れになりながら森を探索《たんさく》しているうちに、良晴は雨風をしのげる岩場を見つけた。

「ここだ！　ちょうどいい！　まるで岩を組み合わせて作られたかのような。ここを俺たちの家としよう」

「良晴。これは、なにかの斎場《さいじょう》のようにも見えるが……磐座《いわくら》というものではないだろうか。まだ神社が今のような姿になる以前の、古代の聖地だと思う。みだりに立ち入って、神罰《しんばつ》が下らねばいいが」

「だいじょうぶ、だいじょうぶ。遭難した小早川さんを助けてくれない神さまなんて、いないって。島の神さま。どうか小早川さんをしばしこの磐座に住まわせてくださいよ、お願いします、天罰を下すなら俺に下してください、と。ほら、これで安全だ」

良晴はほんとうに前向きで元気だな、ふふ、と隆景は苦笑し、そのままそっと磐座の石の上に下ろしてもらった。

下ろされると同時に、安心したのだろう。

ぐう、と隆景のお腹が鳴った。

「……うう……な、なんてはしたないところを良晴に……き、聞いた？」

「照れなくてもいいよ。だってさ、お腹が鳴るということは、食べ物を食べる体力があるということじゃないか小早川さん！」

「そ、そう言ってくれると嬉《うれ》しいが……お年頃の乙女《おとめ》としてはやはり恥《は》ずかしい……」

「よーし！　これから日が暮れるまでの時間は、食料調達に費《つい》やそう！　島を一周する探険は、明日《あした》だな。腹が減っては戦《いくさ》はできぬというしね」

「魚釣《つ》りならば、私にもできる。二人で一緒《いっしょ》に食料調達をしよう、良晴」

「それじゃあ、小早川さんは魚釣りを担当してくれ。俺は磐座の周辺を散策して、水源を確保しつつ、木の実とか果実、食べられる葉っぱを探してみる。ただし、キノコはやめておこう。日ノ本本土のものならともかく、この南国の孤島のキノコは毒キノコかどうか見分けがつかない。カロリーもないし、それに死亡フラグだ」

「『死亡フラグ』か……その言葉の意味が通じてしまう私は、すっかり良晴の未来語に慣らされてしまったな、ふふ」

隆景の笑顔からは、もう「遭難《そうなん》してしまった」という悲観さや不安は消えていた。よかった。でも……なんだかリゾート島で迎《むか》えた新婚《しんこん》旅行みたいだなあ、と良晴は胸をときめかせずにはいられなかった。

(し、新婚旅行、か……こ、こ、今夜は、この小島の磐座で小早川さんと二人きりで寝るんだよな……しまった。い、い、意識したら、急に恥ずかしくなってきた!)

いやいやまずは水源水源。食料食料。まずは生きること! 小早川さんとの疑似《ぎじ》新婚旅行にときめくのはそのあとだ!

だが、良晴が「緊張感《きんちょうかん》を失ってはいけない」と気合いを入れ直す必要は、なかった。

蛇対策だ、浜辺まで一緒に行こう、と再び小早川さんをお姫さま抱っこして森を進んだ良晴は、磐座の近くにすぐに綺麗《きれい》な泉を見つけて水源を確保できたし、さらには食べられそうな果実も速攻《そっこう》で発見した。しかも大量に。森に密集している木々に、瓜《うり》の実が、たくさんぶら下がっていた。

だが、日ノ本の瓜とはサイズが違う。長さ三十センチはある。それに、皮が赤い。

「な、なんだ。この巨大《きょだい》な瓜は？　なんだか、ナマコみたいだ。こんなの見たことがないなあ……小早川さんは知ってる？」

「わからない。私もはじめて見た。南国の生き物は大きいとは聞いていたが、まるで『お化け瓜』だな」

「俺が味見してみよう。毒が入っているようには見えないけれど、念のために。もしもこのお化け瓜が食べられるなら、釣り放題の魚と組み合わせれば悠々《ゆうゆう》と自活できるよ」

「う、うむ。ただし、良晴一人に毒味させるわけにはいかない。私も一緒に味見しよう。良晴」

「……あ、ありがとう。でも、毒だったらどうするんだよ？　小早川さんにそんな危険な真似《まね》はさせられないよ」

「ど、毒だったら、その時は、よ、良晴が、すぐに私の唇《くちびる》からお化け瓜の果肉を吸い出してくれるのだろう？　だ、だいじょうぶだ」

「……そ、それって……こ、こ、小早川さん？」

「えっ？　ち、違う！　わ、私は、ど、毒を吸い出してくれるのだろう、と言っているだけだぞ？　よ、良晴と、せ、せ、接吻《せっぷん》したいなとか、そんなことは考えていないんだから！」

小早川さんはヘンなところで禁欲的《きんよく》というか極端《きょくたん》な照れ屋だなあ。まさか蛇に自分の胸を嚙ませたりしないだろうな、と良晴はちょっと心配になった。

ともあれ、お化け瓜をひとつもいで、すぱっと切ってみた。

やっぱり、瓜の香《かお》りがする。

「……断面を見ると、瓜そのものだな。『木瓜紋《もっこうもん》』みたいだ。木瓜紋か……そういえば織田家の家紋も、木瓜紋だったな……うっ……あ、頭が……痛む」

お化け瓜の断面を眺《なが》めているうちに良晴はふとなにかを、思いだしそうになった。

とてもたいせつな記憶《きおく》を、取り戻《もど》しかけたのかもしれない。

隆景は無言で、そんな良晴の背中にしがみついていた。

「……こ、小早川さん。あ、当たってるよ？」

「……良晴……お願い。もう少しだけ。もう少しだけでいいから、私の恋人《こいびと》でいて……」

「……小早川さん……」

南海の孤島《ことう》に遭難したことは悲しまなくてもよかった。良晴が一緒にいてくれるからだ。

きっと、いつか姉者たちと再会できると隆景は信じていた。だが、良晴の記憶が戻ろうとすると感じたとたんに、隆景は耐《た》えがたい恐怖《きょうふ》に憑《つ》かれた。良晴を失ったら、私の心はほ

んとうに、遭難してしまう――たとえ姉者に発見してもらえる時が来るとしても、私は
……私は、この世界に一人きりになってしまう。そう、怯《おび》えた。

「小早川さん。『もう少し』だなんて、言うなよ。俺の気持ちは変わらないよ」

「……気持ちは変わらなくても、『記憶』が戻れば、良晴の心は私のもとから去ってしまう。ずるいことを言っているのかもしれない。でも……この孤島で過ごす間だけは、お願いだから、私だけを見つめていて……」

小早川さんのもとから俺の心が去るだなんて、そんなことが起こるわけがない、と良晴は思った。いずれなにかのはずみで記憶が戻ったとしても、俺は小早川さんを捨てて彼女のもとを去ったりはしない。するはずがない。良晴はそう信じながら、震《ふる》えている隆景の背中に腕《うで》を回していた。遭難して以来、小早川さんと抱き合いっぱなしだなと気づくと、彼女の身体《からだ》の柔《やわ》らかさや軽さを妙に意識してしまって、心臓の鼓動《こどう》が激しく高鳴った。

「……戦国の世から離《はな》れて、こうして二人で竜宮城のようなこの島で暮らすのも、悪くはないかな。いや、いつまでも二人きりじゃ寂《さび》しいな。いずれは家族を三人、四人と増やしたいところだ。吉川さんに『おどれは妹をかどわかしてなにをしとるんじゃ～！』と叱《しか》られそうだけれど」

「ええっ？　そ、それって、良晴……？」

「あ、いや。い、い、いやらしいことを妄想していたんじゃないよ？　もしも島から脱《だつ》

出《しゅっ》もできず発見もされなかったら、このまま小早川さんとこの島で夫婦《めおと》として暮らすのもまた『天命』なのかなって」

「……そんなことを言われたら、わ、私は困ってしまうではないか。嬉しい、と微笑《ほほえ》めばいいのか。毛利家を放りだすことはできない、とぷりぷり怒《おこ》ればいいのか。わ、私は、同時に二つの表情を使いこなすような器用な真似はできないのだぞ。ひょ、表情に、と、乏《とぼ》しいから……」

たしかに。この島に流れついてからの小早川さんの表情はずっと「照れ照れ」一本槍《いっぽんやり》だ、と良晴は苦笑していた。

「ともあれ、お化け瓜を一口ずつ食べてみよう。まず俺が、しゃりっ、と一口」

「ど、どうだ、良晴？　舌が痺《しび》れたりしたら、すぐに吐《は》き出すのだぞ」

「いや、いけるよこれ。瓜よりもちょっと薄味《うすあじ》だけれど、癖《くせ》がなくてどんな料理にも合いそうだ」

「そ、そうか。それでは私たちはいよいよ、その……こ、この島で……え、ええと……か、家族を増やす計画を……もごもご」

「ん？　なに口ごもってるんだ？　ほら。あーんして、小早川さん」

「あーん。あむっ」

「美味《おい》しいだろ？」

「うん。美味しい！　日ノ本の瓜に比べるとちょっと味気ないけれど、臭《くさ》みがなくて、いくらでも食べられそう」

「味付けに使う塩は海水からゲットすればいい。これで俺の今日の仕事は終わったから、一緒に魚を釣ろう！」

「ふふ。イカが欲しいな、私は。ほんとうは牡蠣《かき》があれば最高だが、そんなわがままは言わないことにする。良晴がいてくれれば、私はそれでいい。なにも、怖《こわ》くない。この先、どんな運命が待っていようとも」

「俺もだよ、小早川さん。さあ、それじゃあイカをゲットするぞ！」

牡蠣を豪快《ごうかい》に焼きまくる「焙烙焼《ほうろくや》き」は、村上さんの得意料理だったよなあ、と村上水軍での日々を懐《なつ》かしみながら——良晴は隆景の身体をそっと抱《だ》き上げて浜辺《はまべ》へと戻っていった。

その後は、二人で寄り添《そ》いあいながら、無言のままじっと釣り糸を垂れて、魚を釣った。言葉は要《い》らなかった。静かな時間だった。波の音だけが、耳を撫《な》でるように流れている。戦国の世も、毛利家の激しい抗争《こうそう》の日々も、なにもかもが夢だったかのように——。

「人生は夢の間なれば、だな。良晴」

隆景が目を細めながらそうつぶやいた瞬間《しゅんかん》に良晴の意識は現世へと戻っていた。

日が、暮れはじめていた。海の彼方《かなた》に夕日は見えない。この砂浜に面している海は、東の方角へ開けているらしい。

「あ、あれれ？　もう、夕暮れなのか。小早川さんとこうして寄り添って海を眺めていると、ほんの一瞬だったような……」

「良晴。ここが南の島ならば、台風が来たら危ない。万一の時のためにこの小瓶《こびん》を持っていてほしい」

隆景が、胸元から小さなガラスの瓶を取り出していた。南蛮貿易で手に入れたものなのだろう。中には紙切れのようなものが折りたたまれて入っている。

「これは？」

「海の女神《めがみ》・弁才天の御札《おふだ》だ。水に濡《ぬ》れないよう、兄者がガラスの小瓶に入れて、私に贈《おく》ってくれたものだ。兄者の形見だ」

「そ、そんな大事なもの、預かれないよ!?　それに、なんだかそれこそ『死亡フラグ』っぽい！　俺がこの小瓶を受け取ったら、小早川さんが遠くに行ってしまうような……」

「たしかに、竜宮城で乙姫《おとひめ》が浦島太郎《うらしまたろう》に贈った玉手箱みたいだな、ふふ。でも、だいじょうぶ。私は良晴のもとから離れたりしないから」

「ほんとうに？」

「離れたくても、非力な私一人ではこの島から脱出できないぞ」

「それは、そうだけれど」

「台風が来ても、これを持っていれば、きっと良晴は生き延びられる。今回私たちが溺死《できし》せずにすんだのも、きっと兄者と弁才天のご加護だろう。今後は順番に持ち合いっこしよう。こ、これからは、ふ、夫婦になるのかもしれないのだし……だ、だから、こんどは良晴が」

そ、そういうことなら、と良晴が手を伸《の》ばした。

だがこの時。

海の方角から、突風《とっぷう》が、吹《ふ》いた。

激しく強い波が、二人の足下《あしもと》を襲《おそ》っていた。

良晴は「きゃっ」とよろめいて波に流されそうになった隆景の身体をあわてて抱き留めていた。

そして——。

隆景の小さな手から、兄・毛利隆元《たかもと》の形見である小瓶が、落ちていた。

波の中へと、吸い込まれるように。

「こ、小早川さん!?　ど、どうした？」

「……あ、ああっ!?」

隆景は、この時、どこまでも続く水平線の彼方に、亡《な》き兄・毛利隆元の姿を見出《みいだ》していた。まるで蜃気楼《しんきろう》のように、浮《う》かび上がっている。生前の頃《ころ》となにも変わらない、妹を慈《いつく》しんでくれる笑顔だった。その時間帯は、まさしく「逢魔《おうま》が時」——現世と冥界《めいかい》との境目が今まさに喪失《そうしつ》しようとしていた。

「あ、兄者⁉　どうして？」

隆景は、突然《とつぜん》、思いだしてしまった。

敬愛してやまなかった隆元が毒殺された、と知らされたあの悪夢のような夜のことを。

悪夢のような、ではない。文字通りの、悪夢だった。あの時、隆景の心はいちど、現世から離れてしまったのだ。生きながらに、死者になったのだ。

なぜ、忘れていたのだろう？

なぜ、幸福を嚙《か》みしめながら微笑んでいられたのだろう？

私は。

なぜ。

隆景の呼吸は、ほとんど止まりそうになっていた。

日が、暮れていく。

海上に浮かび上がっていた隆元の姿が、ゆっくりと遠ざかっていく。

闇《やみ》の中に、溶《と》けていく。

離れていく。

やっと、会えたのに。

そうだ。あの波に呑《の》まれた小瓶の中に、兄者の魂《たましい》が――小瓶を拾わなければ、兄者は永遠に去ってしまう。

「……あ、兄者……待って！　行かないで！　お願い！　私を、こんな残酷《ざんこく》な世界に、戦国乱世に、置いていかないで……！」

小早川さん!?　と良晴は叫《さけ》んでいた。

この時、「逢魔が時」に魅入《みい》られたかのように隆景の意識は現世から離れていた。信じられないような力を振《ふ》り絞《しぼ》って、隆景は良晴の腕を払《はら》いのけ、隆元の幻《まぼろし》を追いかけるべく、小瓶を拾い上げるために海へと身を投げていた――。

小瓶が、どんどん流されていく。沖《おき》へと。

隆景は、半ば溺《おぼ》れながらも、小瓶を追いかけた。息を吸うことも、忘れていた。

「……兄者……兄者！　待って！　行かないで……！」

良晴の目には、海上に幽鬼《ゆうき》の如《ごと》く浮かび上がっている毛利隆元の姿は、見えなかった。

隆元の顔形を知らないから、なのだろうか？

お兄さんの形見の小瓶を波に呑まれた衝撃《しょうげき》で、隆景は幻を見ているのだろうか？

それとも、ほんとうにこの島は、現世と異界の間に位置する、冥界への入り口だったのだろうか――？

ただ、はっきりしていることがある。たとえ亡き隆元の遺志のようなものがなんらかの形で残存しているのだとしても、妹を愛し抜《ぬ》き守り抜いた隆元が、その隆景を冥界に呼び寄せるはずがない、ということだった。

だが、目の前で起きているこの異常な現象の意味を、深く考えている暇《ひま》はなかった。

（なんてことだ！　俺のせいだ。俺が、木瓜紋《もっこうもん》から織田家の記憶《きおく》を取り戻《もど》しかけたばかりに。小早川さんのほうが、辛《つら》い過去の記憶に囚《とら》われてしまった……！）

良晴は波の中へと突進して、隆景を追っていた。

「小早川さん！　待ってくれ！　それ以上沖へ向かうな、海流に攫《さら》われて溺れ死んでしまう！　その先は、死者の世界だ！　行くなあああ！」

※

吉川元春、宇喜多直家たち「ハウステンボス号解放十字軍」が毛利こども軍団を奪回《だっかい》してから、数日が経過していた。

松浦隆信率いる松浦党が、壱岐《いき》・対馬・五島《ごとう》、さらに天草《あまくさ》まで船を展開して隆景と良晴の手がかりを探してくれている一方で、暗黒寺恵瓊は急遽《きゅうきょ》、海難事故対策のスペシャリストを招喚《しょうかん》していたのだ。その者とは——。

「がはは。小早川のお嬢《じょう》と相良の小僧《こぞう》が、遭難《そうなん》しただって？　ちょっと早い新婚《しんこん》旅行じゃねえか。これも『天意』ってやつかもしれねえな！　死にゃあしねえよ。相良は村上水軍でしごかれて溺れ慣れているし、お嬢は元就《もとなり》と隆元が守ってくれていらぁ。厳島神社の復興にあのケチな元就がさんざん銭《ぜに》を注《つ》ぎ込んできたのも、水軍衆を率いる姫《ひめ》となったお嬢を海から守ってほしかったがためよ」

村上水軍の大親分。日ノ本一の海賊《かいぞく》王、村上武吉だった。

村上武吉は、毛利船団が九州へ向かっている間、瀬戸《せと》内海《ないかい》の守備を託《たく》されていたのだが、松浦隆信とともにこの火急の事態を解決できる男として恵瓊から呼ばれたのである。

焼いた牡蠣を殻《から》ごと「ばりばり」と噛み破って豪快に一気食いしながら、村上武吉は「九州の北の海域は、松浦の旦那《だんな》に任せておきゃあ間違《まちが》いない。あいつぁ男だ！　俺たちは九州をさらに南下するぜ。吉川のお嬢、二人は生きていらぁ。こいつは海賊王のカンよ。大船に乗ったつもりで安心しな！　ぐわははは！」と毛利船団を一気に南進させて、島津家が支配する薩摩海域に踏《ふ》み込み、屋久島《やくしま》沖まで到達《とうたつ》したのだった。もしも南へ流れたとすれば、屋久島、種子島、奄美大島あたりにいるはずだ、と武吉は読んでいた。

「だが、遭難からけっこう日数が経《た》っている。下手すりゃ徳之島《とくのしま》あたりまで流れているかもなあ」

「う、ううう。た、た、隆景が……隆景が見つからん……眠《ねむ》れん……飯が喉《のど》を通らん……じ、自分は、隆景がおらんだけでこんなにも心が弱くなってしまうとは……」

「吉川のお嬢。双子《ふたご》の姉妹《しまい》だ、そりゃあ当然のこった。村上武吉の名にかけてお嬢は必ず見つけだす、俺たちに任せておけ！　あんたたち姉妹を守る、それが隆元と俺との間で交《か》わした約束なんだからよ！　それに、相良がなんとかしてくれる！　あいつは、やる時はやる男だ！　惚《ほ》れた女が絡《から》めば勇気百倍になる野郎《やろう》だぜ！」

「う、ううう。かたじけない……頼《たの》む、武吉……ううっ……ぐすっ……」

「やれやれ。吉川のお嬢も、妹がいねえと『剛勇《ごうゆう》の将』の仮面がはがれちまって、よわよわだな。かわいいじゃねえか、がはは！」

「あ、姉上さま、元気を出してください！　この穂井田元清も、景さまたちが見つかるまで食を断って船底で弁才天さまに祈《いの》り続けます！　いざとなれば、生贄《いけにえ》として海に沈《しず》めてくださって構いません！」

この時。

娘《むすめ》の秀家に尻《しり》を叩《たた》かれて「あーあー面倒臭《めんどうくせ》ぇ」とぼやきながら別働隊を率いていた宇喜多直家が、屋久島沖につけていた毛利船団本隊へと戻って来た。

「村上の旦那～。難破船の痕跡《こんせき》を探していたら、見覚えのある小瓶が流されてきたぜ！　琉球《りゅうきゅう》の方角からだ」

宇喜多直家の手には、あの「毛利隆元の形見の小瓶」が、握《にぎ》りしめられていた――。

「そいつは、お嬢が肌身《はだみ》離《はな》さず持っていた隆元の形見だ！　そうか、琉球か！　えらく遠くまで流されちまったなあ。だが、これは決定的な手がかりだぜ！　でかした宇喜多の！　よくもまあ、こんな小さなものを見つけたもんだ」

「礼なら秀家に言ってくれ。あいつは十字架《じゅうじか》だかなんだかを掲《かか》げて、舳先《へさき》でずっと祈り続けていた。その祈りの最中《さなか》に、海上にこいつが煌《きら》めいているところを、見つけたんだ」

しかし琉球にもいくつもの島々があります。どの島に？　と恵瓊が尋《たず》ねた。

武吉は「いやあ、俺たちも琉球の地理には疎《うと》い。琉球王と直接かけあって捜索《そうさく》してもらおうぜ！　毛利船団！　全艦《ぜんかん》で那覇《なは》へと直行だ、なはは！」と大笑い。

恵瓊が「琉球は異国です。日ノ本じゃないんですよ。しかも今の琉球は、南蛮諸国に次々と交易路を奪《うば》われている上に、鉄砲《てっぽう》を量産して強国となった薩摩から圧迫《あっぱく》されて青息吐息《といき》です。いきなりこんな大船団で乗り付けたら、合戦になっちゃいますよ〜⁉」とあわてたが、村上武吉は「なんとか、なる！　隆元が、俺たちを琉球まで導いてくれた。そして、お嬢には必ず相良の野郎がついている！　すわ合戦となりゃあ、その時に考えりゃあいい！　そのための外交尼僧《にそう》・恵瓊だろうが。わははは！」と意に介《かい》さず、全船団の舵《かじ》を切らせていた――南国・琉球へと。

巻ノ四　小早川《こばやかわ》さんのニライカナイ（承前）　琉球《りゅうきゅう》

南海の孤島《ことう》で――。

小早川隆景《たかかげ》の前に突然、亡き兄・毛利《もうり》隆元《たかもと》の幻が現れた。

隆景は、兄を追いかけて海へ。

相良《さがら》良晴《よしはる》が、隆景を引き留めようと追いかけた。

そのまま波に呑まれようとしていた、相良良晴と小早川隆景。

しかし、その二人を、救いだした者たちがいた。

この島を訪《おとず》れていたまだ幼い巫女《みこ》見習いと、その仲間たちだった。

「行っちゃダメ。この海の彼方《かなた》は、死者の世界。やまとぅんちゅの言葉では、『常世《とこよ》』。わたしたちの言葉では――『ニライカナイ』だよ」

小舟《こぶね》に乗った幼い巫女見習いたちは、良晴の腕《うで》から隆景を受け取って、舟へと乗せていた。しかし、日《ひ》ノ本《もと》の巫女とは少し衣装が違う。

「いやあ。ごめんね、わたしたちのせいなんだ～。現世《うつしよ》と常世の狭間《はざま》を繋《つな》げちゃったから、その敏感《びんかん》なお姫さまには『祖霊《それい》』が見えたんだよね。その子、とっても精神が鋭敏《えいびん》なんだね。ナンチュの素質があるね！　危なかった～」

「え、えええ？　この島は、無人島じゃなかったのか？　きみたちは、いったい？」

良晴の質問に、巫女見習いの幼女が笑顔で答えていた。

「ここは琉球王国の久高島《くだか》だよ～。えへん！　わたしは、きこえおおきみ見習いの月嶺《げつれい》！」

「琉球はわかるけれど。久高島って、どこだっけ？　きこえおおきみって、なに？」

「あーっ⁉　琉球ではわたしのことを知らない者はいないのに～！　殿方《とのがた》たちは随喜《ずいき》の涙《なみだ》を流してわたしを伏《ふ》し拝《おが》むのにー！　やまとぅんちゅのお兄ちゃん、ひっど～い！　しかも、畏《おそ》れ多くも久高島を知らないだなんて！　田舎者《いなか》～！　ほんとに知らないの～⁉」

ごめん！　どこかで聞いたことあるかもしれないけれど「織田信長《おだのぶなが》公の野望」マップには沖縄《おきなわ》は含《ふく》まれていないので……俺の専門外なんだ、と良晴は舟に引き上げてもらいながら平身低頭した。なんとなくこの月嶺という子には、姫巫女《ひみこ》さまに通じる聖なるオーラのようなものがある。つい、頭を下げてしまう。

「……けほ、けほ……よ、良晴？　私はいったい、なにを……なぜ、海で溺れて。うう、頭が……兄者の幻を、見たような……」

「小早川さん！　よかった！　もうだいじょうぶだよ！　この島に生息している謎《なぞ》の幼女

軍団が俺たちを助けてくれたんだ！」

「……そ、そうなのか。かたじけない。では……ここはもしかして……宇喜多直家《うきたなおいえ》が南の海に実在すると一人で妄想《もうそう》して勝手に信仰《しんこう》していた夢の桃源郷《とうげんきょう》、露璃ヶ島《ろりがじま》……？」

「生息って、ひっどーい！　月嶺たちは野生動物じゃないんだから！　あと、露璃ヶ島じゃなくて久高島っ！」

「小早川さん。まだ半分夢うつつみたいだな」

目覚めた隆景のお腹《なか》をぎゅっと押して水をぴゅーと吐《は》かせながら、良晴は「とにかくよかった。でも、この島でいったいなにが起きているんだ？　なぜ小早川さんは、お兄さんの幻を海の彼方に見たんだ？　突然《とつぜん》、取り憑《つ》かれたみたいになって」と月嶺に尋ねていた。

「久高島はねー、琉球でいちばんの聖地なんだよ！　久高島に生まれた女の子は十二歳になったらナンチュになるんだー！　今日からこの島で十二年にいちどのイザイホー祭りがはじまって、そこで新しいナンチュが生まれるんだよ！　だから、いずれ琉球の巫女の頂点に立つきこえおおきみ見習いのわたしが、お祭りを仕切りに来たんだよー！　わたしの霊力は琉球最強だからね！」

「良晴。きこえおおきみとは、琉球国王を守護する巫女だ。琉球では、海人《うみんちゅ》として生きる男たちを、それぞれ、男たちの妹が巫女――『おなり神』として守るという。つまり彼女は、琉球国王の妹だ」

「ええっ？　この子が、琉球国王の妹ぎみ？」

「そのとおり！　お姉ちゃんは物知りなんだね！　そっちのお兄ちゃんとは大違いだねー！」

「ほっとけ。でも『妹が兄をおなり神として守る』って、それ、琉球では常識なのか？　シスコンにとっては垂涎《すいぜん》の桃源郷のような」

「そんなの当たり前じゃーん！　海に生きる兄は燃える体力勝負！　島に生きる妹は萌《も》える霊力勝負！　人間は兄と妹が揃《そろ》ってはじめて一人前なんだから！」

「あ、当たり前なのか。い、妹がお兄ちゃんの『おなり神』って……設定だけでなくネーミングセンスまで、偶然《ぐうぜん》にしてはすごいな……秋葉原《あきはばら》の仲間どもに教えてやりたいぜ」

「よ、良晴？　なにか馬鹿《ばか》で下品なことを考えているのではないか。同じ日ノ本人として恥《は》ずかしいから、やめてほしい。こほん」

「すみません小早川さん！」

琉球では俺のように妹がいない男は守護されないのだろうか。親戚《しんせき》の子がおなり神になってくれるのかな？　と良晴は思った。でも、俺にもそういえば、この月嶺ちゃんくらいの年齢《ねんれい》の妹がいたような……そんなはずはないのに。おかしいな。胸が苦しい。

「この久高島はねえ、東の果ての海にある常世『ニライカナイ』と現世を繋ぐ『狭間』なんだよ。お祭り中は久高島を現世から遮断《しゃだん》してニライカナイと繋げないといけないから、島のナンチュたち総出で海上から島を囲んで結界を張ってたんだ！」

「そうか。島に人がいなかったのは、舟で海に出ていたからなのか」

「そーだよ。島はついさっき、ニライカナイと繋がったんだ！　だから巫女の素質があるお姉ちゃんは、自分の『祖霊』の姿を見ちゃったんだよ！」

「……私の兄者の姿が、見えた……気がする」

「ええ？　お兄ちゃんの姿を？　お祭りに参加してもいないのに、すごいよ。よっぽどお兄ちゃんが好きなんだね！　超《ちよう》一流のナンチュの素養ありだよ！　お姉ちゃんはお兄ちゃんを守る最高のおなり神になれるね！」

いや。私の兄者はもうこの世の人ではない。ずっと昔、日ノ本の戦乱の中で殺されてしまった……と、隆景はうなだれていた。もういちど、東の海の向こうを、ニライカナイがあると信じられている彼方の方角を、悲しげに眺《なが》めてみた。今は、亡《な》き兄・隆元の姿は見えない。

「……そっか……ごめんね……琉球は三国が一国に統一されてからとっても平和だけれど。日ノ本って、もう数え切れないくらい長い長い間、ずっと戦争をしているんだもんね……今回もお姉ちゃんたちは海で戦っているうちに、遭難《そうなん》しちゃったんだね……」

「そうだ。遭難した。だが、良晴が守ってくれた。それなのに、私は兄者の幻《まぼろし》に引き寄せられて海へ。良晴まで、死なせてしまうところだった。私は……」

「だいじょうぶ！　お姉ちゃんにはすごい力があるから！　そっちのサルっぽいお兄ちゃんのおなり神にならば、なれるよ！　守れるよ！　だって、ほら！」

ナンチュ見習い軍団の幼女たちが、良晴と隆景が島に流れついてきた時に一緒《いっしょ》に流れてきた船の残骸《ざんがい》をいくつも掲げてきた。その中には、小早川隆景の家紋《かもん》を描《えが》いた軍旗――「右頭三巴紋《みつどもえもん》」の旗が交じっていた。

「じゃじゃーん！　これって、フィジャイグムンだよね！　琉球王家の紋章と同じだよー！　お姉ちゃんって、日ノ本人だけれどもきっと琉球王家と同族だよね！　霊力も強いし間違《まちが》いなし！　だからみんなで救助に来たんだよー！　ほんとだったら、そっちのお兄ちゃんのほうはイザイホー祭りの最中に男子禁制の聖地・フボー御嶽《うたき》に入り込んだんだから、あのまま海の藻屑《もくず》になる定めだったんだけど！　お姉ちゃんに免《めん》じて許してあげるね！」

えっフボー御嶽ってまさか俺と小早川さんが寝床《ねどこ》と定めたあの磐座《いわくら》か。琉球最高の聖なる島の中でもいちばんの聖地って、十二年にいちどの祭り中によそ者の男が入ったら殺されても文句言えないレベルのガチ聖地じゃないか。や、やばかった……フナムシグソクムシのおかげで助かった、と良晴は胸を撫《な》でおろしていた。

「でも。フナムシグソクムシって、なんだ？　小早川さん？」

「虫ではない。フィジャイグムンだ。日ノ本語では『左御紋《ひだりごもん》』。小早川家の『右頭三巴紋』

と同じ紋章だ、良晴」

「へぇえ〜」

「月嶺。私は中国毛利家の一族で、小早川隆景という者だ。残念ながら琉球王家とは関係がない。紋章が同じなのは、ただの偶然だと思う。日ノ本の武家が用いる三巴紋は、九州の宇佐《うさ》八幡宮《はちまんぐう》を由来としている」

「偶然じゃないよー！　だって！　お姉ちゃんたちがフィジャイグムンの紋章と一緒に、しかもニライカナイから『神』が訪れるイシキ浜《はま》に漂着《ひょうちゃく》してこなかったら、そのサルみたいなお兄ちゃんは、お祭り中にフボー御嶽に入った悪い男の人ということで救助せずに放置しなくちゃいけなかったんだよ？　でも！　フィジャイグムンの紋章とともに二人はイシキ浜に流れついたでしょ？　だから『きっと神人《かみんちゆ》だ、助けなきゃ！』ってナンチュ総出で救援《きゆうえん》に来たんだよ。お姉ちゃんのその紋章が、サルお兄ちゃんを守ったんだよ！」

「……そ、そうか……小早川家の家紋が、良晴の命を……よかった……」

「お姉ちゃんにはやっぱり、ナンチュの素質があるよー！　ほんとは、この島に生まれた女の子でなければナンチュにはなれないんだ。でも、フィジャイグムンとともに島に来たお姉ちゃんは特別！　わたしたちと一緒にイザイホー祭りに参加して、サルお兄ちゃんを守るナンチュにならない？　このお兄ちゃん、なんだか遭難癖《へき》がありそうな顔してるしぃ。フボー御嶽にさくっと入っちゃう殿方とか、よーっぽど不用心で鈍感《どんかん》なんだよ。しかも船乗りさんなんでしょ？　おなり神として、妹として、守ってあげようよ！」

「い、妹ではなく、こ、恋人《こいびと》……なんだから」

「そうなんだー！　恋人も兄妹《きょうだい》も似たようなものだから、問題ないよー！　サルお兄ちゃんのことが大好きなんだね！」

「似たようなものではないとは思うけれど、で、でも……そ、そうだな……だ、大好きだ」

「こ、小早川さん？」

「……あ、い、いや。い、今の言葉は、そ、その。わ、忘れてほしい良晴」

「わ、忘れろと言われても、そのっ」

「う、嘘《うそ》だ。わ、忘れないで、ほしい……」

「……う、うん……」

「うわあ。二人とも真っ赤になってる！　仲良しだねー！　赤くなるといよいよおサルさんぽくなるね、サルお兄ちゃん！」

そろそろ「サルお兄ちゃん」ではなく「相良良晴」と呼んでほしいんだけど、と良晴は月嶺に頼《たの》んでみた。

「わかったよ！　サガラヨシハルお兄ちゃん、略してサルお兄ちゃん！」

「略さないでいいからな！」

「やまとぅんちゅの名前って、発音しにくくてー♪」

あれ。おかしいな。いつか俺はどこかで、同じような会話を誰《だれ》かと交《か》わしたような……あれは、いつの頃《ころ》だっただろう。相手は、誰だっただろう。良晴の胸がまたしてもずきりと痛んだ。わけもなく、涙が溢《あふ》れそうになった。なにが悲しいのか、良晴にもわからない。

隆景が、そんな良晴の横顔を悲しげに、そして不安げに見つめている。

「月嶺。私たちを救ってくれたことはいくら礼を言っても言い足りない。ありがとう。だが、私たちは玄界灘《げんかいなだ》で姉者たちとはぐれてしまったのだ。みんな、きっと心配している。姉者たちに無事を伝えねばならない」

「うん！　わかった！　でもイザイホー祭りが終わるまでの四日間は、ニライカナイと島を繋《つな》ぐために島を囲んだ結界があるからねー。島の内側からは出られないんだよ。ごめんねー！」

「そ、そうか。出られないのか。困ったな、良晴」

「どうせお祭りが終わるまでは出られないんだから、イザイホー祭りに参加しようよー！　サルお兄ちゃんを守るためのナンチュになるというのなら、大歓迎《だいかんげい》するよ！　お姉ちゃんの霊力ならきっとサルお兄ちゃんを守り抜《ぬ》けるはずだよ！　もちろん、ならなくてもいいよ！　ナンチュになったら、島から離《はな》れられなくなっちゃうから！　ナンチュになるかならないかは、お姉ちゃん自身がお祭りの最終日に選べるから、だいじょーぶ！　ま、どっちにしてもお祭りが終わったら島は再び現世と繋がるから、心配しないで！」

ナンチュになれば……良晴のおなり神になれば、良晴を強大な霊力《れいりょく》で守り続けることができるのか。良晴はこれまで何度も何度も戦場で死にかけてきた。今こうして生きているのが奇跡《きせき》と言ってもいい。そして、これからも。私にできるのならば、良晴を守りたい。

しかし、島から離れられない身となれば、毛利家の一員として三代目を支えることは難しくなる。軍師宰相《さいしょう》として毛利家へ戦略戦術を指示することは島からでも可能だが、合戦の陣頭《じんとう》指揮は執《と》れない。それに毛利家の本国・安芸《あき》と琉球とでは距離《きょり》がありすぎる。迅速《じんそく》な対応は困難になるし、姉者たちと離れ離《ばな》れになってしまう。良晴とともに船で旅をすることもできなくなる。

だが、私がナンチュとなって久高島に留《とど》まれば、来たるべき織田家との再戦で良晴を守ることができる。絶対に、守りたい。もう二度と、愛する殿方《とのがた》を戦場で失いたくない。自分にその力があるとわかっていながら、選ばないなど、わがままではないのか。

隆景は（私はどうすればいいのだろう。兄者）とつぶやきながら、ニライカナイへと繋がっているという東の海に祈《いの》っていた。

しかし、良晴も隆景も、悩《なや》んでいる暇《ひま》はなかった。

そのまま島へと戻《もど》るや否《いな》や月嶺たちに「さあさあ！」とイザイホー祭りに参加させられて、大忙《おおいそが》しとなったからである。

「じゃーん！　イラブー汁《じる》だよー！　美味《おい》しいよー！　それに精がつくよ！　ああでも、

子作りはお祭りが終わってからじゃないとダメだよー!?」

「きゃっ!? これは……うううウミヘビではないのか? せせせ精がつくと言われても……どど毒がむむ胸まであがってきたら……よ、良晴」

「うううウミヘビには毒はないから、小早川さん! たぶん!」

「サルお兄ちゃん、ほんっと危機感ないよね! イラブーはハブよりも強烈《きょうれつ》な猛毒《もうどく》を持ってるんだよー! でもおとなしくて嚙《か》まない子だし、調理しちゃえばだいじょうぶ!」

イラブー汁を勧《すす》められたり。

「お祭りの最終日に飲むためのウンサクを作ろうー! 若くて幼い乙女《おとめ》が、お口でお米を嚙み砕《くだ》いて発酵《はっこう》させて造る神さまのお酒だよー! 琉球では大人気! お姉ちゃん、ほら! お米をくちゅくちゅ嚙んで嚙んで! 嚙み嚙みっと! 嚙んだら、ぺっと吐《は》き出してねー!」

「え、ええええっ? そ、そんなものを、の、飲むのか……? わ、わ、私の唾液《だえき》でお米を発酵させるだなんて……い、い、いやらしくないか、良晴?」

「くくく『口嚙み酒』ってやつだね、小早川さん! 映画で観《み》たことあったけど、実在したのかあ!? おおお俺は飲まないからだいじょうぶだよ!」

「い、いやだ。他《ほか》の殿方には絶対に飲まれたくない、良晴が飲んでくれないと困る! あ、いや、その……」

「……そ、そ、それはそれで……ええと……『嚙み嚙み』かぁ。あれ？　また、胸が痛くなってきた……どうしたのかな、俺？」

「……よ、良晴……やっぱり私のウンサクは良晴がぜんぶ飲むべきだ。いや、飲ませる。嚙み、嚙み、嚙み、嚙み……」

「こ、小早川さん？」

「うわあ。あつあつだねー！」

口嚙み酒を造らされたり。

「お腹《なか》すいたねー！　琉球王家に伝わる超高級食材！　モーウイを振《ふ》る舞《ま》ってあげようー！　ちゃんぷるー作るよー！　って、畑のモーウイが減ってるううう？　あーっ！　これって琉球王家専用なのに、勝手にもいで食べたんだねー？　んもう～！　でもまあお姉ちゃんなら、いいや！」

「げ、月嶺。そ、そのきうりの断面を良晴に見せないでほしい。お願い……」

「……小早川さん？」

沖縄きゅうりことモーウイを振る舞われたり。

「今夜は女の子全員、髪《かみ》を洗って踊《おど》ろーう！　踊ったら髪に花を挿《さ》して、サルお兄ちゃんに顔に朱《しゅ》で印を描《か》いてもらうんだよー！」

三日三晩にわたって怒濤《どとう》のお祭りイベントの連続。気がつけば、イザイホー祭りは最終日を迎《むか》えていた。

隆景は、決断しなければならない。島に留まりおなり神となって良晴を守る道を選ぶか。それとも良晴に降りかかる危険を承知で毛利家に帰参しともに織田家と戦い続けるのか。

四日目の朝を迎えてもなお、隆景の心は（いずれを選ぶべきなのか）と揺《ゆ》れていた――。

※

一方――。

小早川隆景の「小瓶《こびん》」を発見した毛利船団は、奄美《あまみ》諸島方面からさらに南下して、琉球本島へ。

琉球最大の貿易拠点《きょてん》・那覇《なは》の港へと迫《せま》っていた。

途中《とちゅう》、薩摩《さつま》を支配する戦国屈指《くっし》の戦闘《せんとう》民族・島津《しまづ》家の海域を通過せねばならなかったが、島津家はこの頃「薩摩・大隅《おおすみ》・日向《ひゅうが》」の三州統一のために陸地での戦闘に忙しかったことが幸いした。那覇までは、毛利船団はまっすぐに直行できたのである。那覇までは。

が、その那覇の港で、一行は足止めされることになった。

「やまとぅんちゅの大船団だあああ～！」

「琉球征服《せいふく》にやってきたああ～！」

あまりにも船の数が多かったのと、小早川隆景・相良良晴を救出するために急ぐあまりの突然《とつぜん》の出現だったために、てーげーな面々がふんわりまったり過ごしていた那覇の港は一転、「すわ。琉球王国最後の日」と大混乱に陥《おちい》ったのである。

旗艦《きかん》に乗り込んでいた吉川元春《きっかわもとはる》も、これには面食らってしまった。

「な、なんじゃ？　すっかり敵襲《てきしゅう》だと思い込んどる。毛利は琉球と合戦なんぞしたことがないけんね。どうなっとるけぇ？」

事情通の暗黒寺恵瓊《あんこくじえけい》が、「島津との間の緩衝《かんしょう》地帯が消えましたからね〜」と元春に解説してくれた。

「琉球王国と薩摩の島津家との間には、両国の緩衝地帯・奄美諸島を巡《めぐ》ってしばしば小競《こぜ》り合いがあったんです〜。その島津が九州での三州統一戦に邁進《まいしん》しているので、琉球は奄美大島に奉行《ぶぎょう》や巫女《みこ》を配置して正式に琉球領に。ところがその結果、戦国時代まっただ中の日ノ本の中でも最強の戦闘民族・島津家と直接国境を接することになっちゃったというわけで〜」

「そうなのか恵瓊。それでぴりぴりしとるのじゃな。琉球は海洋貿易で稼《かせ》ぐ平和な国じゃと聞いとったが、それでもやはり人間の世界じゃのう。現世《うつしよ》には、楽園はないのう」

「日ノ本と比べれば百万倍は平和ですよ〜。那覇の港の面々を見てください〜。琉球人、明人《みんじん》、南蛮人《なんばんじん》、倭寇《わこう》、キリシタン、仏僧《ぶっそう》、堺《さかい》商人、と超適当《ちょう》な顔ぶれですし〜。第一尚《しょう》氏王朝は、武断主義を採って外征《がいせい》を強行したために、戦嫌《いくさぎら》いな家臣団たちに反乱を起こされて倒《たお》されちゃったくらいですから。今の王朝は第二尚氏王朝なんです～」

「ともあれ、なんとかせえ恵瓊。那覇の港で戦ってる場合ではないけえね。この近くに流れついているはずの隆景と良晴を捜《さが》さねばならんし、那覇の商人たちから磁石も買い占《し》めねばならん。開戦などということになれば、妹は助からんし毛利家は織田家に敗れる」

「お任せくださ～い。琉球王朝方に事情を説明して、開戦を回避《かいひ》させて参ります～♪」

毛利こども軍団に、長崎《ながさき》名物のカステラを切り分けてあげていた宇喜多直家が、

「ちょっと待った！　外交交渉《こうしょう》ってんなら、オレさまも行くぜ！」

と言いだしたので、吉川元春は「待つんじゃ」と顔をしかめた。

「宇喜多。おどれの外交とは、『暗殺』じゃろ！　琉球の要人を暗殺なんぞしよったら、しごうするぞ！　妹と良晴の命がかかっとるんじゃけえね！」

「フ……オレは平和を愛する博愛主義者。だが最悪の場合は、暗殺もやむなしかもな……交易で食っている平和な貿易国家にも、一人や二人は必ず武断派ってのがいるもんだぜ、吉川のお嬢《じょう》。いつだって、戦争ってのは未来語で言うところの一部の脳みそ筋肉な武断派が勝手に暴走してはじめるもんだ。オレさまのようにそろばんをはじいて損得勘定《かんじょう》で動ける知恵者《ちえ》ばかりなら、そもそもこの世に戦なんぞねえわけよ」

「ううう宇喜多！　それはもしかして、自分のことか～っ！　この吉川元春が、毛利一家

を毎度毎度合戦に引きずり込む脳筋じゃと言うんか～⁉　しごうしたる！」

「待った待った！　吉川のお嬢！　戦争反対っ！　暴力よくない！　ラブアンドピース！」

お父さまにはこの秀家《ひでいえ》から「暗殺はダメ、絶対」ときつく言っておきますからお許しを！　と宇喜多秀家が取りなして、吉川元春はようやく抜いた「姫切《ひめきり》」を鞘《さや》に納めた。

ほっほっほ！　異国との外交とは、大舞台《だいぶたい》であるな！　元祖本家正統足利《あしかが》将軍さまであるわらわも、外交団に「長《おさ》」として参加してやらねばならぬの、と「こども将軍」足利義《よし》昭《あき》が高笑いしながらすっくと立ち上がった。が、宇喜多直家が「どうぞ」と差し出してきたカステラを見るや否や、こども将軍は地団駄《じだんだ》を踏《ふ》みはじめた。

「こらっ宇喜多！　わらわのカステラが、輝元《てるもと》のカステラよりちょっとだけ小さいのじゃ！　えこひいきなのじゃ～っ！　将軍さまの命令であるぞ、大きいカステラと交換《こうかん》させよ！」

「え～？　小さいって、ちょっとだけじゃな～い！　これは、てるのカステラなんだもーん！　将軍さまの命令だって聞いてあげなーい！　はいっ、てるのカステラに今、結界張ったから！」

「ずっこいのじゃ！　足利将軍の威光攻撃《いこうこうげき》で結界無効なのじゃ～！」

「それを言うなら、秀家のカステラがいちばん小さいです……くすん」

「ああもう。均等に切ったはずだ、オレにはカステラの大小なんぞわからねえ！　これだから子供ってのは……最高だな！　ともかく！　オレは将軍ちゃんと恵瓊を連れて首里城《しゅりじょう》へと乗り込む。秀家は和睦《わぼく》が成るまで船から絶対に下りるな！　お前にもしものことがあれば、この父は岡山《おかやま》の鬼《おに》と化す！　いいなっ！」

　こうして、武闘派代表・村上武吉《むらかみたけよし》と吉川元春が船団に居残って秀家と三代目輝元を守り、首里城に使者として乗り込む外交団は足利義昭・宇喜多直家・暗黒寺恵瓊の三人と決まったのだった。穂井田元清《ほいだもときよ》はこの間もなお、船底で絶食して隆景と良晴の無事を祈り続けている。宇喜多直家は実質的に「用心棒」。琉球王国との開戦回避の大任は、毛利家が誇《ほこ》る外交尼僧《にそう》・暗黒寺恵瓊に委ねられた。

　琉球の王城・首里城はこの時代、まだ赤瓦《あかがわら》には覆《おお》われていない。それでも唐《から》風の城壁《じょうへき》と日ノ本風の建物が入り交じった、和唐折衷《わとうせっちゅう》とも言うべき独特の城構えである。城内には琉球古来の聖地「御嶽《うたき》」の他に、日ノ本から来た仏僧が建立《こんりゅう》した仏寺もある。

　北の海から、「瀬戸内《せとうち》の海賊《かいぞく》王」村上水軍率いる日ノ本の大船団が那覇港に襲来！

　さらに、首里城に「外交使節」と称《しょう》して、謎《なぞ》のこども将軍「足利義昭」、やたら人相の悪い奸悪《かんあく》無限の謀将《ぼうしょう》っぽい「宇喜多直家」、名前からして邪教《じゃきょう》邪法の使い手くさい「暗黒寺恵瓊」が乗り込んできた！　海上で船団を率いる「村上武吉」は全身筋肉の化け物だし、

「吉川元春」は身体《からだ》から異常な闘気を放ち続けていて、ともに鬼《おに》島津の眷属《けんぞく》としか思えない！

首里城を守る琉球の面々は、足利将軍家などはとっくに滅《ほろ》んでいると聞いている。最後の足利将軍は明へ亡命したはずだ。

いったい彼らはなにものなのか？

「あいつらは戦国日ノ本から琉球征服にやってきたに違《ちが》いないのだ～！　日ノ本の武士どもは血の気が余っている上に兵力も余っているのだ～！　われらが奄美大島を盗《と》ったので怒《おこ》っているのだ～！　わが王！　断固交戦なのだ～！　たしかに琉球軍には種子島《たねがしま》はないのだ。でもこの謝名利山《じゃなりざん》に、『手』ありなのだ！」

琉球一の武闘派少女、「手」の達人・謝名利山が本土決戦を説けば、

「な～ご～。謝名？　彼らは島津家とは関係なさそうですみゃ？　毛利家から来たって言ってるみゃ。毛利家といえば、石見《いわみ》銀山から九州商人経由で那覇の港に銀を送ってくれるお得意さま。毛利家と戦をはじめて石見銀が入ってこなくなったら、ただでさえ傾《かたむ》いている琉球王国の貿易収支はガタガタになっちゃいますみゃ」

琉球王室の財務と猫《ねこ》への餌《えさ》やり係を担当している名護良豊《なごりょうほう》が、「万が一開戦となったら即座《そくざ》に降伏《こうふく》するみゃ」と降伏論を唱える。

「名護！　アホなのだお前は～！　はるばる毛利から水軍が来たということは、あいつら

島津に先んじて琉球を征服して海洋貿易で荒稼《あらかせ》ぎするつもりなのだ〜！　毛利は博多《はかた》を盗れなかったからな、なのだ！」

「ヘンに居座られてそのまま倭寇化されるより、降参するほうがいいですみゃ〜。それに、那覇の港は毛利家にとっては石見銀の中継《ちゆうけい》貿易に必要な一大拠点。織田家との戦争の最中《さなか》に、わざわざ大遠征して琉球を混乱させる理由はないみゃ〜」

「すでに大遠征してきているのだ〜！　ああっ、わかったのだ！　あいつら、謎の足利こども将軍を琉球の王座につけて、足利亡命政権を樹立するつもりなのだ〜！　わが王！　開戦命令を、なのだ！」

「貴重なお得意さまと戦ったら大赤字だみゃ〜。降伏するみゃ〜。な〜ご〜」

「名護！　琉球は一応、明の冊封《さくほう》国なのだ！　明にバレたら面倒《めんどう》なのだ！」

「すでに明は海禁策を緩《ゆる》めているみゃ。明一辺倒《いつぺんとう》外交では、昔のようには稼げないみゃ。南蛮人たちがわれらの最大の商売相手だったマラッカを武力で奪《うば》い、明からマカオを借款《しやつかん》して貿易拠点化したことで、琉球の貿易網《もう》は今や危機的状況《じようきよう》だみゃ。軍の武装は昔ながらのままで、種子島も買えないみゃ。対外戦争なんて絶対に無理だみゃ」

「種子島がなくとも、われらには『手《ティー》』ありなのだ〜！　『正中線』をブレさせない御殿《うどうんで》手独特の歩法を繰り出し、四方から襲《おそ》いかかってくる敵を同時に倒せば、絶対に敗れないのだ〜！」

「無茶言うな、だみゃ」

この突然の国難に直面した少年琉球王・尚寧王《しょうねいおう》は、しかし、謁見《えっけん》の間の玉座に寝《ね》そべって猫を撫《な》でながら「なんくるないさ～」とモーウイをかじっていた。水もしたたる美少年だが、暑さに弱いらしい。あるいは、単にてーげーな性格なのか。首里城の至るところに猫がうろうろしているのも、彼らがてーげーだからなのか、それとも猫好きなのか。

「ほんとに暑いさ～。昼寝の時間なのにさ～。まあ今回の相手は明の使節じゃないから、あっついあっつい唐服《から》に着替《きが》えずにすんで助かったさ～」

「わが王！　開戦命令を！」

「王さま。降伏命令を～」

あわてないあわてない。使者に会ってから会ってから、と尚寧王は面倒そうに手を振《ふ》って二人をいったん黙《だま》らせ、そのまま足利こども将軍たち毛利外交使節団と会見した。猫の群れに囲まれた足利義昭は「ぬな。ここは本猫寺《ほんびょうじ》かのっ？」と歓声《かんせい》をあげた。さらには、モーウイの椀飯振《おうばんぶ》る舞《ま》い。長崎での一件以来敬虔《けいけん》な露璃魂《ろりこん》教徒となった宇喜多直家がいち早くモーウイをかじり、「毒はない、将軍ちゃん」と親指を立てたので、義昭はモーウイにかぶりついた。

「いや～首里城は本猫寺さんとは関係ないさ～。ただ、掃除《そうじ》をさぼっていたら野良猫《のらねこ》たちがなんとなく棲《す》み着いちゃってさ～。ハブもいっぱい棲んでるから、注意するさ～」

「ぬな。ハブとなっ⁉　怖《こわ》いのじゃ、宇喜多！」

「ハブだとっ⁉　伴天連《ばてれん》の聖書でも、蛇《へび》は悪と言う！　も、もしも幼子の肌《はだ》に嚙《か》みついてその汚《けが》れなき身体に毒を注入などしたら……ぬおおおお！　ゆっ、許さんぞおおお！　毒蛇めが！　将軍ちゃんの前に面出《つら》したら、即座に頭を撃《う》ち抜《ぬ》いてやる！」

「ギャー！　こいつ、短筒《たんづつ》を抜いたのだー！　わが王を暗殺するつもりなのだ、無礼打ちなのだー！」

「が、外交使節と偽《いつわ》って首里城に入り込み、王さまを人質《ひとじち》に取るとは、なんという狡猾《こうかつ》な作戦だみゃ〜。恐《おそ》るべきは戦国日ノ本の武将どもだみゃ。降伏しましょう、な〜ご〜」

「違います違います！　この男は露璃魂という心の病で〜！　恵瓊ちゃんの話を聞いてくださ〜い！」

外交尼僧の暗黒寺恵瓊は、琉球まで南下した理由を、尚寧王たちに簡潔に伝えた。

目的は二つ。

毛利一家の小早川隆景と相良良晴が琉球のどこかに遭難《そうなん》したらしいこと。その二人を捜《そう》索《さく》に来たこと。

来たるべき織田家との決戦のために、大量の磁石を買い付けに来たこと。

謝名が「嘘《うそ》なのだー！　このあたりに小早川だの相良だのが流れついたなんて噂《うわさ》、ぜーんぜん聞いてないのだ！　やい宇喜多直家！　貴様の短筒とわが『手』、どちらが強いか尋常《じんじょう》に勝負なのだ！」と騒《さわ》ぎ、名護が「大量の磁石を買い付けに？　これは商売の好機だみゃ～。石見銀と交換だみゃ～。では降伏文書に調印を」といそいそと降伏文書を作成しはじめている隣《となり》で。

優柔不断《ゆうじゅうふだん》な尚寧王は、生あくびしながら、

「やまとぅんちゅのことは、やまとぅんちゅがいちばん知っているさ～。ほら。最近、喜《き》界島《かいじま》に身ひとつで流れついてたちまち島を征服したあの軍神さまに、ご判断を仰《あお》ぐのがいいさ～」

と告げて手を叩《たた》き、ご－ん、と「万国津梁《ばんこくしんりょう》の鐘《かね》」を鳴らさせた。

「おお！　源《みなもとのためとも》為朝さまの再来と噂されるあの軍神さまならば、毛利水軍も一網打尽《いちもうだじん》なのだ！『手』技の直撃《ちょくげき》を食らっても頬《ほお》を赤らめてますます元気になられるあのお方なら！」

「ぐぐ軍神さまが本気だしたら琉球軍は一日で全滅《ぜんめつ》するな～ご～。これを機に軍神さまに降伏するな～ご～」

「軍神？」

「喜界島だと？」

「ぬな？」

尚寧王に招集されたその者は、喜界島を日本刀一本で単独征服した、やまとぅんちゅの「軍神」。かつて平家に敗れて伊豆《いず》大島へ流され、船で琉球へ渡《わた》り、ついにその子が初代琉球王となったという伝説を遺《のこ》す鎮西八郎《ちんぜいはちろう》源為朝公の再来。琉球で今、「強い！　美しい！　優《やさ》しい！　おっぱい大きい！」と大人気の、その流浪《るろう》の英雄《えいゆう》こそは――。

「尚寧王さま、ただ今参りました！　もう、接待漬《づ》けの日々が辛《つら》くてたまりません！　私は軍神でもなければ、源為朝公でもありませんっ！　ただの遭難者ですっ！　今日こそは私に喜界島の治安を乱した罰《ばつ》を――七難八苦をお与《あた》えくださるのですねっ！　はあ、はあ、はあ」

そう。

「ぬな？　そちは、山中鹿之《やまなかしかの》助《すけ》ではないか！」

「こんなところでなにやってんだ、てめー!?　そういえばいつの間にか消えていたが、遭難していたのかよ？」

「あわ。あわわわわ。気がつきませんでした……すっかり忘れていました……」

てーげーな琉球の涼《すず》しい服装にすっかり馴染《なじ》んでいる、山中鹿之助なのだった。

いつどこで遭難したのかすら、毛利一行の誰《だれ》も覚えていない。鹿之助が七難八苦に襲われるのはいつものことである。が、生命力と戦闘《せんとう》力だけは異常に高い鹿之助は、奄美大島近くの喜界島まで流れついて、島をうっかり単独武力平定してしまい、しかしその喜界島で「七難八苦・○公十民」という例のない善政を敷《し》いた上に「なんと。この島が琉球の領土だったとは。さあ、私を侵略《しんりゃく》者として処刑《しょけい》していただきたい！」と自らの身体に縄《なわ》をかけて琉球国王のもとに進んで投降したために「なんと潔《いさぎよ》い」「軍神だ」「源為朝公の再来だ」と琉球の人々に熱狂的《ねつきよう》に迎《むか》えられ、今や「やまとぅんちゅの英雄」として大出世していたのだった。

のちの世の日ノ本には熱狂的な琉球ブームが訪《おとず》れ、江戸《えど》を代表するラノベ作家・滝沢馬琴《たきざわばきん》が「源為朝＝琉球王国始祖説」をベースに葛飾北斎《かつしかほくさい》を絵師に迎えたラノベ「椿説弓張月《ちんせつゆみはりづき》」を書いてベストセラーにするのだが、この時の琉球では反対に日ノ本から流れついてきた山中鹿之助をアイドル視し「源為朝公の再来」と持ち上げるブームが到来《とうらい》していたのだ。

「あああっ、毛利家のみなさまがた！　遭難した鹿之助を琉球まで捜索しに来てくれたのですね、と思わせておいて今の今まで私の存在そのものを忘れておられたとは！　上げ落としですね！　しかし、尼子《あまこ》家の仇敵《きゆうてき》である毛利家からそのようなご褒美《ほうび》をいただいても嬉《うれ》しくありませんっ！　なんという屈辱《くつじよく》！　はあ、はあ、はあ……！」

「違うのじゃっ！　われらは小早川隆景と相良良晴を捜索しに来たのじゃっ！　それなのに、なにやら誤解が生じて今や琉球王国と開戦寸前なのじゃ！　なんとかせよ！」

「え、ええええっ？　殿《との》と小早川どのが、そ、遭難……!?　なんということ!?　うわあああ！　い、い、いったい琉球諸島のどの島に？」

「それが、わからないのです～。王宮の方々も、まったく聞いたことがないと……だとすれば、無人島に流されたのかも……」

「ええっ？　もしも無人島で二人きりになっているとしたら、すでに子作りしているに違いありません！　ああ……殿……鹿之助をここまで苦しめるだなんて……たまりません！」

ともあれ、山中鹿之助が琉球に流れついて「軍神」になっていたことによって、毛利水軍と琉球軍の開戦は回避《かいひ》された、と思われたが——。

「わ、わ、わ、わが王！　たいへんなのだー！」

「マカオから帰ってきたジャンク船が那覇の港に入ろうとして村上水軍の船と衝突《しょうとつ》。船底の焙烙玉《ほうろくだま》が大爆発《だいばくはつ》したな～ご～。これを毛利方の先制攻撃《こうげき》と思い込んだ面々が恐慌《きょうこう》状態に陥《おち》り、続々と決起！　海戦がはじまってしまうな～ご～！」

「いやあ。那覇では、船の衝突なんてよくあることさ～。船乗りたちも万事、適当だしさ～。なんくるないさ～」

「なんくるなくないのだあああ！　あいつら化け物みたいに強いのだー！」

「頼《たの》みの軍神さままでもが毛利方の武将だったみゃあ。こんなの絶対に勝ち目ないみゃ。降伏するみゃ～」

たいへんです～。海戦になれば三代目輝元さまや秀家ちゃんに生命の危機が～と恵瓊が頭を抱《かか》え、宇喜多直家が「ぎゃあああ！　秀家ええええええ！　三代目ええええ！」

やっと長崎で無事に救出できたと思っていたのに、露璃の神はまたしても幼子たちに試練を……！　こうなったら王さまを人質にして無理矢理停戦に持ち込むしかねえのかあああ!?」と血涙《けつるい》を流す中、足利義昭が「将軍さまにお任せなのじゃ！」と駆《か》けだしていた。

「待ってくれ将軍ちゃん！　危ねええええ！　港に近づいちゃダメだあああ！」

「宇喜多！　わらわは、日ノ本の武家を束ねる征夷《せいい》大将軍であるぞ！　これは将軍の務めなのじゃ！　わらわには、日ノ本と琉球との開戦を阻止《そし》する義務があるのじゃ！」

※

イザイホー祭りの最終日。

月嶺や大勢のナンチュ見習いの少女たちとともに数々のイベントをこなした小早川隆景は、ついに、正式にナンチュになるための最後の「儀式《ぎしき》」を迎えていた。

隆景は緑の葉で編まれた冠《かんむり》を頭に載《の》せて、隆景の「エケリ」つまり兄となる相良良晴のもとを訪れ、ともに「口噛み酒」ウンサクを飲むのだ。飲みながら、隆景がナンチュになることを誓《ちか》えば、その瞬間《しゅんかん》から隆景は良晴を霊的《れいてき》に守護する妹巫女《みこ》ナンチュとして生きることになる。

「こ、小早川さん。い、いろいろな意味でどうしよう？　月嶺ちゃんたちのノリと勢いのままここまで来てしまったけれど、ナンチュになったら小早川さんは島から離《はな》れられなくなるんだよ？」

「……こ、ここで降りるのも月嶺たちに失礼だし……ど、どうしよう、良晴？　私は、良晴を守る巫女の道と、良晴とともに戦う姫《ひめ》武将の道。どちらの道を選べばいいのだろう？」

「『島に籠《こ》もれ』とも『戦場で戦え』とも、俺からは言いがたいな。残念ながら琉球では、常世《とこよ》と繋《つな》がる霊力と、現世《うつしよ》を生き抜く武力とは、両立できないようだ。小早川さんがナンチュになっても、月嶺ちゃんのように島からの出入りが自由なままだったらいいのになあ～」

「ごっめーん！　月嶺はきこえおおきみになる巫女だから、特別なんだよー！」

「そうだな。でもこの口噛み酒を飲めば、いずれの道が正しいのか、わかるかもしれない！」

「わ、わかった。し、しかし、良晴が私が噛んだ酒を飲むのは、ちょ、ちょっと……恥《は》ずかしいな……」

月嶺が、隆景を祝福するオモロを唱える中。

隆景は、口噛み酒を、飲んだ――。

あとは「ナンチュになって良晴を守る」と決めるか、「島を出て毛利家の姫武将として戦い続ける」と決めるか、隆景自身が「選択《せんたく》」するだけとなった。

酩酊《めいてい》したのか。それとも、今の久高島がニライカナイと繋がっているからなのか。

隆景は、良晴の背後に――亡《な》き兄・毛利隆元の影《かげ》を、はっきりと見ていた。

「……兄者……!?」

自分自身の心が生みだしている幻《まぼろし》なのか。それとも、ほんとうに海の彼方《かなた》の常世――ニライカナイから兄の霊が自分のもとを訪れてくれているのか。神がかり状態になっている隆景には、判別できない。ただただ、胸が、痛んだ。涙《なみだ》が、溢《あふ》れた。

人間はなぜ生まれて、そしてなぜ死ぬのだろう。最後には逃《のが》れられない「死」によって別離《べつり》しなければならないのだろう。なぜ出会うのだろう。失うのに、なぜ愛するのだろう。ともに永遠には生きられないというのに、なぜ家族を求めるのだろう。なぜ。どうして。人の世は、最後には必ず「死」という結末が待っているのに。どうして人間たちは、同じ島の上で、同じ空の下で、戦いあい殺しあわねばならないのだろう。

ニライカナイは、死者への追憶《ついおく》が生みだした人々の見ている「夢」なのだろうか。

それとも。

私たち人間は。生き物は。現世という「夢」から魂《たましい》を召《め》されたその瞬間に、常世という次の「夢」を見る定めなのだろうか。ならば、現世と常世との間に、なんの違《ちが》いがあるのだろうか。「毛利両川《りょうせん》」の一翼《いちよく》を担《にな》って毛利家三代目を守るという使命も。百年続いてきた日ノ本の乱世を終わらせるという志も、すべては、夢の間なれば――。

隆元は、優しく微笑《ほほえ》んでいる。生きていた頃《ころ》とまるで変わらない。隆景を慈《いつく》しみ愛してくれた、兄の笑顔だった。取り戻《もど》せるならば、取り戻したい。隆景はそっと手を伸《の》ばして、その隆元の幻に触《ふ》れようとした。

しかし。

その指先が幻をすり抜けて、相良良晴の頰に、突《つ》き当たっていた。

良晴は無言のまま、隆景を見守ってくれている。言いたいこともあるはずだ。胸のうちでは、激情が渦巻《うずま》いているはずだ。しかし、良晴の表情もまた、どこまでも優しい。

小早川隆景は――。

「……兄者……私は……私は、兄者ともういちど、ともに過ごしたかった……兄者に、もっと甘えたかった。もっと、兄者を好きだ、と言葉で伝えたかった……その夢が叶《かな》うならば、常世に。ニライカナイに。久高島にこの身体《からだ》を永遠に縛《しば》り付けられても構わない。でも……でも、それはできない。叶わぬ夢だ。なぜならば、私は……兄者……今の、私には……」

毛利隆元の幻が、そっと告げていた。

『お前の気持ちはわかっている。行け、隆景。たとえ、人生が夢の間であろうとも。夢は。お前の命は、時とともに必ず尽《つ》きる。夢の終わりが、来る。だからこそ、投げ捨てるな。命ある限り、現世という夢を生きろ。振《ふ》り向くな。前へ進め。夢が終わる瞬間に、悔《く》いを残さぬように』

「……兄者」

『お前には三代目輝元が。元春が。そして相良良晴がいる。現世という儚《はかな》い夢は……お前たちみんなが見ている夢だ。だからこそ、貴《とうと》い。現世の理《ことわり》に反して未来から黄泉比良坂《よもつひらさか》を渡り戦国の世に来た相良良晴がこの先の未来を生き抜《ぬ》くには、お前という存在が必要だ。お前にならば、相良良晴の運命を変えることが、できる。こんどこそ、守れる』

隆元の影が、霧《きり》のように消えていく。

相良良晴が、隆景の手を握《にぎ》りしめている。

小早川隆景は、消えゆく隆元の影を涙とともに見送りながら、

「私は良晴を守る。だがナンチュにはならない。ならずとも、守ってみせる。私は久高島を出て毛利家へ戻る。さようなら、兄者――」

と、宣言していた。口に含《ふく》んでいた口嚙《か》み酒を、飲み干しながら。

「小早川さん……！」と良晴が声を震《ふる》わせながら隆景の小柄《こがら》な身体《だ》を抱きしめ、月嶺が

「うわあ、あつあつだねー！　おめでとう！」と部屋の中に花をぱあと撒《ま》いた。

この瞬間――那覇の港で琉球水軍と開戦寸前になっていた吉川元春の脳裏《のうり》に、「口嚙み酒」を通じてニライカナイと繫がりひとときの「力」を得た隆景の声が届いていた。

『姉者。私と良晴は琉球本島にほど近い久高島にいる。ここは琉球最高の聖地にして、し

かもイザイホー祭りの最中《さなか》で結界が張られているために、本島には私たちの漂着《ひょうちゃく》が知られていないはずだ。だが、私たちは、久高島でたしかに生きている。まもなくイザイホーの祭りは終わる。私は島に留《とど》まる巫女にはならず、毛利家の姫武将として再び乱世を生きると決めた。姫武将たちの祭りを、生きると決めた。どうか、迎えに来てほしい』

妹じゃ！　妹が自分を呼んどるけぇ！　反転、全速前進じゃ！　村上武吉！　琉球水軍を振り切って久高島へと直行するんじゃあああ！　と、吉川元春は全軍に那覇港からの出航を命じていた。

食を断ち続けてフラフラになった穂井田元清が「景さまあああ！　よかったあああ！」と船室から這《は》い出してきて、「がはは。あと半日餓《う》えてたら危なかったな！　牡蠣《かき》でも食え牡蠣でも！」と笑顔になった村上武吉に背負われていた。

同時に。

首里城で「毛利水軍と海戦になってしまうさ〜。困ったさ〜」とおろおろしていた尚寧王の目の前には、月嶺の幻が浮《う》かび上がっていた。月嶺は次代きこえおおきみとしての霊力を発動させて、兄の前に「跳《と》んだ」のである。

『お兄ちゃんっ！　どーして毛利水軍と戦争しようとしているのお？』

「いや〜、戦争だなんてそんな面倒《めんどう》なことはしないさ〜。ただ、成り行きでさ〜」

『ま〜たお兄ちゃんはぐずぐずおろおろして、ダメだよっ！　毛利水軍は敵じゃないんだよっ！　毛利家が捜《さが》している二人は久高島にいるから、早く琉球船団を率いて救援《きゅうえん》に来てっ！　王さまらしく威厳《いげん》をもってみんなに命令しなさいっ！』

「わわわかりました、さ～！　謝名！　名護！　停戦、停戦、即座《そくざ》に停戦！　毛利水軍と琉球水軍の総力をあげて、久高島に毛利家の二人……小早川隆景と相良良晴を出迎《でむか》えに出発するさ～！」

のらりくらりとしている尚寧王だが、唯一《ゆいいつ》、決断が早い時がある。それは、妹にぷんすかと叱《しか》られた時である。古代邪馬台国《やまたいこく》によく似た「兄妹《きょうだい》」による祭政一致《いっち》体制が今なお続いている琉球では、王といえども妹の命令は絶対なのだった。

「なんと。生きてあの久高島に漂着していたとは。まるでニライカナイから来た神人《かみんちゅ》なのだ！」

「恵瓊の言葉は嘘《うそ》じゃなかったんだみゃ～。非礼を詫《わ》びるために、今こそ降伏《こうふく》するな～ご～」

暗黒寺恵瓊と足利義昭が「ついに見つかりましたね～！」「やはり琉球に！　予想通りだったのじゃ～！」と抱き合い、宇喜多直家が「ちっ。久々の暗殺決行の機会を逸《いっ》したか。が、月嶺ちゃんのようないたいけな幼子があの二人を救ってくれたということは、やはりこの世に露璃《ろり》の神はおわしたのだ。ありがたや、ありがたや」と合掌《がっしょう》し、そして山中鹿之助は「ともに遭難《そうなん》したのに、なぜ私だけ喜界島で、あの二人は仲良く『神の島』久高島に？

やはり、私は厠潜《かわやくぐ》りをした時点で神の島に入る資格が……もう私は汚《よご》れてしまっていたのですね！　七難八苦ですねっ！」と良晴の無事を知って安堵《あんど》し、号泣《ごうきゅう》していた。

ここに毛利水軍と琉球水軍は急ぎ和睦《わぼく》を果たし、久高島へとともに急行した。

だが、その久高島を濃霧《のうむ》が覆《おお》っていた。

「おかしいな。霧が行く手を阻《はば》んで、船が前へと進めねえぞ？　どうなってんだ？」

理屈《りくつ》はわからないが、大型船は霧の壁《かべ》に針路を塞《ふさ》がれてしまい、島への突入《とつにゅう》は無理らしい。村上武吉は小型の小早船を繰《く》り出したが、小早船でもやはり通れない。

「ニライカナイと島を繋ぐため、現世との間に結界が張られているさ〜。もうイザイホー祭りは終わったはずなのに、妙《みょう》なのさ〜」

久高島側のイシキ浜《はま》では、霧の結界が晴れないどころかかえって強固になっているさまを見た月嶺が「あーっ⁉」と頭を抱《かか》えていた。

「ヘンだよ！　祭りを終えたのに、島がニライカナイと繋がったままだ〜！　それどころか、霧がどんどん濃《こ》くなって……久高島はニライカナイと現世の『狭間《はざま》』に位置する島。それが現世からどんどん離れて、完全にニライカナイに呑《の》み込まれようとしているだなんて。こんな事態、前代未聞《みもん》だよ〜！　島がまるごとあの霧に呑まれちゃったらもう、現世には戻れなくなっちゃうよ！」

「ど、どういうことなんだ？　島そのものが常世へと転送されはじめているのか？　未来から過去へ召喚《しょうかん》された次は、異世界転生だってえええ!?」

「妙だ良晴。私ははっきりと、現世に戻ることを宣言したはずなのに？　事態は完全に、私の選択と逆になっている……！　口噛み酒を飲んだ時に、ナンチュとしての力を使って姉者に言葉を伝えたが……正式なナンチュには、ならなかったはず!?」

「お姉ちゃんの霊力だけでは、こんな出鱈目《でたらめ》な事態はありえないよー！　もしかしてっ？　サルお兄ちゃんっ？　昔、どこかで黄泉比良坂を通ったことがあるんじゃないの～？」

「えぇと。記憶にはないけど、この世界に来る時に天岩戸《あまのいわと》をいちど潜ったらしい！」

「それだよー！　生きながらに黄泉比良坂を通ったサルお兄ちゃんは、人間でありながら異界を呼び寄せる特異体質になっちゃったんだよ！　お姉ちゃんやわたしたちナンチュの力とサルお兄ちゃんの体質がくっついて暴走してるんだよー！　神の浜辺・イシキ浜までお兄ちゃんたちが流れてきたのも、そのお兄ちゃんの体質のせいだよ！　このままじゃわたしたちみんな、ニライカナイへ行っちゃう！」

「えええ、俺のせいっ？　なんてことだあああ！　だだだ脱出《だっしゅつ》できないのか？」

「言ったでしょー？　島の内側からは結界を突破《とっぱ》できないんだよ！　でも外側からならば……！　霧の結界のどこかに小さな小さな『穴』が一箇所《かしょ》だけ開いているはず！　黄泉比良坂の入り口が！　でも、すっごく小さな穴だから、船で通るのは絶対に無理だよっ！」

霧が、隆景たちの目の前に迫《せま》っていた。

霧の結界に、船団は阻まれている。月嶺から『助けてお兄ちゃ～ん！』と泣き声混じりの救援要請《ようせい》を聞いた尚寧王は「うわあああ～！　妹が、妹があああ！　常世《とこよ》に連れ去られてしまうさ～！　誰《だれ》か、誰かああああ！」とあわてていた。

吉川元春も、衝撃《しょうげき》のあまり腰《こし》が抜けてしまっている。

「ぎゃー、隆景があああ⁉　相良良晴の遭難体質も、たいがいにせえええ！　島ごと異世界転生とはなんじゃあああ！　隆景えええええ⁉」

「野郎《やろう》ども、急げえええ！　お嬢《じょう》と相良の小僧《こぞう》をなんとしても救援する！　こうなりゃ物理攻撃《こうげき》だあああ！」

村上武吉が、村上水軍の海賊《かいぞく》どもに命じて焙烙《ほうろく》玉を霧めがけてぶん投げ、次々と火炎《かえん》特攻を開始させた。が、霧の結界はどれほどの爆撃《ばくげき》を浴びても炎《ほのお》に焼かれてもびくともしない。常世の壁に対しては、物理ダメージを与《あた》えることはできないのだ。

「ひえええ！　なにをするのだあああ！　琉球王国を霊的《れいてき》に守護する聖なる久高島に物理攻撃とかありえないのだあああ！　開戦なのだあああ！」

「久高島を火炎攻撃するとは、なんという戦闘民族……もうおしまいだみゃあ、皆殺《みなごろ》しにされる前に降伏するな～ご～」

「仲間割れしている場合じゃないよ、みんな〜！　三代目のてるが命じるよ〜！　暗黒寺恵瓊、なにか知恵《ちえ》を！」

「無理ですう、異界とは外交交渉《こうしょう》できませーん！」

「景さまをお救いするためには、弟の僕が海の藻屑《もくず》となってニライカナイの神さまのお怒《いか》りを鎮《しず》めるしかありません、さようなら！」

「いえっ、ここはこの鹿之助こそが生贄《いけにえ》になるべきですっ！　神は、厠《かわや》を潜って身を汚した鹿之助にお怒りなのです、そうに違いありませんっ！」

「みなのもの、落ち着くのじゃっ！　ぐぬ。ぐぬぬ。この結界に命じる。足利元祖本家正統将軍の威光《いこう》によってただちに結界よ開くのじゃ〜！　発動せよ将軍威光！　結界無効ッ！」

こども将軍足利義昭が、霧の結界へと向けて扇子《せんす》を放り投げた。

その扇子もまた、霧に阻まれて跳《は》ね返……らない！

「ぬな？　潜り抜けたのじゃっ!?」

「おおお、さすがは将軍さま！　あそこじゃ！　海面と霧の壁の狭間に、小さな穴が開いちょる！　武吉、あそこから突入して隆景と良晴たちを救援するんじゃあああ！」

誰かがその穴を突破してイシキ浜まで泳ぎ着けば、再び現世《うつしょ》と島が繋《つな》がって結界は消えるよ！　急いで！　と月嶺の声が一同に届いてきた。が、その声もどんどん小さく、遠ざかっている。もはや時間切れ寸前だった。

「無理だ吉川のお嬢！　あんな小さな穴、小早船どころか海賊一人すら通過できねえぜ！」

「ちっ。大人の身体じゃあとても無理だな……このままではお嬢たちはもちろん、月嶺ちゃんたち島の幼子が……ちくしょおおおおお！」

宇喜多直家の悲痛な叫《さけ》びに呼応したかのように。

娘《むすめ》の秀家が、意を決して舳先《へさき》に身を乗り出していた。

「お父さま。秀家が泳いで突破して参ります。あの穴は大人の身体には小さすぎますが、子供ならば通れます！」

「ま、待て秀家！　危ない、やめろおおお！　フカに襲《おそ》われたらどうする！　もしも通れたとしても、お前がイシキ浜に到達《とうたつ》する前に時間切れになって、お前まで島ごと常世へ連れ去られちまったら……やめるんだああああああ！」

「だいじょうぶですお父さま！　秀家は泳ぎが得意ですから！　必ず良晴さんたちを、現世へ……！　お父さまを悲しませるような結末は、決して！」

どぼん！

衣服を脱《ぬ》いで身軽になった秀家は、まっすぐに「穴」へと向かって飛び込んでいた。

「ぎゃあああああ！　秀家が、秀家が、海へ飛び込んじまったあああ！　露璃の神よおおおおお！　秀家を守り給《たま》え！　守れっ！　守られねえと呪《のろ》うぞおおおお！　秀家を守らなければ、オレは岡山の鬼《おに》と化して琉球水軍を殲滅《せんめつ》してやるううううう！」

迫り来る霧《きり》を前に、隆景と良晴はお互《たが》いを庇《かば》うために抱き合っていた。

「……すまない良晴。私が、帰還《きかん》するか否《いな》かをぎりぎりまで迷っていたせいだ……」

「いや。俺の体質が呼び込んだことだ。たとえ異界へ流されても、ともに生き抜《ぬ》こう。いつか再び毛利家のみんなのもとに戻《もど》れると信じて。小早川さん」

「……良晴」

目と鼻の先まで白い霧が迫っていたまさにその時、お互いの足首が、波の中からイルカのように跳びだしてきた秀家の小さな手に、ぎゅっと掴《つか》まれていたのだった。

宇喜多秀家は——霧が二人を呑むよりも、ほんの一瞬《いっしゅん》早く。

イシキ浜へと、到達していた。

霧の結界は消滅《しょうめつ》し、毛利船団と琉球船団はともに、久高島へと入港した。

小早川隆景と相良良晴は、吉川元春たちのもとに生還を果たしたのだった。

「……隆景……隆景えええええ！　うわああああああ！」

「あ、姉者。す、すまなかった。そ、そんなに泣かずとも」

「泣いとらんっ！　潮で目を痛めたんじゃああ！　これは水じゃあああ！」

「お兄ちゃん、助かったよ～！　やる時はやるお兄ちゃんだねっ！　お祭りも終わったし、後夜祭を開始するよー！　みんなでカチューシー踊《おど》りを踊ろう～！」

「いや～。妹のためならば、なんくるないさ～」

「おどれは、なにもしちょらんかったけぇね！」

「オレは今、奇跡《きせき》を見た！　秀家こそは、露璃の神の化身《けしん》だったあああ！　毛利と琉球との開戦は、わが娘・秀家の奇跡によって回避《かいひ》されたのだーっ！　ありがたや、ありがたや……！」

ついに大団円かと思われたその時。

宇喜多秀家が月嶺から「すっごーい！　まるでイルカのような泳ぎっぷり！　巫女《みこ》の素質があるよ！　ねえねえ、ナンチュにならない？　島から出られなくなるけれど、たいせつな家族を霊力で守れるよ！」とスカウトを受けたために、「秀家を南海の小島に生涯縛《しょうがいしば》り付けるなど、絶対に許さーん！」と直家が聖なるイシキ浜で短筒《たんづつ》を抜いて大暴れをはじめたことで、謝名が「この男、イシキ浜で武具を抜いたのだああ！」と「手」で直家に応戦。

ここに毛利・琉球両家は再び国交断絶と開戦の危機に陥《おちい》ったのであった。

「待った、待ったーっ！　宇喜多さん、落ち着いて！　落ち着いて！　そっちのカンフー使いの女の子も、ストーップ！」

苦み走ったハードボイルド顔で「短筒」を構える宇喜多直家。

「正中線」をブレさせない独特の歩行方法を用いて、素手《すで》で直家へと突進《とっしん》する謝名。

両者が激突《げきとつ》すれば、ただではすまない。

せっかく丸く収まったはずなのに、こんなハードボイルド展開だけはいけない！

良晴は、あわてて二人の間に割り込んでいた。

「無礼者～！　カンフーではないのだ、『手』なのだ！」

「世の中には決して妥協《だきょう》できねえ価値観ってものがあるんだぜ小僧！」

「わかった。わかったから！　宇喜多さん。今回の遭難のために、俺たちの旅の予定は遅《おく》れている！　半年以内に磁石を調達して安芸へ戻れないと、時間切れになるんだ！　秀家を南海の孤島《ことう》に生涯縛り付けるなんて運命は、絶対に俺が回避させる！　だから落ち着いて！　あと、沖縄のカンフー使いの子！　素手で拳銃《けんじゅう》に対抗《たいこう》とか危ないから！」

「まだ言ってるのだ。カンフーとはなんなのだ？」

「……秀家の……運命、だと……？」

いけね、と良晴は口をつぐんだ。狼狽《うろた》えたあまり、久々に口が滑《すべ》ったらしい。

宇喜多直家の嫡子《ちゃくし》・宇喜多秀家は、本来の歴史では、関ケ原《せきがはら》の合戦に敗れて若くして八《はち》丈島《じょうじま》に流され、そのまま許されることなく、その生涯を八丈島で終えるのだ。家族とも離《はな》れ離《ばな》れになったまま。

宇喜多直家が「秀家が生涯南海の孤島に？」と血相を変えたのも、どこかで秀家の「運命」を予感しているからかもしれない。

「と、とにかく宇喜多さん。秀家をナンチュにはしないからさ！」

「いやいやいや。待てよ小僧。気になるだろうが！　秀家の『運命』を、てめーは知っているってのか？　ああ？」

「問題ない！　『運命』は、覆《くつがえ》せる！」

イシキ浜《はま》で武装蜂起《ほうき》されてしまってはもうおしまいだみゃあと名護が宇喜多直家に降伏《こうふく》する準備をはじめている中、月嶺と尚寧王の妹兄コンビが、「わかったよ～秀家ちゃんは誘《さそ》わないから～」「なんくるないさ～」と宇喜多直家にモーウイを渡《わた》して「和平」を乞《こ》うた。

「なんだあ？　あんたら、抜けてるっつうか、戦国日ノ本の武士の凶暴《きょうぼう》さに耐性《たいせい》なさすぎじゃねーか？　オレは、聖なる浜辺で短筒を抜いたんだぜ？　瓜じゃなくて武器を持ちだしてオレを仕留めろよ」

「いや～。琉球人は何人《なんぴと》たりとも、イシキ浜で武器を手にしてはいけないのさ～。謝名の『手』は素手だからぎりぎり許されるのさ～」

「これは琉球王家だけに伝わる巨大瓜《きょだい》だよ！　美味《おい》しいんだよ！　えへん！」

「はあ……まったく……しょうがねえな。秀家をナンチュにしねーと約束してくれるんなら、短筒は収める。相良の小僧を困らせちゃあ、秀家にとってまずいことになりそうだしな……運命ってなんなんだよ、まったくよう……」

怒濤《どとう》のモーウイ接待を受けた宇喜多直家が、バツが悪そうにモーウイをかじってようやく落ち着いた。

だが、イシキ浜で短筒を抜いたという事態は、宇喜多直家や良晴には理解できないほどに重い事件だったらしい。なおも名護は震《ふる》えながら「降伏文書に調印を」と宇喜多直家に土下座し、謝名は「やっぱりやっつけるのだ！」と「手」の構えをなかなか解かない。

このままでは、毛利と琉球の和睦《わぼく》は破談になってしまう！

（おかしいな。みんながどれほど和睦のために奔走《ほんそう》しても、開戦へと引っ張られている。秀家が南海の孤島に縛られそうになった流れといい、きっと「運命の強制力」のようなものが作用しているんだ）

良晴は、毛利家との開戦を阻止《そし》するため、琉球の歴史に一時的に介入《かいにゅう》する、と決意していた。その結果、たとえこの旅が遠回りになることになっても、琉球をこのまま素通りしてはいけない、とも。

ごめんね小早川さん、と隆景に視線で謝った。

隆景は（きみの心のままに。良晴）と微笑《ほほえ》んでくれた。

「ええい。これだけ月嶺ちゃんたちのお世話になった以上、見て見ぬふりはできないな！　秀家の運命だけじゃない。琉球の運命だって、変えることができるはずだ！」

琉球の運命？　と謝名が首を傾《かし》げた。

「そうだ。俺は小早川さんに、毛利家の未来を変えると約束した。でも、俺たちは琉球の人たちからこれほどの恩義を受けたんだ……だから、少しでも月嶺ちゃんたちの役に立ちたい。たしかに人間が生きる限り、この世界から戦争をなくすことはできない。永久に平和が続くなんてことは、ありえない。いずれ必ず、琉球も戦争に巻き込まれる。人類の歴史はある意味、戦争の歴史と言っても過言じゃない……それでも、俺の『未来』知識によって回避できる戦争もあるはずだ……！」

俺はこれから「未来」を告げる。聞き終わったら毛利家と和睦してくれ、必ずや和睦するべきだと納得《なっとく》してもらえる、と良晴は宣言していた。世迷《よま》い言《ごと》なのだ、と謝名も突《つ》っぱねられない。ここは神の浜辺、イシキ浜。そして良晴は、イシキ浜から久高島へと流れついてきた。その良晴が告げる「未来」予言は、すでに「神」の言葉に等しい。

故《ゆえ》に。

「かたじけなし！　旅のお方にして、神の使い、相良良晴どの。続きは、首里城でうかがうさ〜」

尚寧王のその決定に反対する者は、いなかったのである。

巻ノ五　けものラーメンが歴史を変える　琉球《りゅうきゅう》、マカオ

那覇《なは》の港から、琉球王国の王宮・首里城《しゅりじょう》へ。

「あれ？　瓦《かわら》が赤くない？　俺が修学旅行で首里城を見学した時とは、けっこう違《ちが》うな」

「赤瓦？　それは派手でいいさ～。職人に焼かせてみるさ～」

尚寧王《しょうねいおう》と月嶺《げつれい》に招かれてついに王宮へと至った相良良晴《さがらよしはる》と小早川隆景《こばやかわたかかげ》は、「めんそーれ」と歓待《かんたい》を受けながらさっそく「未来予言」の話に入った。

ともに尚寧王のもとで忠義を尽《つ》くしているのだが、それぞれ「開戦なのだ！」「降伏だみゃあ」とそうとうに偏《かたよ》っている謝名利山《じゃなりざん》と名護良豊《なごりょうほう》のコンビが、琉球料理をいただきながら「どきどきなのだ」「おどおどみゃあ」と良晴の「託宣《たくせん》」を待っている。

なにしろ、琉球の巫女の頂点に立つ予定である「きこえおおきみ」見習いの月嶺が、イシキ浜から久高《くだか》島に流れついた相良良晴と小早川隆景を「神の使者」と認定しているのだから、良晴の言葉は文字通り、神の託宣なのだ。琉球では、政治とりわけ軍事については兄の尚寧王が実権を握《にぎ》っているが、神事に関しては妹の月嶺がナンバーワン。その上、尚寧王はシスコンで月嶺に頭があがらないので、月嶺が良晴を「使者」と認めた時点で良晴

の発言権は巨大《きょだい》なものになっている。

（俺は織田《おだ》家時代の記憶《きおく》がないけれど、なんとなく経験則を学んできたような気がする。未来をうかつに口にすると、かえって引きずられる、と……でも、なにも語らないわけにもいかない。どのレベルまで未来を明かせば、いちばんバランスが取れるのだろう？　琉球の未来、毛利《もうり》家の未来をともによき方向へ向かわせるには）

小早川隆景は、「次の海戦で毛利は織田軍に敗れる」という未来を良晴から知らされているが、琉球に関してはほとんどなにも教わっていない。良晴は基本的には、未来についてあまり語らないのだ。なので、良晴に適切なアドバイスをすることはできない。

それでも、一般《いっぱん》論ならば、語ることができた。

「未来にまつわる要点だけを伝えればいいのだ、良晴。詳細《しょうさい》は語らなくていいだろう。かつて私は、南蛮《なんばん》のタロットなる術を学んでいた黒田官兵衛《くろだかんべえ》と『未来』の性質について語り合ったことがある――黒田官兵衛は、われわれの『未来』は十割ではないがおおむね定まっている、人間個人の力で未来へ流れる『道』を逸《そ》らしたところで、異なる『道』を辿《たど》って運命は結局、定められた結末へと到着《とうちゃく》することになる――と言っていた。あの者はご陽気な合理主義者なのに、意外と運命論者なのだ。タロットにハマりすぎたせいかもしれない」

「なるほど。規定ルートを逸れても、別ルートで同じエンディングに到達してしまうってことか、小早川さん」

「うむ。私もすっかり、良晴に未来語を連発されても理解できてしまうようになってしまったな。だが、決して未来は『確定』しているわけではないはずだ。一人の力では無理でも、大勢の人間がともに未来を変えるために奔走すれば、完全に異なる未来へ至る道を切り開くことができる。蟻《あり》の一穴から、堤防《ていぼう》を崩《くず》すことができるように。それが、黒田官兵衛に対して私が伝えた『理屈《りくつ》』だ」

「毛利家の『三本の矢』の理念だね、理屈というよりは」

「ああ。毛利一家の『信念』と言っていい。そして、毛利家に、きみが来てくれた――未来は変えられる。私たちが心を合わせれば」

「わかった、小早川さん。責任重大だが、毛利家と琉球の運命を変えるために、俺は……！」

仲がいいねえ！　と月嶺が嬉《うれ》しそうにモーウイを二人の小皿へ切り分けてくれた。

生まれながらに楽天的な尚寧王は「琉球は天下太平。島津《しまづ》軍はおっかないけれど、九州切り取りで忙《いそが》しくて琉球まではやってこないさ。ま、南蛮貿易にお客を取られて港の稼《かせ》ぎは渋《しぶ》くなっているけれど、なんくるないさ～」とお気楽だが、良晴は「いや、そうはならないんだ」と伝えねばならなかった。隆景の励《はげ》ましの言葉が、躊躇《ためら》っていた良晴の勇気を奮い起こしたのだ。

「細かい経緯《けいい》を話すと、とても長くなるので、かいつまんで。未来が漏《も》れるとどんな影響《えいきよう》を及《およ》ぼすかわからないので、他言無用だよ。本来の歴史では、まもなく毛利家は織田家に敗れることになる。俺たちは、その未来を変えるために磁石を求めて船旅を続けているんだけれど」

「織田家が勝つと……琉球王国にも影響が及ぶのさ～？」

「織田家と琉球とは直接関わらない。ただ、紆余《うよ》曲折を経て日《ひ》ノ本《もと》に強力な中央政府が誕生する。まだまだ戦いは続くし、今すぐにというわけじゃないけれど、戦国時代はいずれ終わるんだ」

「それは、めでたいことさ～♪　琉球も日ノ本もともに平和を謳歌《おうか》できる時代が来るのさ～」

まったく、お人好《よ》しの王さまだなあ、と良晴は尚寧王の人柄《ひとがら》に惹《ひ》かれる自分を感じている。平和な時代の王さまとしては、理想的な人物と言っていい。琉球がこのままずっと平和を謳歌できれば。だが、そうはならないのだ――。

「国内統一を達成した日ノ本は、ありあまる兵力を持て余して、『唐《から》入り』を開始することになるんだ」

尚寧王はモーウイを喉《のど》に詰《つ》まらせ、「んがぐぐ」と悶《もだ》えた。

月嶺が「しっかりしなさい、お兄ちゃん！」と背中を叩《たた》いて急ぎ救助する。

「明国《みん》を攻《せ》める⁉　そんなの、無理さ～？　明国は途方《とほう》もない広さで……琉球の、ええと、何倍の広さなのか、見当もつかないさ～。そもそも、李氏《りし》朝鮮《ちょうせん》が日本と明の間に挟《はさ》まっているさ～」

「だから、李氏朝鮮を押し通ろうとする。琉球もそうだけど、李氏朝鮮も明の冊封《さくほう》国だから、通ってください、と言えるはずがない。結局、日ノ本、李氏朝鮮、明の三国が半島で激闘《げきとう》を繰《く》り広げることになるんだ。日ノ本の陸軍は大量の種子島《たねがしま》を所持している上に戦《いく》さ慣れしているので陸戦ではめっぽう強いが、対外戦争は未経験なので、海路補給に苦労する。三国ともに消耗疲弊《しょうもうひへい》して、決着はつかない。結局、日ノ本は武力で国外に領土を広げる政策を断念して、内向きの政策に転じる」

うあああああ！　おそろしいことになるのだー！　と謝名が頭を抱《かか》えた。

謝名は、琉球王朝の家臣として尚寧王に仕えているが、先祖は明人の家系なのである。明から那覇の久米村《くにんだ》に移住してきた「久米《くめ》三十六姓《せい》」の末裔《まつえい》なのだ。もっとも移住といっても百五十年以上も昔の話なので、謝名はすっかり琉球人になっているのだが、幼い頃《ころ》に明に留学したこともある。いわば謝名にとって明は「第二の故郷」なのだった。

隆景が、首を傾げる。

「妙《みょう》だな良晴。織田信奈《のぶな》に限って、そんな無謀《むぼう》な国外征服《せいふく》戦などにのめり込むはずがないと思うのだが……これまで彼女が採用してきた政策を見るに、織田信奈は口では『天下布武』を唱えているが、それはあくまでも国内統一事業についての話で、彼女は『商業』立国を目指している。南蛮諸国に対抗《たいこう》するために、だ。国内統一を果たせば、次は倭寇《わこう》のために中断している明と日ノ本政府との正式な交易を再開させると思うが……かつて足利義満《あしかがよしみつ》が行っていたように。そもそも、ポルトガルやイスパニアがアジアにどんどん進出してきているこの状況《じょうきょう》で、そのような真似《まね》をすれば明や李氏朝鮮とは国交断絶だ。アジアの交易ルートを南蛮に独占《どくせん》されてしまい、最悪の場合、日ノ本は南蛮の植民地に」

「あ。うん。そうなんだ……織田『信長《のぶなが》』が唐入りをはじめるわけじゃないんだよ、小早川さん。織田信奈が織田信長と同等の政治力と先見性を持っているのだとすれば、唐入りは織田家が行うわけじゃない。まあ、紆余曲折があってね……」

「では、かなり先の話なのだな、良晴。よかった。私は、対外戦争などご免《めん》だぞ。異国の軍隊同士の戦争は、国内での戦争とは違う。凄惨《せいさん》なものになるからな。博多《はかた》に襲来《しゅうらい》してきた異国軍を打ち払《はら》うというのならば、勇躍《ゆうやく》して戦うが」

いや……小早川さんも「唐入り」に駆《か》り出されて苦労することに……と良晴は喉まで出かかったが、とても伝えられない。そうだ。そんな未来は絶対に回避《かいひ》するのだ。

そしてこの時、ふと気づいた。

待てよ？　俺がこの時代に来た時からすでに「歴史」は本来のルートを逸れている。たしか豊臣秀吉《とよとみひでよし》は死んでいるんだったっけ？　俺が豊臣秀吉の「代わり」を務めていたんじゃなかったか？　徳川家康《とくがわいえやす》は堅実《けんじつ》で慎重《しんちょう》な性格だから、「唐入り」なんて博打《ばくち》みたいな真似はやるはずないし……「日ノ本は統一したぎゃあ、次は世界征服だみゃあ！」なんて大《おお》風呂敷《ぶろしき》を広げる天下人候補は、豊臣秀吉くらいしか考えられない。

じゃあ、誰《だれ》が豊臣秀吉の代わりに「唐入り」をはじめるんだ？　俺が今、尚寧王さまたちに伝えている「未来」は、実はもう消滅《しょうめつ》した未来じゃないのか？　と良晴は頭がこんがらがりそうになったが、「ルートが逸れても最終的には同じ結末へと到達する確率が高い」という黒田官兵衛説に救われた。

織田家から徳川家に政権が移る、それが歴史の「本来のルート」だ。だが、隠忍自重《いんにんじちょう》をモットーとする徳川家康が織田家から天下を奪《うば》い取るという展開は考えにくい。ならば、この政権移譲《いじょう》の途中で、豊臣秀吉ではない「誰か」が「中継《なかつ》ぎの天下人」役を務めることになる。織田家の重臣ならば、豊臣秀吉がいなければ確実に織田家中での実力ナンバーワンだった筆頭家老の柴田勝家《しばたかついえ》か……それとも、秀吉不在ならば「本能寺《ほんのうじ》の変」の首謀者・明智光秀《あけちみつひで》がそのまま真の天下人になってしまうということも……まさか、地味だが実力者の丹羽長秀《にわながひで》……？

今の俺には柴田勝家たちの記憶はないけれど、一般的なイメージから考えてみても誰もピンと来ないなあ、と良晴は思った。明智光秀ならば、謀反《むほん》をやらかさなければ、織田家から天下を継承《けいしょう》できる可能性はあるのだが。

「ううむ。でもまあ、ルートを一時的に逸れても、日ノ本が統一されることは間違いないんだ。その結果、それまで九州統一のために戦ってきた島津家は、政策の大転換《だいてんかん》を強《し》いられることになる。まず、九州内での戦争は禁止される。九州での領地切り取りは御法度《ごはっと》。その上、それまで島津家が切り取ってきた領地はほとんど没収《ぼっしゅう》されてしまう」

「九州の戦乱が終わる？　それはめでたい話さ〜」

「いや、めでたくないんだってば尚寧王さま！　武闘派の島津家は中央政府に睨《にら》まれて、重い負担をかけられることに。ほとんど虐《いじ》めみたいなものだ。しかも火山灰台地が広がる薩摩《さつま》ではあまり米が穫《と》れないから、財政的に追い詰められた島津家は、海を渡《わた》り琉球王国に軍を送り込んで属国にしてしまうんだ。琉球からの税で財政をまかなおうということになるんだ。島津には大量の種子島がある上に、国内外で激しい戦闘を繰り広げてきた歴戦の武士たちが揃《そろ》っているから、勝負にならない。琉球王国は滅《ほろ》びないけれど、島津家に従属させられることに」

「それは困ったさ〜。でもまあ遠い未来の話だし、琉球王国が滅びないのなら、なんくるないさ〜」

「遠い未来の話じゃないんだよ。本来の歴史では、薩摩の琉球征服は尚寧王さまの代に起こるんだよ」

ぜんぜん遠くないのだ〜！　と謝名が絶叫《ぜっきょう》し、名護がもうおしまいだな〜ご〜と頭を抱えた。

「良晴お兄ちゃん⁉　月嶺のお兄ちゃんはどうなっちゃうの？」

「月嶺ちゃん。幸い、王位はそのまま。でも、尚寧王さまは島津と明に同時に臣従するという立場に。ご機嫌《きげん》うかがいの使者を送れば大量のご祝儀《しゅうぎ》をくれる明と違《ちが》って、島津は自家の窮乏《きゅうぼう》を補填《ほてん》するために琉球から税を取ることになるから、かなり辛《つら》いことになるよ」

「は、は、は。だいじょうぶだいじょうぶ、月嶺。首里城での王家の暮らしを質素なものにすれば、しのげるさ～。民《たみ》の命まで盗《と》られるわけじゃないんだから、なんくるないさ～」

「んもう。まるで動じてないんだから。お兄ちゃんって長生きしそうだよねっ！」

未来に絶望した名護が「毛利家に先に降伏《こうふく》するな～ご～」とつぶやきながらぶっ倒《たお》れた。

貿易中継国として栄えていた琉球の財政は、今や南蛮貿易に押されて苦境に陥《おちい》っている。これまでは、困ったら明に使者を送ってたっぷりとお土産《みやげ》をいただいて財政をまかなってきたのだ。

「ぎゃー！　そんなはずはないのだ！　もしも島津が攻めてきたら、その時は明が助けてくれるはずなのだー！　そのための冊封関係なのだー！」

謝名利山が「手」の構えを繰り出して臨戦態勢に突入《とつにゅう》したが、良晴は悲しげに首を振《ふ》った。

「日ノ本との戦争で財政が破綻《はたん》して国力が弱った明には、もうそんな余裕《よゆう》はなくなっちゃうんだよ。日ノ本軍は退却《たいきやく》するが、こんどは北から女真族が攻め込んできて、明王朝そのものが危機に陥るからね。大国だから、滅亡までにはまだ長い時間がかかるけれど」

「うげっ？　女真族？　もしかしてヌルハチが北京《ペキン》に攻めてくるのか、なのだ!?　そんなことになったら……明の……明の危機なのだー！　中原は伝統的に、北の遊牧民族からの攻撃《こうげき》には弱いのだー！　晋《しん》も宋《そう》も北からやられたのだー！」

　謝名にとっては、良晴の「予言」は信じがたい話だった。一族の祖国が北の女真族に滅ぼされ、生まれ育った琉球は島津に攻められて属国にされ、と二重の意味で衝撃《しようげき》的な「未来」ではないか。

「ささささ相良良晴！　神の使者ならば、なんとかするのだー！」

「さ、さすがに明王朝がいずれ滅亡するという運命までは変えられないと思うけれど」

「まあ、中原の王朝は定期的に交代するから、それは仕方ないのだ……だが、明からの援《えん》軍《ぐん》が来なければ琉球が困るのだー！」

「『唐入り』が発生しなければ、明の財政破綻も先延ばしにできる。少なくとも、島津が琉球を武力征服する未来は回避できるんじゃないだろうか？　統一政権のもとで島津が経済的な苦境に立たされる限り、琉球王家は島津に従属することにはなると思うけれど、武力征服ではなく、もっと緩《ゆる》やかなかたちで……」

　基本的に明側が大赤字になる明との冊封関係ほど甘いものではなくても、二重従属による民への苛烈《かれつ》な負担を抑《おさ》えることはできるはずだ良晴、と小早川隆景がうなずく。

「そうだね小早川さん。島津軍が独力で琉球に攻め込む可能性は低くなる。外交で決着をつけられるはずだ」

「良晴。そもそも天下人が島津をそれほど苛烈に扱《あつか》わねば、琉球征伐《せいばつ》の必要性も消失すると思う」

「要は、唐入りを回避すればよいのだなー！　ならば、話は簡単なのだー！　律儀《りちぎ》さで知られる毛利家が織田家に勝って、日ノ本を統一すればいいのだ！　それもわが琉球の助力によって、なのだ！　名護！　那覇中から磁石をかき集めて毛利家に売るのだー！」

運命を覆《くつがえ》して木津川口《きづがわぐち》で織田家に勝つということは、毛利家が「天下」を盗るということになるんだな、と良晴は事態の重大さに震《ふる》えた。だが、織田家が天下を盗れねば、誰かが盗らねばならない。そうでなければ、戦国時代は永遠に終わらなくなる。日ノ本の独立も危《あや》うくなる。

「承知した。毛利家が天下を盗ったあかつきには、島津も琉球も窮地に追い詰めたりはしない、と約束する。私には、日ノ本をどう改革するかという明確な構想はない。ないが、未来から来てくれた良晴ならば、きっと」

「……こ、小早川さん。俺はそんなたいした男じゃないよ？」

「いや。きみは英雄《えいゆう》の器《うつわ》だ、良晴。自信を持ってほしい。なにより、きみの心には『国境』

がない。日ノ本の民だけでなく、琉球の人々のためにも、こうして奔走《ほんそう》してしまう。わ、私は、そんなきみだからこそ、惹《ひ》かれるのだ……」

「……あ、ありがとう……」

「……あ、いや。い、今はそれどころではなかったな。み、みんな、今の言葉は聞かなかったことにしてほしい！」

「やっぱり熱いね～お二人さん、ひゅ～ひゅ～だね！」

「このまま首里城で二人の祝言をあげたいほどに、めでたいさ～」

かくして、毛利家との徹底《てってい》抗戦を唱えていた謝名は、良晴から「未来」を告げられたことで毛利家との和睦《わぼく》を推進することになった。史実では、いずれ謝名は日ノ本を統一した徳川幕府への臣従を拒否《きょひ》し、島津軍の捕虜《ほりょ》となってもなお徹底抗戦を唱えてついには処刑《しょけい》されることになるのだが、良晴との出会いによって謝名の運命は大きく変わったのである。

だが、これで「磁石確保、めでたしめでたし」というわけにはいかなかった。

名護は、月嶺と尚寧王に抱《だ》き起こされてようやく目を覚ましていたが、

「磁石の在庫は少ないな～ご～。ぜんぶ毛利家に提供しても、ぜんぜん足りないみゃあ。磁石は主に、南蛮商人たちが扱っているな～ご～」

と残念そうに首を振ったのだ。

「那覇の港は、南蛮商人に貿易路を奪われている分、全盛期より寂《さび》れているな～ご～。と

りわけ南蛮船の来港は少ないみゃあ。ポルトガル商人たちの船は、明のマカオに集まっているな〜ご〜。今のマカオは、倭寇退治に協力したポルトガル人の居留地になっているな〜ご〜」

「ならば、マカオに行くのだー！」

「無理だみゃ。明は長年倭寇にさんざん痛い目に遭《あ》わされているので、倭寇のほとんどが日ノ本人ではなくなった今でも和船はマカオに入れないみゃあ」

「謝名さまにお任せなのだー！　明への留学経験もあるこの謝名が、マカオまで毛利船団を案内するのだー！　毛利船団を『琉球船団』ということにして入港させるのだー！　二つの祖国を持つこの謝名が、琉球も明も救うのだー！　ついでに毛利家も助けてやるのだ！　はっはっはー！　相良良晴、謝名さまに感謝感激するがいいのだー！」

「それだ！　ありがとう謝名！」

日程的には、かなり厳しい。マカオで入港を拒否されれば、完全に手詰《てづ》まりになる。

しかし、もはや他《ほか》に選択肢《せんたくし》はない。

「安全に入港できるように琉球国王の親書とかいろいろ用意するさ〜、なんくるないさ〜♪」

「ありがとう尚寧王さま！　小早川さん、すぐに出航準備を！　マカオに俺たち全員の運命がかかっている！」

「うむ。これほど好戦的だった謝名を、熱烈《ねつれつ》なファンにしてしまうとは。さすが良晴だと言いたいが……じゃ、謝名と浮気《うわき》したら、簀巻《すま》きにしてマカオの海に投げ捨てるぞ？」

「し、しないよ⁉」

「焼《や》き餅《もち》焼きな恋人《こいびと》なのだー。だが問題ないのだ！『手』で守ってやるのだ、相良良晴！」

「がんばってね～！　月嶺たちノロ一同も祈《いの》ってるよ、良晴お兄ちゃんたちがマカオ航路で遭難《そうなん》しないように～！」

かくして、毛利船団は謝名の先導によってマカオへ向かい、ポルトガル商人から大量の磁石を購入《こうにゅう》することとなったのである。

※

マカオは、現代では中国の広東省《かんとん》にある港湾《こうわん》都市である。十九世紀に正式にポルトガル領となるのだが、この時代にはまだ「ポルトガル人の居留権」が認められているにすぎない。ポルトガルは、このマカオを中継地として日ノ本との「南蛮貿易」を行っており、マカオの港は明人・南蛮人の商人や宣教師・国籍《こくせき》不明の密貿易商人たちで溢《あふ》れかえって繁栄《はんえい》していた。

琉球王国の尚寧王がしたためた「お墨付《すみつ》き」を手に、毛利水軍は勇躍《ゆうやく》、琉球からマカオへと大移動した、のだが……。

入港申請交渉《しんせいこうしょう》に失敗した暗黒寺恵瓊《あんこくじえけい》と謝名が、毛利両川《りようせん》と相良良晴のもとに泡《あわ》を食って舞《ま》い戻《もど》ってきたのである。

「あわわ。マカオの港は、なにやら揉《も》めていて……今は怪《あや》しげな和船を入港させられる余裕がない、と～」

「ギャー！　申し訳ないのだー！」

「なんじゃと？　なぜ入港できんのじゃっ⁉　しのごの抜《ぬ》かすならばしごうしたる、と言うてこい恵瓊！」

「待て待て姉者。マカオで開戦してしまったら、織田家対策どころではなくなる。短気は命取りだ。明の税関役人にわれらが倭寇《わこう》ではないことを説明してほしい恵瓊。もしかしたら袖《そで》の下が必要なのだろうか？」

「いえいえ。違うんです～。明の役人は、特に問題ないんです。最初は倭寇かと警戒《けいかい》されていたんですが、謝名さんが琉球王のお墨付きを見せましたら、『久米村の親方《うえーかた》でしたか。いつもお世話になっております』と笑顔で歓待《かんたい》してくださいまして――ところが」

想定外の事態が起きているということか？　と小早川隆景が首を傾《かし》げる。

「新顔の船がマカオに入港するには、明国の税関と、ポルトガル商人たちが運営している疑似税関の二つを突破しなければならないんです〜。そのポルトガル商人たちが、今、てんやわんやでして〜。業務が止まっているんです〜」

「とにかく目の前のゴタゴタを片付けないといけない、それまで待て、とポルトガルのカピタンに入港を止められてしまったのだー！」

「もしかして、マカオを襲撃《しゅうげき》してきた海賊《かいぞく》と戦っているとか？　うーん、わからないな」

さしもの良晴も、戦国時代のマカオ情勢には疎《うと》い。戦国SLGの最高傑作《けっさく》「織田信長公の野望」は基本的に日ノ本国内を武力統一するゲームなのだ。商人ルートを選べばマカオ、呂宋《ルソン》、マラッカ、ゴアといった海外の港へと移動できるようになるが、あくまでも貿易が可能になるだけで、海外に兵を送れるわけではないし、海外の内政や外交に干渉できるわけでもない。なにしろ琉球ですら戦略MAP外だったのだ。

良晴は、海外赴任《ふにん》が多い父親の仕事柄《しごとがら》、香港《ほんこん》やマカオを訪《おとず》れたことはあったが、現代のマカオとこの時代のマカオとではまるで違う。

「ここは未来人である良晴どのの出番です。ポルトガルのカピタンと、直接交渉してくださ〜い」

「南蛮人もびっくりの未来予言をかますのだー！」

「俺が？　ポルトガルの未来予言を？　いや〜、いまいち詳《くわ》しくないよ？　正直、ポルトガルとイスパニアの区別もおぼつかない……ポルトガル料理とスペイン料理って似てるんだよね。同じイベリア半島の国だし。ああ、こんなことなら『超《ちょう》航海時代』をもっとやり込んでおくべきだったな～」

「未来人なら、南蛮の歴史にも精通しているはずなのだ！　できるのだ！」

「うーん。ポルトガルはしばらくの間イスパニアに併合《へいごう》されることになる。あと、ポルトガルもイスパニアもいずれ新教国家のオランダとイングランドに海外市場を奪《うば》われて衰退《すいたい》する、これから先はイングランドの時代になる、『大英帝国《ていこく》』の黄金期が到来《とうらい》する――この程度なら予言できるけど、ポルトガルの絶頂期にそんな不景気な予言をしたら、かえって怒《おこ》らせちゃって簀巻きにされて海に投げ込まれそうだな……」

「たとえ未来予言ができなくとも、良晴どのの押し出しが必要です～。南蛮人は日ノ本人とちょっと性格が違《ちが》うと言いますか、押し出しの強い人が一目置かれるらしいので～。恵瓊ちゃんは、腹の底でなにを考えてるかわかんない、と不審《ふしん》がられているのです～」

「わかった。出たとこ勝負になるが、行ってみよう！」

きみに任せた良晴。決して危険な目には遭わせない、毛利船団が海上からカピタンの動きを牽制《けんせい》しておく、と小早川隆景が良晴の手をそっと握《にぎ》ってきた。

「もちろん、私自身はきみに同行する。きみの護衛役として」

それは危ない、と良晴は隆景を止めようとした。が、もう隆景は決意している。日数的にも、織田鉄甲《てっこう》船に勝てるかどうか、ここが最後の正念場なのだ。マカオに入港できなかったから次はマラッカまで行く、というような時間的余裕《よゆう》はもうない。ここで決めてしまわねばならない。

「止めても無駄《むだ》じゃろうな隆景。おどれは、良晴のこととなると勇気が出るのう。安心せえ。万一良晴と隆景が捕《と》らわれたら、毛利船団が特攻《とっこう》して救出するけえ！　『姫切《ひめきり》』を貸しちゃる！」

「かたじけない、姉者。良晴ならば必ずやり遂《と》げてくれる。入港許可を待っていてほしい」

「ついにマカオで南蛮人と直接対決ですか！　出雲《いずも》の田舎娘《いなかむすめ》には想像もつかない窮地《きゅうち》です、はあはあはあ。世界規模で七難八苦ですね、さすがは殿《との》っ！」

「ほいっ！　この穂井田元清《ほいだもときよ》も、船室で食を断ってお祈りしております！」

「がはは。肉と酒を持っていけ、相良！　たとえ異国人でも、相手は商人。あいつらは『利』で動くから、それだけわかりやすい。それに人間、飲み食いすれば仲良くなれるってもんだ！」

「村上《むらかみ》の旦那《だんな》は鷹揚《おうよう》だねえ。おい小僧《こぞう》。カピタンがぐだぐだ抜かすなら、さくっと暗殺しちまえ。短筒《たんづつ》を貸してやろうか？」

「いけませんよ、お父さまっ！」

「すまぬ相良良晴〜。わらわの兄上がおれば、バッサバッサと門番を薙《な》ぎ倒《たお》して押し通れるものを〜！　兄上は、嵩山《すうざん》の少林寺《しょうりんじ》とかいう武術の聖地に入ってしもうとるのじゃ〜」

これだけの人たちの期待、未来、運命がかかっている。完全な出たとこ勝負、行き当たりばったりになるが、俺の未来知識と小早川さんの智謀《ちぼう》で、なんとしてもこの最後の関門を突破して大量の磁石を買い付けてみせる。良晴は、「行ってくる！」と高らかに声を張り上げていた。

「日ノ本人はポルトガル商人のお得意さまだから、捕《つか》まったりはしないと思うけど。とりわけ毛利家は、石見《いわみ》銀山を持っている超優良顧客《こきやく》のはずだし！　もしも危なくなったら小早川さんだけでも脱出《だつしゅつ》させるよ！」

「いや、私たちは脱出する時も捕らわれる時も一緒《いっしょ》だ、良晴。さあ、行こう」

「あっ、お待ちください！　こういう時は商売相手に合わせた衣装で印象上昇《じょうしょう》ですよ！　南蛮の衣装をどうぞ、景さま！」

元清が、長崎で調達したらしい「南蛮服」を隆景に差し出して「さあ、さあさあさあ！　景さまの愛らしい南蛮服姿で、良晴の義兄上《あにうえ》を悩殺《のうさつ》しちゃってください！　勝手なことをするなこの虫けらめ、と僕を罵倒《ばとう》することもお忘れなく！」と迫《せま》ってきた。

「……な、南蛮服か……み、見たい……？　良晴？」

ミタイデス、と良晴は硬直《こうちょく》しながら即答《そくとう》していた。

かくして。

ポルトガル商人のカピタンの館に迎《むか》えられた良晴と隆景は、見知らぬイスパニア人の船長とも同席することになった。

イスパニア人船長は巨漢《きよかん》だが、つぶらな瞳《ひとみ》の持ち主で、綺麗《きれい》に整えられた髭《ひげ》が、なんとなく怪しい。その恰好《かっこう》はどちらかというと商人というよりは「海賊」そのものであった。

ポルトガル商人のカピタンもそれなりに大柄の男だが、こちらは長いマカオ暮らしに馴《な》染《じ》んでいるらしく、明服を着ていた。緑茶を飲み、かつ、長煙管《ながギセル》を吹《ふ》かしている。

「ようこそマカオへ。私がカピタンのロペス、デース。毛利家は存じませんが、石見銀山の銀は明では通貨として用いられてオリマース。琉球国王のお墨付きもいただいた以上、即座に入港を許可したいところデスガ」

カピタンのロペスは、「銀ならば高値で取り引きいたしマース！」と毛利船団を歓迎《かんげい》してくれたのだが……。

「今はこのポルトガル人のカピタンと、呂宋から来たこのロペスさまとがバチバチ交渉している最中《さなか》でな。用事があるなら、俺さまたちの交渉が終わってからにしてくれ。日ノ本人の若大将と若奥様？」

呂宋から来たというイスパニア人の海賊船長ロペスが、「帰れと言ってるんじゃねえ。先客は俺さまだ。俺さまはイスパニアのフィリピン総督《そうとく》から外交の全権を委ねられてマカオに来たんだ。順番を待てということだ」とけんもほろろなのだった。

二人とも日本語ぺらぺらなのは助かるけど、どっちもロペスかよ！　ややこしいなあもう！　良晴は頭を抱《かか》えた。

「お、奥様だなんて……そんな……もじ、もじ、もじ」

「小早川さん。照れて絨毯《じゅうたん》にのの字を書いている場合じゃないから、正気に戻って！　で、でも、似合うね、南蛮服……か、かわいい……」

「う、うるさい黙《だま》れ」

「オーウ。貴重な銀を売ってくれるお客さまをお待たせせせねばならぬとは……これだからイスパニアは横暴なのデース。フェリペ二世陛下は、実に身勝手な国王デース」

「うるせえポルトガル野郎《やろう》。なんだその恰好は。すっかり明人みたいになっちまって、キリスト教を捨ててるんじゃないだろうな？　異端審問官《いたんしんもん》を送り込むぞ？　ワインをよこせ！」

「おお、おお。この、一杯口《いっぱい》にするだけで頭がキーンと冴《さ》え渡《わた》る緑茶の素晴《すば》らしさがわからぬとは、しょせんコンキスタドールはコンキスタドールなのデース。武力で制圧したマニラに『フィリピン』などと国王の名前をつけてしまうとは」

「てめえらこそマラッカを征服《せいふく》しやがったくせに、なに言ってやがる！　次はマカオに腰《こし》を据《す》えて明を征服しようってのか？」

「違いマース。マラッカを征服したのは、イスラム勢力をアジアから駆逐《くちく》するためだったのデース。マラッカのイスラム商人たちが、公益を求めて来港したポルトガル商人を皆殺《みなごろ》しにしたので、聖戦になったまでデース」

「どうだかな、怪しいもんだ。ま、明は超《ちょう》大国だ。小国のポルトガル如《ごと》きが征服できる国じゃねえわな」

二人のロペスの間には、今にも戦争をはじめそうな険悪な空気が漂《ただよ》っている。

ポルトガルとイスパニアはどう違うのだ、良晴？　と隆景が尋《たず》ねてきた。が、良晴も「イベリア半島の兄弟国」という知識くらいしかない。

しかし、良晴の想像以上にこの時代の東南アジアにはポルトガルとイスパニアの艦隊《かんたい》が集結していて、ポルトガルはマラッカを、イスパニアは呂宋（フィリピン）をすでに征服している。南蛮商人が交易のために港に居留しているにすぎない東アジアのマカオや長崎《ながさき》とは、かなり勝手が違うようだ。

（なるほど。西からはポルトガルが、東からはイスパニアが、それぞれ東南アジアにどんどん武力進出してきているのか。道理で豊臣秀吉や徳川家康が警戒したわけだ）

とはいえ、この時代の明や日ノ本は軍事大国。ヨーロッパ本国からの距離《きょり》を考えても、まさか全面戦争になるとは思えないのだが、マラッカ・呂宋まで進んできているのならば、もしポルトガルとイスパニアが手を組めば東アジアまで艦隊を進めるという可能性も……。

「どうやら世界情勢は、かなり緊迫《きんぱく》しているらしい。日ノ本の統一を急がなければ、未来はどうなってしまうかわからぬ。織田家を倒してしまってだいじょうぶなのか、良晴？」

「あ、ああ。ポルトガルとイスパニアは不仲らしいから、杞憂《きゆう》だよ小早川さん」

それが、話がひっくり返ったのデース、とカピタンのほうのロペスが長煙管を吹かしながら苦笑していた。

「ポルトガル王家の直系が、イスラムとの十字軍戦争で王が戦死したために絶えてしまったのデース」

「それで、われらがイスパニア国王フェリペ二世陛下が、ポルトガル王位を継承《けいしょう》したってわけだ。はっはっは！　ポルトガル国王としては『フェリペ一世』陛下だな！　従って、これまで商売仇《がたき》として競いあってきた呂宋とマカオとは交易路を共有することになった！　マカオ及《およ》び長崎において、ポルトガル商人の市場独占《どくせん》はまかりならず！　これよりはイスパニア商人たちをもマカオと長崎で交易させよ、と陛下の勅命《ちょくめい》が下ったのだ！」

「われらポルトガル商人とドミヌス会が切り開いてきたアジアの交易網《もう》とカトリック伝道網を根こそぎ横取りしようとは……認められまセーン！　フェリペ二世は、貪欲《どんよく》にも程がある王。金銀の島である日ノ本に艦隊を繰《く》り出して征服するおつもりに違いないデース。ザビエルさまも天国で嘆《なげ》いておられマース！」

「うるさいカピタン！　今やわれらが国王は、てめえの国王でもあるんだぜ？　わっはっは！」

日ノ本が統一を果たす前に、イスパニアがポルトガルを併合してしまったのか！　そうか！　両国が同君連合となるのは、史実ではたしか西暦《せいれき》一五八〇年頃《ごろ》だったか。日ノ本では、そう、「本能寺の変」が起きた年にほど近い時期だ。理由はわからないが、併合が史実よりも早まっている気がする。ということは……と良晴は青ざめていた。

いまや全世界のほぼ半ばが、イスパニア国王フェリペ二世の支配下に入ったに等しい。その支配圏《けん》は、イベリア半島、アフリカ各地、インドのゴア、東南アジア、北アメリカ、南アメリカ——海路によって地球をぐるりと一周する。まさしく、「太陽の沈《しず》まない帝国」が誕生していたのだ。

「そういうことなのデス。マカオにイスパニア商人を『恒久的に《こうきゅうてき》』受け入れるかどうかで、今、揉《も》めているのデース」

「ま、昨日までの宿敵がいきなり仲間になるつっても、そう簡単にはいかねえわな。だが国王命令を拒否《きょひ》はできねえ。二、三ヶ月は揉めるだろうから、それまで待ってろや、若旦那《わかだんな》。ごちゃごちゃカピタンが抜《ぬ》かすようなら、呂宋から大艦隊を連れてマカオを攻《せ》めるまでよ。呂宋ではよう、自前でガレオン船をがんがん建造してるからよ。遠く離《はな》れた本国からの無敵艦隊到着を待つまでもねえんだ」

「同じ王をいただくカトリック国同士が、アジアの海で艦隊戦……よくないデース。商売にも布教にも支障が出マース」

「だから、さっさと入港させろ、って言ってんだよ！」

二人のロペスの事情はおおむねわかった。日ノ本人がうかつに干渉《かんしょう》するべき問題ではないし、下手をすれば世界の歴史を大きく狂《くる》わせてしまう。

「……ここでただちに二人を和解させれば、毛利船団のマカオ入港も認められる。だが、その俺のささいな行動が史実を狂わせ、巡《めぐ》り巡ってイスパニア艦隊が日ノ本に殺到するということになれば……その可能性はある。『バタフライ・エフェクト』ってやつだ……」

「やはり織田信奈を天下人に据える以外に日ノ本の独立を守る道はないということか、良晴？　カピタンと船長を和解させてしまえば、イスパニア艦隊による日ノ本侵攻《しんこう》も絵空事ではなくなるかもしれない。われらは、日ノ本のために退《ひ》くべきなのだろうか？」

「いや。木津川口で勝ってその勢いで国内統一を急げばまだ間に合う！　むしろ、すでに世界の歴史が早送りで進行している以上、織田家が史実通りに領土を拡張していってもう間に合わない可能性すらある！」

いずれ史実通りに「本能寺の変」が起こるとすれば、そのタイミング次第《しだい》では、史実よりも同君連合化が早まっているらしいイスパニア＝ポルトガルに絶好の「機会」を与《あた》えてしまうかもしれない。

史実では、「本能寺の変」のあと豊臣秀吉が怒濤《どとう》の速度で天下統一を達成したため、幸いにもそのような機会は訪《おとず》れなかった。その代わり「海外出兵」と「鎖国《さこく》政策」というルートを日ノ本は歩むことになるわけだが、とにかく独立は維持《いじ》できた。

しかし、この世界にはその豊臣秀吉がいないのだ。

ならば、もしも織田家が木津川口で毛利船団を破れば、「本能寺の変」が発生したあと、「天下人」が現れることなく日ノ本は再び乱世へと逆戻《ぎやくもど》りし、大航海時代における最大のライバルであるポルトガルの王位を手に入れたフェリペ二世にその隙《すき》を狙《ねら》われることに
……？

じゅうぶんにありえる話だった。

「小早川さんの智謀《ちぼう》に、吉川さんの武勇。海を守るは村上海賊《かいぞく》たちに博多の石築地《いしついじ》……！　露璃魂《ろりこん》教徒の宇喜多《うきた》さんが祈《いの》ることで都合よく神風が吹くかどうかはわからないけれど、ひとたび小早川さんのために歴史を改編すると決めた以上、俺は初志をとことん貫《つらぬ》き通す！　どれほど運命の揺《ゆ》り戻しが襲《おそ》ってこようとも！」

「……良晴」

「毛利一家になら、できる！　なにしろ史実で未曽有《みぞう》の国難に陥《おちい》った幕末の日本を革命してぎりぎりで救ったのは、毛利と薩摩だ！　小早川さんの智謀を活《い》かすべき場所は、ここにあったんだ！　俺を信じてくれるか、小早川さん？」

「……うん。きみの期待に、応《こた》えよう。私の智謀が必要ならば、良晴、きみが使い尽《つ》くすがいい。私は、全力できみを支えるだけだ」

「……小早川さん……ありがとう」

二人のロペスが、「な、なにごとデース？」「結婚式《けっこんしき》でもはじめるのか、おいおいおいおい。見ちゃいられねえ」と顔を覆《おお》っていぶかしんでいる。

「でも、どうやって二人のロペスを和解させるのだ、良晴？」

「それは……ごめん小早川さん！　大風呂敷《おおぶろしき》を広げてはみたが、実はぜんぜんわからないっ！　土下座で話がすむならいいんだけど、南蛮文化には土下座はないし……！」

「さっそく、私の智謀が試される時が来たということか。し、しかし、私は南蛮文化にはあまり詳《くわ》しくない……困ったな」

二人が「どうしよう」と戸惑《とまど》っていると。

そこに、予期せぬ「第三の客」が現れた！

「やっほ〜ん！　カピタンちゃ〜ん！　馬武《ばぶ》さまが商売に来てあげたわよ〜ん！　とっても美味《おい》しい未来の料理レシピを仕入れたのよ〜ん！　爆発的《ばくはつてき》人気になること間違《まちが》いなしよん！　その名も、博多ラーメン！　またの名を、けものラーメンよ〜ん！」

「九州じゃとても売れないばってん、けもの耐性《たいせい》が強い南蛮人に売りつけて赤字回収タイ……って、ギャー！　ささささ相良良晴っ？　マカオまでうちを追いかけてきたとねッ⁉」

倭寇《わこう》の馬武。そして神屋宗湛《かみやそうたん》が、カピタン館を訪れたのだった。

「かかか勘弁《かんべん》してくれタイ！　どうしても、うちを簀巻《すま》きにして海に流さずにはおられないと？」

「あら～ん？　見慣れた船団がいるなとは思ってたけれど、偶然《ぐうぜん》ねえ～？　子供たちは、お元気～？　もしかして、この馬武さまを慕《した》ってマカオまで追いかけてきてくれたのねん？　感激だわ～ん！」

「えええ⁉　どうして二人がマカオに？」

「なんでもなにもぉ～。マカオは、長崎商人の最大のお得意さまなのよ～ん！　アタシは倭寇なんだけれどぉ、偽造《ぎぞう》した明人商人の身分も持ってるしぃ、銀をいっぱい仕入れてくるのでカピタンちゃんにお目こぼししてもらっていて、堂々とマカオに入れるのよ～ん。今日はこの神屋宗湛ちゃんに雇《やと》われて、博多ラーメンのマカオ支店を開くためにやってきたのよ～ん♪」

「博多ラーメン！　それだ！　宗湛ちゃん！　俺がちゃっかり高値で売りつけてやるから、儲《もう》けは折半な！」

「なんば言うとね？　けもののラーメンの権利はもう、うちのものタイ！」

「はっはっは！　残念だったな宗湛ちゃん！　契約書《けいやくしょ》を読み返してもらおうか。たしかに国内での権利は売ったが、国外での権利はまだ売ってない！」

「ギャー！　まさに悪魔《あくま》ターイ！　ここで逆らったら、うちは船室で冷たくなって、馬武は修道院で静かに息を引き取るタイ……未来人はおそろしか～……ぶる、ぶる」

「まあ、そういうなって。外国人のラーメン好きは異常。特にロペス船長は見た目からしてメッセンジャーにそっくりだし、絶対にハマる！　ボロ儲けさせてやるからさ！」

隆景は「良晴はやっぱり商人に向いているな」と苦笑いした。が、良晴の意図は理解できた。日ノ本人の舌には合わないが、肉食の習慣がある南蛮人にならば確実に受けるであろう博多ラーメン（けものラーメン）の権利を二人のロペスに売りつけて、値段を吊《つ》り上げる。最終的には、イスパニアとポルトガルで仲良くけものラーメンの権利を分け取りさせて、両国のマカオにおける共同商売第一号と為《な》す。これで二人のロペスの対立は終わり、毛利船団の入港許可がただちに下りる。しかも、けものラーメンの権利を売った時点で、磁石を買い付けるための資金も膨大《ぼうだい》な量に増えている。確実に必要量に足りる。

良晴は、「さっそく商売開始だ！　ただし！　取り引きするのは、二人のロペスさんのうち、どちらか一方だけだ！」と村上武吉《たけよし》から預かっていた大量の酒と食材、そして馬武と神屋宗湛が持ち込んでいたとんこつラーメンの原料を屋内に運び込んで、デモンストレーションを開始したのだった。

「なんだか、ずっと昔にも、こんなことをしたような……とにかく試食してもらおう！　百聞は一食にしかず、だ！」

「オーウ。ケモノクサイデース！　サタンヨ、サレ！」

「なんだこれは！　豚《ぶた》の頭を煮《に》るのか？　悪魔のスープだああ！　異端審問《いたんしんもん》だあ！」

「うう。せっかくの南蛮服に、けものの臭《にお》いが」

カピタン館に漂うけもの臭……！

ぐつぐつと大鍋《おおなべ》で煮込まれる、豚の頭……！

世界最恐《さいきょう》のイスパニア異端審問官がこの場に居合わせたら、良晴たちは全員「異端」として捕《つか》まって拷問《ごうもん》を受けていたところだったが、幸いにも彼らはマカオまで出張してきてはいなかった。

そして、煮込むこと数時間。

ついに完成したけものラーメンを震《ふる》えながら試食した二人のロペスは。

「オブリガアアアドオオオ！　悪魔の食材から、このような美味な料理が……まるで錬《れん》金術《きんじゅつ》のような……まさに神の料理！　美味しいデース！　ハフッ、ハフッ！」

「ぐっ……グラーシアース！　うめえええ！　ガッツリ、脂《あぶら》分！　ドバッと塩分！　固ゆででカチカチの小麦麺《めん》の味がまた美味《うま》い！　そして、極《きわ》めつけは頭をクラクラさせるけもの臭！　なんじゃあ、こりゃあああああ!?　けものラーメンの権利、イスパニアが買ったあああ！」

「オーウ。それはなりませーン！　けものラーメンは、ポルトガルが買いマース！　相良良晴どのの言い値で買い取りマース！」

「こっちこそ、言い値の三倍で！」

「ならば、五倍デ！」

「十倍だーっ！」

たった一杯《いっぱい》で、完全なる中毒者と化していた。

神屋宗湛も小早川隆景も、まさかけものラーメンにこれほど南蛮人が吸い寄せられるとは思っていなかった。

「ど、ど、どんどん吊り上がっていくタイ!?」

「十倍を超《こ》えた？　払《はら》いきれなくなるぞ？」

が、ただ一人良晴は、

「やっぱりな！　大量の塩分！　動物性脂肪《しぼう》！　炭水化物！　とりわけ長い航海で粗食《そしょく》に甘んじている船乗りにとっては、心身を生き返らせる神の料理だ！」

とうなずいていた。メッセンジャーさんありがとう、と心の中で「ラーメンの伝道師として未来を生きる外国人選手」に礼を告げながら。

二人のロペスは「どれほど投資しても、百倍は回収できマース！」「カトリック布教のついでにけものラーメンを伝道すれば、現地民からも大絶賛！　なにより、美食家のフェリペ二世陛下に食わせてえ！　俺さま大出世！」とどんどん張り合って値段をあげていったが、ついに両者予算オーバーとなった。

頃合いを見た良晴が、「両国共同で買い取るってことでどうだ？　ポルトガル商人とイスパニア商人の共同事業第一号にしなよ」と切りだして、ここに二人のロペスは手を取って和解したのだった――。

そして今の良晴の手許《てもと》には、たちどころにして何倍にも膨《ふく》れあがった「銀」がある。

その「銀」を良晴は、迷わずにすべて磁石購入《こうにゅう》資金として注《つ》ぎ込んだのだった。ポルトガル商人のみならず、イスパニア商人からも買い尽くした。

「ああ、あと。長崎に来港してくれるのはありがたいし大歓迎《だいかんげい》なんだけどさ。これからは琉球にもがんがん交易船を送ってくれよ。尚寧王さまたちに世話になったからこそ、俺たちはマカオへ来られたんだ。頼《たの》むよ」

けものラーメンに魂を奪《うば》われている二人のロペスが「任せナサーイ!」「琉球にけものラーメンを伝道していいのならば!」と良晴に誓《ちか》った。童子のように瞳《ひとみ》を輝《かがや》かせているロペス船長はもう、メッセンジャーにしか見えない。

「『ソーキそば』が覇権《はけん》を握《にぎ》ることになる琉球では流行《はや》らないと思うけど、まあいいや。軍隊を送られるよりも、けものラーメンの伝道師を送られるほうがずっといい。ははっ」

隆景は、そんな良晴の笑顔を黙《だま》って見つめていた。兄者。私は、もうだいじょうぶだ。この人とともに旅ができて、ほんとうによかった――万感《ばんかん》の思いを噛《か》みしめながら。

様々な苦難を乗り越《こ》えて、ついに、毛利船団は目的を達成した。

「ややややりました！　磁石、ばっちり集まりました～！　すっごい量です～！　恵瓊ちゃん、大感激です～！」

「予定していた分量を大幅《おおはば》に超えたはずタイ！　うちの功績タイ！　どうか簀巻きにしてマカオの海に沈《しず》める刑《けい》だけはご勘弁を、タイ」

「おめでとうございます景さま！　船底で断食《だんじき》して祈り続けてきた甲斐《かい》がありました！　景さまの愛らしい南蛮服が効きましたね！」

「まさか、馬武の野郎《やろう》が助けてくれるとはよ。すべては、こども十字軍あってこそだな。これも露璃の神のお導きか……フッ」

「馬武との縁《えん》を築けたのも、久高島で隆景と良晴を救出できたのも、この足利将軍さまの威光《いこう》の力じゃの！　ほっほっほ！」

「てるは、マカオ土産《みやげ》がほしいなーっ♪　隆景、茶器を買って、茶器を♪」

「あとは俺ら村上海賊に任せろ！　これで鉄甲《てっこう》船に勝てるッ！　牡蠣《かき》を食おうぜ牡蠣を。がはは！」

「見事にお役目を果たしたのだー！　これで琉球貿易も蘇《よみがえ》るのだー！　帰り道は、馬武に送ってもらうのだ！」

「祝いといきたいが、もう時間がないけえね。さっそく安芸《あき》へと帰還《きかん》じゃけえ！　宴会《えんかい》は船上でやる！」

小早川隆景と相良良晴。

二人は、ついに「世界」の歴史に干渉《かんしょう》した。ラーメンの伝道はともかく、マカオでイスパニアとポルトガルの商人たちを早期和解させたことが、どのような影響《えいきょう》を及《およ》ぼすか。

隆景は、（日ノ本が滅《ほろ》びるという結末にならねばいいが）と震えている。

そんな隆景の肩《かた》を、良晴は無言で抱《だ》いていた。

だいじょうぶだ。木津川口で勝とう。勝って、日ノ本の未来を切り開こう。

隆景は、そんな良晴の強固な「意志」を、そして自分に寄せてくれる愛情を心地《ここち》よく感じながらも、やはり祈《いの》らずにはいられなかった。自分自身ではなく、良晴にとって、よき「未来」が訪《おとず》れてくれることを。

（私はもう、じゅうぶんすぎるほどに良晴に愛された。ほんとうに、楽しい船旅だった。こんなに幸福だったことはない。もしも——もしも良晴が私を取るか、それとも日ノ本の未来を取るか、選択《せんたく》を迫《せま》られる時が来たら。その時、私は、躊躇《ためら》わずに——）

巻ノ六　讃岐《さぬき》うどんのお姫《ひめ》さま　うどん国

見渡《みわた》す限りの絶景！　眼下に広がる瀬戸内《せとうち》の海！　そして、美味《おい》しいうどん！

ここは戦国時代から切り離《はな》された南海の楽園――うどん国！

「良晴《よしはる》。これは美味しい、じゃなかった、美味いけぇね。あむあむ、じゃなかった、はぐはぐ」

「おどれも食え良晴！　明《みん》の汁《しる》そばも美味かったが、やはり日《ひ》ノ本《もと》人の魂《たましい》はうどんじゃ～！　あっ。今のなしで。ね、ねえ、良晴？　うどんは未来語で言うソウルフードよね？　でも、ゆでたての麺があっつ～い。隆景《たかかげ》、良晴にふーふーしてほしいな♪　あ～ん♪」

「ああ姉者。わわわ私はととと殿方《とのがた》に対してそんな媚《こ》び媚びなことは言わない！　引っ込め無能！」

「うるさい黙れ！　自分の目には、恋《こい》に夢中になっとる時のおどれはこういうふうに見えとるんじゃ～！　ほらはやくぅ♪　うどんを食べさせて～、良晴～♪」

「ぐぬぬ。いくら修行《しゅぎょう》とはいえ、これ以上良晴の前で私を貶《おとし》めたら、『姫切』で斬《き》る……」

「自分はそんなふうには言わん。『おどれを斬るけえね、しごうしたる！』じゃ、隆景。

もっと腹から声を出すんじゃ～！」

「う～っ！　良晴に腕《うで》を絡《から》めるなっ！　斬る！」

「修行じゃ、仕方なかろ！　いや、違《ちが》った。だってこれは修行なんだもん。隆景はめいっぱい、恋する良晴といちゃいちゃしなくちゃいけないんだも～ん♪」

「だから、私はそんな口調ではしゃべらないっ！　あと『恋する良晴』とか言うな耐《た》えられない姉者であろうがしごうするぞ！」

「おっ。ちょっとは自分の真似《まね》がうまくなってきたけえね。そうじゃ、怒《いか》りの感情も嫉妬《しっと》の感情もそのままっすぐに吐《は》き出すんじゃ～♪」

わいわいとかしましい毛利両川姉妹《もうりりょうせんしまい》に左右から挟《はさ》まれながら、良晴は「どうしてこうなった」と首を傾《かし》げ、そして「た、食べて良晴。じゃなかった。く、食うんじゃ」と頰《ほお》を赤らめた小早川さんがお箸《はし》でよそってくれた讃岐うどんを一口いただいていた。美味い。絶品だ。戦国時代に来てから、これほど美味しい料理を食べたのははじめてだ。うどん国が誇《ほこ》る最先端《さいせんたん》のお出汁《だし》の味は、現代の「醬油《しょうゆ》」と変わらない。良晴は感動して泣いた。しかし、天狗《てんぐ》とうどん職人たちが仕切っているこの謎《なぞ》の自治都市「うどん国」から脱出《だっしゅつ》することはできるのだろうか？　すでに、船は大破してしまっている。

「お、俺が知っている戦国ゲームには、うどん国なんてなかったぞ～！　うどん国を建国した奴《やつ》は、誰《だれ》だあ～？　このままじゃ織田家との決戦に間に合わなくなる！　いったいどうすればいいんだああああ〜!?」

※

思い起こせば、磁石の大量調達に成功してマカオから安芸《あき》を目指して出航した毛利船団が、村上武吉《むらかみたけよし》の船に集合して海上で大宴会を開催《かいさい》した夜が発端《ほったん》だった。

その夜。

小早川《こばやかわ》隆景、吉川元春《きっかわもとはる》、そして相良《さがら》良晴の三人は、村上武吉の船には乗らず、吉川元春を船長とした吉川軍旗艦《きかん》に乗り込んでいた。しかも甲板《かんぱん》の下の船室に籠《こ》もり、浮《う》かない表情で寄り添《そ》いあって悩《なや》んでいた。それは、良晴が鉄甲船団を破るために考案した新戦術に、致命的《ちめいてき》な欠陥《けっかん》があることが判明したからだった。

「磁石をもってしてもすべての鉄甲船を沈めることは不可能だから、われらは敵旗艦を沈めるしかない。織田《おだ》軍は必ず鉄甲船団を『縦陣《たてじん》』に敷《し》いてくる。側面に搭載《とうさい》した大砲《たいほう》を一《いっ》斉射撃《せいしゃげき》するために。そして織田信奈《のぶな》が『織田信長《のぶなが》』に匹敵《ひってき》する英雄《えいゆう》ならば、自ら先頭の旗艦に乗り込む。良晴はここまで予測して、敵旗艦の針路上に毛利全艦隊で横陣を敷くべく『丁字《ていじ》戦法』を考案してくれたが……」

「丁字戦法にはひとつ問題が。針路を九十度曲げての回頭移動中は完全に無防備じゃ、隆景。回頭中にこちらの旗艦を狙《ねら》われて砲撃されれば、間違いなくこちらが先に撃沈《げきちん》されるけぇ」

「……向こうの大砲は一撃必殺の破壊《はかい》力を持つ。だがこちらの焙烙《ほうろく》は鉄甲船には効かない。丁字回頭から磁石を投げ込んで敵艦の船体バランスを崩《くず》して沈めるこの戦術は、かなりの時間がかかる……困ったな。『火力』の違いに加えて、織田水軍は不動の縦陣を誇るというのに、こちらは縦陣からの丁字回頭を敢行《かんこう》する際に『無防備』な隙《すき》を作ってしまう……」

吉川元春が「最初から横陣を敷いて織田船団の頭を塞《ふさ》げんのか？」と隆景に尋《たず》ねたが、隆景は、「いきなり横陣で突《つ》っ込んでは、旗艦を狙い撃《う》つわれらの戦術を気取《けど》られ、織田船団に陣形変更《へんこう》の余裕《よゆう》を与《あた》えてしまう。織田信奈が乗っている旗艦を後方へ動かされれば詰《つ》みだ、姉者。縦陣と縦陣とで正面激突《げきとつ》すると見せかけてからの突然の丁字回頭以外に、織田信奈が乗る旗艦の頭を押さえる術《すべ》はない」と首を振《ふ》った。

「ならば、こちらの旗艦を隠《かく》すしかなさそうじゃな。つまり、水軍大将の隆景を隠す……じゃが、どうやって？　戦場は、海の上じゃ」

「そこが問題だ。海上には隠れる場所などない。しかし船室に籠もっていては、戦局を見定める上で不利となる。織田信奈は危険を承知で甲板上に出て、即断《そくだん》即決を下してくるだろう。私もまた甲板に出ねば、織田信奈に一歩先を奪われ、機を逸《いっ》する」

「うーん。隠さずに隠れる方法、か。難しいなあ。丁字作戦を提案した俺自身が、もっと早く気づくべきだった」

「良晴のせいではない。長崎倭寇《ながさきわこう》に遭難《そうなん》に琉球《りゅうきゅう》での騒動《そうどう》と、日々めまぐるしく忙《いそが》しかったのだから。で、でも……良晴との旅行は……た、楽しかったな……琉球の海は、ほんとうに、綺麗《きれい》だった……一生忘れられない思い出に……なった……」

「……こ、小早川さん……お、俺もだよ……で、でもさ。琉球の海よりも小早川さんのほうが綺麗だったよ」

「……え、ええっ？」

「あ、い、いや。そ、その……欲《よく》を言えば、まままだ祝言《しゅうげん》をあげたわけじゃないから、こ、こ、子作りとは言わなくても、せ、せ、接吻《せっぷん》のひとつくらいは……ま、まだ俺たちは織田水軍に勝ったわけじゃないから、早すぎるけれど……織田水軍に勝つまでは、と誓っていたけれど……で、でも……お、俺の心は……」

「……せ、せ、接吻くらいなら。じ、磁石集めの仕事は成功したのだから、よ、良晴の好きな時に……い、い、今ここでも……思い出作りの最後の夜に、ふ、相応《ふさわ》しい……かも」

「そ、それじゃ、小早川さん……い、いいね？」

「……良晴。やっと、この時が……私を選んでくれる時が……う、嬉《うれ》しい。ぐすっ」

あーはいはい。ごちそうさまなんじゃや。その続きは自分がいないところでやってくれんけぇの？　と吉川元春が二人の肩をぐっと摑《つか》んで、ぺりっと引き剝《は》がしていた。

「な、なにをするのだ姉者。せ、せっかく奥手の良晴が接吻をねだってくれたというのに！　妹の恋路を邪魔《じゃま》する姉は、腐《くさ》るぞ」

「馬鹿《ばか》をいうな、邪魔しとるわけではない！　丁字戦法の弱点を塞いでからにせえ！　今ここで接吻をはじめたら、おどれはとんでもなく激しく燃え上がるに決まっとるんじゃ。一ヶ月くらいはのう。しばらく軍師頭《あたま》には戻《もど》れないけぇね～！　負けたらなんにもならん！」

「……そ、それは、そうかも……うう……」

「でも吉川さん、難題すぎていい方法を思いつかないよ。俺、小早川さんと接吻したら素《す》晴《ば》らしいアイデアが閃《ひらめ》く気がすんだよね。なんとなく、だけどさ」

「いーや！　互《たが》いに全身の血が沸騰《ふっとう》して頭が煮《に》えるだけじゃ～！　脳内で無数の貴公子を相手に数々の情熱的な恋愛《れんあい》を重ねてきた自分が言うんじゃから、間違いないけえ！」

「それは貴公子ではなく、紙に墨《すみ》で書かれた字だぞ、姉者」

「うるさい黙《だま》れ！」

「字だぞ」

「たたた隆景！　良晴と接吻したいなら、なんとかして妙案《みょうあん》をひねり出すんじゃ！」

「うう。無理そう……良晴の顔を見るだけで夢心地《ゆめごこち》で頭が蕩《とろ》けて……」

しまった。俺が「接吻したい」と言ったばかりに小早川さんが軍師脳を喪失《そうしつ》して恋に溺《おぼ》れるへろへろの乙女《おとめ》になってしまった！　どうしよう⁉　と良晴があわてていると。

ドンッ！

船体が、大きく揺《ゆ》れていた。

「な、なんじゃ？」

「姉者。船底を損傷したらしい。浸水《しんすい》してきた！」

「とにかく、船室から甲板へ！」

三人が、何度もぐわんぐわんと揺らされながら甲板にかけあがってみると。

周防灘《すおうなだ》にさしかかっていた船の周囲は夜霧《よぎり》に覆《おお》われていて、ほとんど視界が利《き》かなかった。

「霧の中ですれ違った長宗我部《ちょうそかべ》水軍の船と激突！　やばいっす、針路からぐんぐん逸《そ》れていきます！　親分たちの船団からはぐれちまいました。つまり遭難です、吉川のお嬢《じょう》～！」

沈《しず》みかけている船をけんめいに保《も》たせている海賊《かいぞく》たちが、三人に「またしても遭難」というハードな現実を報告してきたのだった。

往路の玄界灘に続いて、復路でも。しかもまたまた俺が乗った船が。俺ってやっぱり遭難癖《へき》があるのかな、と良晴は頭を抱《かか》えた。が、まさか——。

まさか、「うどん国」に漂着《ひょうちゃく》することになろうとは。

毛利両川と相良良晴、そして村上海賊たちを乗せた船が漂着した先こそが、そう、幻《まぼろし》の「うどん国」だった。戦国時代の歴史には残されていない国――まさに秘境！　なぜ遭難先が「うどん国」とわかったかというと、船が乗り上げた浜辺《はまべ》に「おいでませうどん国へ」「うどん国、それだけじゃない、讃岐国」「弘法《こうぼう》大師さまゆかりのうどんをお召《め》し上がりくださりませ」といくつもの看板が掲《かか》げられていたからだった。さらに、丘《おか》の上には巨大《きょだい》な弘法大師像が建てられていて、言うまでもなくその弘法大師は左手に丼《どんぶり》を持ち、右手には箸を握《にぎ》ってうどんをすすっていた。

「良晴。姉者。われらはずいぶん瀬戸内の海を東へ流されて、讃岐まで来てしまったらしい。織田家の海域に入る前に陸にあがれただけでも幸いだとしよう。だが、うどん国とは……？　讃岐は三好《みよし》家の領国だったはずだが」

「三好家が畿内《きない》で織田軍に負けて四国に敗走したあと、土佐《とさ》の長宗我部元親《もとちか》に攻め立てられてボロボロになったところまでは知っとるけえ。いつの間に、うどん国に？　誰が大名なんじゃ？」

「まあ、うどん国というからには、饂飩《うどん》家ではないだろうか？　源平藤橘《げんぺいとうきつ》のどの家でもなさそうだが。未来から来た良晴なら知っているのでは？　うどん国は織田方なのか、毛利方なのか」

良晴は「うどん国なんて知らないよ！」とお手上げだった。

毛利両川が女の子だった時も驚《おどろ》いたが、さすがにこれはわけがわからない。そりゃまあ、讃岐といえばうどんだが、「うどん国」ってなんだよ？

もしかして四国を攻略《こうりゃく》中の長宗我部元親が讃岐に立てた傀儡《かいらい》政権……なのだろうか？ いや、さすがにそんな面倒《めんどう》なことしないだろう。四国切り取りの途中《とちゅう》でこんなヘンな国を建てる意味がない。

難破慣れしている海賊たちが「しゃーねえー！ 遭難は海賊の日常よ！ 救助を待つか！」「親分がいずれ見つけてくれらあ！」「寝床《ねどこ》を探そうぜ！」「お嬢たちに風邪《かぜ》をひかせちゃまずいぜ！」と船から下りて周辺を探索《たんさく》しようとした、その時だった。

「「海から客が来た！ おいでませ、うどん国へ！ うどん国、それだけじゃない、讃岐国！」」

毛利両川姉妹たちを歓迎《かんげい》する「うどん国」の国民たちが、手に丼と箸を持ってぞろぞろと集まってきたのだった——。

しかも、国民たちを率いている「国王」と、その隣《となり》に控《ひか》えている「副国王」は、揃《そろ》いも揃って天狗のお面を被《かぶ》っていた。怪《あや》しい。怪しすぎる。

「ようこそ、旅のお方。我こそがうどん国初代国王の、金剛坊《こんごうぼう》でございます」

「そして我が副国王の中将坊《ちゅうじょうぼう》です。われらは三好家が衰退《すいたい》し、混迷する戦乱の讃岐に『民《たみ》の平和』をもたらすべく立ち上がった『讃岐三大天狗《てんぐ》』にござる。王と副王を名乗ってはいますが、うどん国はあくまでうどんを信奉《しんぽう》する民による合議制でございます」

「実は建国に立ち会った天狗があと一人いるのですが、引退してしまいまして。うどんの食べ過ぎで、四六時中眠《ねむ》くてたまらんそうです」

「やはりうどんを食する際には野菜も食べねばな、兄者。じゃなかった、金剛坊」

どこから見てもこの天狗たちの逞《たくま》しい身体《からだ》つきは元武士。ミスター・ブシドー……いったいなにものなんだ……と良晴は思った。が、二人の天狗の声も体型も記憶《きおく》にない。そもそも織田家での記憶がなくなっているので、旧知の関係だとしてもわかるはずもなかった。毛利両川はぜんぜん面識がないらしい。「……誰《だれ》だ」「知らん」と顔を見合わせている。お面を取れ、と隆景が怯《おび》えながら要求したが、二人は決してお面を取ろうとしない。が、自己紹介《しょうかい》を終えた金剛坊と中将坊は、太鼓《たいこ》を叩《たた》いて良晴たちを歓迎する意を示した。

「「おめでとうございます！　実はあなた方が、うどん国建国以来初のお客さまとなります！　お代は無料で、特別待遇《たいぐう》させていただきます！　ぜひとも故郷に、うどん国での観光旅行の素晴らしさを宣伝していただければ！」」

姉者。ここはほんとうに戦国日ノ本なのか。てーげーな琉球ですら、一応は武装していたぞ？　と小早川隆景が眉《まゆ》をひそめ、吉川元春も唖然《あぜん》とするばかりだった。頼《たの》みの未来人・相良良晴は脳がオーバーフローしたらしく「？？？？？？」と頭を抱えているばかりだし。

「小早川さん。吉川さん。俺たち、もしかしてパラレルワールドに飛ばされてしまったのかも……！　つまり、異世界に！　こんな国が、戦国日ノ本に存在するはずがないよ～！」

「「えええええ？」」

それは困る！　木津川口《きづがわぐち》での再戦が間近だというのに！　なんとかせえ良晴、おどれの遭難体質のせいじゃ～！

姉妹《しまい》に激しく詰め寄られた良晴は「あわわ。あわ。あわわわ」とフリーズしたＩｏＴロボットのように呻《うめ》き声《ごえ》をあげることしかできなかった。

「お客さま！　ここは異世界ではありませんぞ、れっきとした戦国日ノ本です！　それに、阿波《あわ》ではございません、讃岐です！」

「左様！　阿波とは一緒《いっしょ》にしないでいただきたい、阿波とは！」

「阿波と讃岐。同じ四国なのにどうして差がついた。鳴門《なると》、渦潮《うずしお》の違《ちが》い……そこでわれらは一念発起《ほっき》して、国名をうどん国と改名したのです！」

「讃岐は弘法大師さまご生誕の地とはいえ、弘法大師さまのお身体は残念ながら今も高野《こうや》山《さん》に。ということで、うどんしか名物がありませんのでな」

「弘法大師さまが唐国《から》からお伝えくださった、これからの日ノ本の主食！　お米なんてもう古い！　時代は、うどん！」

海賊たちは浜辺の「海の家」に案内されたが、毛利両川姉妹と良晴は「身分の高いお侍《さむらい》さまじゃろう」ということで、金剛坊と中将坊に連れられて象頭山《ぞうずさん》の中腹に建つ金刀比羅宮《ことひらぐう》へと通されることになった。

罠《わな》かもしれんと元春が警戒《けいかい》するが、隆景は「怪しいが多勢に無勢、無益な争いは避《さ》けたい」とうなずき、天狗のあとに続いて山へと向かった。

「その身なりはさぞや名のあるお武家さまでしょう。いやいや双子《ふたご》の奥様ですかな、恐《おそ》ろしい……いえ、うらやましい」

「ちと階段が長くてきついですが、ご容赦《ようしゃ》あれ。うどん国の国民は、弘法大師さまも学ばれた『うどん持法』の修行《しゅぎょう》を日課としておりまして」

ふふふ双子の奥様じゃないけぇね！　と吉川元春が天狗にクレームをつけるが、小早川隆景は「……奥様……ぽっ……」と良晴の腕《うで》にぎゅっと自分の腕を絡《から》めてまんざらでもない。

金剛坊いわく、うどん国は無税、年貢《ねんぐ》もなく、兵役もない「ぱらいそ」だという。国民たちはうどんの伝道師・弘法大師を信奉し、みな進んで「うどん持法」を修行している。うどん持法の修行内容とは——。

・毎日三食、うどんを食べる。

・うどんの真言——「ウドンコクソレダケジャナイサヌキコク」と唱えながら、弘法大師空海《くうかい》たんの萌《も》え像を彫《ほ》り、萌え絵を描《えが》いて精神を修養する。これらの像や絵は、観光客へのお土産《みやげ》として販売《はんばい》する。
・農閑期《のうかんき》には金色毛鞠《けまり》を掲げ、四国八十八箇所《かしょ》を逆打ちして回る。ただし現在は長宗我部軍が暴れているので、土佐までは回れない。
えらく、ゆるかった。「猫神《ねこがみ》を拝んでいる」と噂《うわさ》に聞く大坂本猫寺《おおさかほんびょうじ》よりもゆるい。

「うどんの食べ過ぎでしょうかな。どうも食後に眠くなると言いだす者が多いので、なるべく食後は散歩できるようにと、長〜い階段を敷《し》いて金刀比羅宮への参拝を習慣づけたのです。お遍路《へんろ》の旅には、農閑期でないと出かけられませんしな」

「ぎゃ、ぎゃ、逆打ちって？　うどん国って、なにかを呪《のろ》ってるのか？」

「いえいえ。お遍路は本来、阿波から土佐、伊予《いよ》を経て最後に讃岐と東から回るのですが、それではなにぶん讃岐と合戦中の土佐を通れませんので」

「今や、讃岐には三好家の武将たちはほとんど残っておりませぬ。十河城《そごうじょう》に籠城《ろうじょう》して長宗我部軍と戦っている十河存保《まさやす》ただ一人」

「そんなこんなで、田が荒《あ》れて米が穫《と》れなくなりまして。そこで、民が結集してうどんで食いつなごうと。ただ、戦《いくさ》をせぬとなれば観光客を呼ばねば暮らしが成り立ちません」

「われら三大天狗と村長たちの協議の結果、いっそ『うどん国』を建国して、お伊勢《いせ》参りならぬ『うどん参り』で人を集めると決めたのです」

「長宗我部軍が暴れている今、阿波からの東回りでは、お遍路が土佐で止まってしまう。そこで『うどん』をきっかけにお遍路の起点を讃岐にしてしまい、西回りの逆打ちを新たな基準にして、全国から訪《おとず》れるお遍路の旅人を讃岐に呼び込みたいのですよ」

なるほど、頭いいな。うどんで町興《おこ》しか。でも武装していないと長宗我部軍が攻めてくるんじゃないの？　だいじょうぶなのか？　と良晴が問うたが、

「十河城は難攻不落。さらに、金刀比羅宮が祀《まつ》る祟《たた》り神の結界がしばし土佐兵の猛威《もうい》を食い止めてくれましょう。ごらんあれ、旅のお方。大物主《おおものぬし》。崇徳院《すとくいん》。菅原道真《すがわらのみちざね》。日ノ本を代表する各時代の祟り神がこの金刀比羅宮には勢揃《せいぞろ》いしておるのです」

と、それぞれの祠《ほこら》を指さして案内してくれた。

大物主――天津神《あまつかみ》系のやまと御所《ごしょ》に国譲《ゆず》りをした旧日ノ本の支配者「国津神《くにつかみ》」。崇神姫《すじんのひ》巫女《みこ》の代に祟り神と化して疫病《えきびょう》を流行《はや》らせたために、御所で手厚く祀られることとなった。

崇徳院――やまと御所のやんごとなき上姫巫女さまでありながら、「保元《ほうげん》の乱」に巻き込まれて讃岐に流され、仏教の経文を書写して都への帰参を願い出た。が、これを無視されたために「日ノ本の大魔王《だいまおう》となりて天下を乱れさせ、皇《すめらぎ》を取って民となし、民を皇となさん！」と日ノ本を呪詛《じゆそ》する魔王大天狗と化し、荒《あら》ぶりながら讃岐で没《ぼっ》した。

菅原道真――罪なくして藤原《ふじわら》氏に左遷《させん》されて大宰府《だざいふ》へ流され、怨霊《おんりょう》となって都に雷《かみなり》を落とした超《ちょう》有名な「雷神《らいじん》さま」。あまりの被害《ひがい》の甚大《じんだい》ぶりに御所はあわてて大宰府に道真の

霊《れい》を「天神さま」として祀り、それでも収まらないのでついに都でも祀った。

「ぶるぶる。よく祟り神をこれだけ集めたけぇね。日ノ本の本島ではありえんけぇ」

「……死国だな〜（汗）」

ついに長い階段を上り終えた。海賊《かいぞく》修行で鍛《きた》えた良晴ですら息があがるくらいだから、あまり身体が強くない隆景はもうへろへろで「うう……疲《つか》れた……」と良晴に抱《だ》きついてぐったりとしている。日の丸鉢《はち》巻《ま》きを頭に巻いた吉川元春だけはぴんぴんしていて、「おお、絶景じゃのう！」とはしゃいでいた。高台から一望する讃岐の平野と海は、まことに風光明媚《めいび》だった。

「「すぐに、うどんをお出ししますので。今宵《こよい》は客室にてごゆるりと。お仲間が迎《むか》えに来られるまで、ゆっくり逗留《とうりゅう》なさってくだされ。ご帰国後は宣伝をお願いしますぞ。讃岐国は、うどん国！」」


というわけで、村上武吉たちがうどん国へやってくるまでの間、三人は山頂で寝泊《ねと》まりすることとなった。海賊衆は海賊衆で、「海の家」で厚遇《こうぐう》されているらしい。どのみち、山よりも海を好む面々だ。あの天狗たち、いかにも怪しいけえ……と元春はいぶかしんでいるが、「ぐう」とお腹《なか》が鳴ったので、三人で讃岐平野を眺《なが》めながらうどんを食べることにした。

そして、驚いた。

「う……美味《うま》い！　この讃岐うどんは、美味い！　麺《めん》がもちもち！　そしてお出汁《だし》は、まるっきり現代の醤油《しょうゆ》味だあああ⁉　さすがはうどん先進国、うどんで独立を目論《もくろ》むだけのことはある！　小早川さんも食べて食べて！」

「あむあむ。お、美味《おい》しいけれど、熱くて……それに、麺をいただこうとすると前髪《まえがみ》が邪《じゃ》魔《ま》になるな。姉者。鉢巻きを貸してほしいのだが」

「おう。前髪なんぞどーでもいいと思うがの。細かいの、隆景は」

隆景が日の丸鉢巻きをつけて、元春が鉢巻きを取ると、良晴の目にはまるで二人が入れ替《か》わったように見えた。そうか。吉川さんって当たり前だけど小早川さんとそっくりなんだな。こうして見るとすごくかわいいな……と思わず良晴が鼻の下を伸《の》ばして、嫉妬《しっと》した隆景に足を「ぎゅ」と踏《ふ》まれていると。

「ずるずるずる！　美味い！　おかわり！　ずるずるずる！　くうう、美味い！　おかわり！　ずるずるずるずる！」

たとえ外見が隆景と瓜二《うりふた》つでも、元春はやはり、元春だった。ああ、美少女が台無しだ
……と良晴はちょっと残念だったが、これはこれで吉川さんらしくて元気でかわいい。

「ま、待て、姉者！　すするなっ！　うどんをすするな！　耳障《みみざわ》りだし、はしたない！　だいいち、うどんはわんこそばではないぞ！　良晴の前で、なんて真似《まね》を……もう～」

「なんじゃと隆景？　すすらずに麺が食えるか～！　うどんは、すすってこそ美味なんじゃ！　まっこと、美味い！　ずずずずず！」

「汁《しる》を吸う際にまで音を立てるな！　そんなガサツさでは嫁《よめ》に行けぬぞ姉者！　良晴に、妹の私まではしたないと思われるではないか！　うどんは音を立てずにお上品に食するものだぞ。と、特に殿方《とのがた》の前では。決して、すすったりしてはいけない。あむ、あむ、あむ」

「だーっ！　隆景！　そんな食い方があるか！　汁が冷めるし麺が伸びるんじゃ～！」

「光源氏《ひかるげんじ》の前でそのような食べ方をしたら、千年の恋《こい》も冷める。腐《くさ》るぞ」

「伸びるよりましじゃっ！」

双子の姉妹は、ほんとうによく似ている。こうして日の丸鉢巻きを付け替えただけで、まるで小早川さんが麺をすすって、吉川さんが「あむあむ」とかわいくうどんをかじっているように見える。

おや……と、良晴はふと気づいた。

良晴と同時に、知恵者《ちえ》・小早川隆景も。

「……良晴。『丁字戦法《ていじ》』最大の危機・回頭中の、『総大将隠《かく》し』。もしかしたら」

「海の上で隠そう隠そうとするから、隠し場所が見つからなくて困っていた。隠すのではなく、逆にこちらから織田方に見せれば。『影武者《かげむしゃ》』をニセの旗艦《きかん》の甲板《かんぱん》に配置すればいいのだが
……いや、でも」

「…織田方の砲撃《ほうげき》を影武者の船に集中させる。さすれば、毛利水軍は織田鉄甲《てっこう》船団の目の前で丁字回頭できる。真の旗艦を発見される前に……しかし」

そう。

二人は「小早川隆景の双子の姉・吉川元春を影武者として織田方に晒《さら》す」という影武者策を同時に思いついたのだった。が、この策は採れない、とも同時に気づき、うなずきあっていた。丁字回頭中の毛利水軍はほぼ無防備になる。回頭が終わるまでに、織田鉄甲船の大砲が、隆景の影武者を務める元春を船ごと沈《しず》めてしまうであろうことは、十中八九間違いない。鉄甲船が搭載《とうさい》する南蛮《なんばん》由来の大砲の破壊《はかい》力は想像以上だろう。毛利方の和船ではとても耐《た》えられない。つまり吉川元春は、ほぼ確実に、討《う》ち死にする——。

「い、今の言葉は忘れてくれ、小早川さん。俺はなんで、こんなこと……こんな真似、できるはずがない」

「そ、そうだな。私の言葉も、なかったことに。は、鉢巻きのせいだ。武吉たちが迎えに来るまでの間に他《ほか》の方法を考えよう。まだ、時間はある。あむ、あむ」

吉川元春は、二人の辛《つら》そうな顔を見て、察した。良晴と隆景が偶然閃《ぐうぜんひらめ》いた「策」の内容を。吉川元春の強さの源は、武術にあらず。その無尽蔵《むじんぞう》の「勇気」にある。決して躊躇《ためら》わない。妹を守るためならば、いつだって笑って死ねる。改めて覚悟《かくご》をする必要すら、ない。

それが、吉川元春である。瞬時《しゅんじ》に、「やる」と決断していた。そして、無言で「姫切《ひめきり》」を鞘《さや》ごと妹へと手渡《てわた》していた。

「……姉者？」

「隆景。おどれの策を、やろう。船戦じゃ。遠目にはそうそうわからん。自分が、『小早川隆景』の影武者を務める。それで、毛利は織田に勝てる。『運命』を、変えられる」

　吉川元春は、爽《さわ》やかに破顔していた。

「毛利家と日ノ本の『運命』を変えるんじゃ、隆景。これでおどれは、相良良晴と祝言《しゅうげん》をあげられるんじゃ。なぜ涙《なみだ》を浮《う》かべる。喜べ！」

「……あ、あ……」

　生まれてからずっと、いや、生まれる以前からずっと一緒《いっしょ》だった。だから、わかる。もうなにを言っても姉者を翻意《ほんい》させることはできない、とわかってしまった隆景は、思わず白い指でその小さな顔を覆《おお》っていた。

　良晴は「吉川さん、ダメだ！　他の策を必ず考えるから、だから」と必死で元春を説得した。が、「勝ち筋を見つけておきながらむざむざ大毛利の決戦を負け戦にするつもりなら、叩《たた》き斬《き》るけぇね」と元春は決して翻意しなかった。数刻ののち、ついに良晴も説得を諦《あきら》めた。良晴も隆景も、「元春影武者策」以上の良策を閃かなかったのだ。そのようなものは、なかった。しかも「双子」の利点をこれほど強烈《きょうれつ》に発揮できる機会は、ない。織田「信奈」とて、見破れないだろう。

「……姉者……それで、いいのか……姉者は、ほんとうに……」

「いいも悪いもないけえ！　大毛利存亡の時じゃ！　ただし隆景。やるからには絶対に見破られてはならん！　顔は瓜二つじゃが、中身が違《ちが》うけえ。うどんの食べ方ひとつとっても、姉妹《しまい》は違いすぎる。われらは性格と挙動の違いから、ほころびが出るかもしれん。自分は今から、隆景になりきる特訓をはじめるけぇね！」

ならば私も今から「吉川元春」になりきろう、決して影武者策を見破られないように。絶対に織田水軍との決戦で勝利を収める、姉者を死なせはしない、と隆景はこの勇気の塊《かたまり》のような姉の手を握《にぎ》りしめていた。

良晴もまた、双子《ふたご》の姉妹の想《おも》いを、受け入れた。二人は、余人にはうかがい知れない固い絆《きずな》で結ばれている。ならば、全力でこの双子の姉妹とともに戦い、そして勝つまでだ、と決めた。

この瞬間から、毛利両川姉妹は「入れ替わった」。影武者なりきり修行《しゅぎょう》がスタートしたのだった。

そして――。

「良晴。これは美味しい、じゃなかった、美味いけぇね。あむあむ、じゃなかった、はぐはぐはぐ」

「おどれも食え良晴！　明の汁そばも美味かったが、やはり日ノ本人の魂《たましい》はうどんじゃ〜！　あっ。今のなしで。ね、ねえ、良晴？　うどんは未来語で言うソウルフードよね？　でも、ゆでたての麺があっつ〜い。隆景、良晴にふーふーしてほしいな♪　あ〜ん♪」

「ああ姉者。わわわ私はととと殿方に対してそんな媚《こ》び媚びなことは言わない！　引っ込め無能！」

「うるさい黙《だま》れ！　自分の目には、恋に夢中になっとる時のおどれはこういうふうに見えとるんじゃ〜！　ほらはやくぅ♪　うどんを食べさせて〜、良晴〜♪」

「ぐぬぬ。いくら修行とはいえ、これ以上良晴の前で私を貶《おとし》めたら、『姫切』で斬る……」

「自分はそんなふうには言わん。『おどれを斬るけえね、しごうしたる！』じゃ、隆景。もっと腹から声を出すんじゃ〜！」

「う〜っ！　良晴に腕《うで》を絡《から》めるなっ！　斬る！」

「修行じゃ、仕方なかろ！　いや、違った。だってこれは修行なんだもん。隆景はめいっぱい、恋する良晴といちゃいちゃしなくちゃいけないんだも〜ん♪」

「だから、私はそんな口調ではしゃべらないっ！　あと『恋する良晴』とか言うな耐えられない姉者であろうがしごうするぞ！」

「おっ。ちょっとは自分の真似がうまくなってきたけえね。そうじゃ、怒《いか》りの感情も嫉妬の感情もそのままっすぐに吐《は》き出すんじゃ～♪」

気がつけば良晴は、小早川さんになりきった吉川さんに腕を取られて胸を押しつけられ、いちゃいちゃあまあまな恋人会話に興じている。その隣《となり》では吉川さんになりきった小早川さんが嫉妬の炎《ほのお》を燃やし続けて良晴の足を踏み続けている。

こ、これでいいのか？　なんか方向性が違ってきてね？　つか、吉川さんが演じている「小早川さん」って、キャラがおかしくね？　いくら俺といちゃついていたって、生真面目《きまじめ》で照れ屋な小早川さんが「隆景、良晴にふーふーしてほしいな♪　あ～ん♪」だなんて言うわけない。昇天《しようてん》しそうになるほどかわいいけど。はっ？　これはもしかして、「脳内の腐女子《ふじよし》世界で貴公子といちゃいちゃしている乙女《おとめ》モード吉川さん」のキャラが混じっているのでは……？　ということは、これが姫《ひめ》武将モードを離《はな》れた時の素《す》の吉川さん？　か、かわいいじゃねーか……あ、あああああ。どんどん小早川さんの怒りゲージが上昇している。目を見ればわかる！　氷のようなつめたーい目つきで俺を睨《にら》んでいる！　これは、小早川さんが宇喜多直家《うきたなおいえ》さんを見る時の目つきだーっ！　こんなこと続けてたら毛利両川姉妹の仲に亀裂《きれつ》が入ったりしない？　てか、まず俺が小早川さんに見捨てられるんじゃあ？

「……良晴。つまりきみは、姉者が相手でも照れ照れでデレデレになる男だったのだな。中身は関係なかったのだな……しかも、こんな脳が煮《に》えたような馬鹿《ばか》女っぷりを晒してい

るニセモノ相手でも、む、む、胸さえ押しつけられれば、い、い、いちころだったのだな……」

「ちちち違うんだ小早川さんっ！　それは誤解だあああ！」

「てへっ。誤解もなにもないよね～、良晴～♪　隆景は私なんだもーん♪　元春の姉者はすっこんでていいんだよっ？　ほらほら。同人誌を書く時間でしょ？　一人で腐ってて、腐ってて♪　今夜は厩戸皇子《うまやどのおうじ》とでも頭の中で逢《あ》い引きしていればあ？　それって、紙に書いた字だけどぉ♪」

「うううううう～っ！　二人とも絶対に許さぬ、じゃなかった、しごうしたるけぇね！　石を抱《だ》かせて簀巻《すま》きにして海に放り込んで安徳姫巫女さまのあとを追わせてやるけぇ！　崇《たた》り神にしちゃるけぇの！」

「ここここらえてつかあさい、小早川さん！　じゃなかった、吉川さん！　ええい。二人の演技力があがってきて、だんだんどっちがどっちかわからなくなってきた！」

「ぐすっ。やっぱり良晴は、双子ならばどちらでもよかったのだな！　私『だけ』を愛していたのではなかったのだな……う、う。浮気者《うわき》、薄情者《はくじようもの》、裏切り者～！」

「ちちち違うんだ小早川さん！　俺は小早川さん一筋だよ！　ほら、涙を拭《ふ》いて！」

「待て良晴！　そっちはニセモノだぞ！　ほんとうに区別がついていないではないか！」

「ぎゃーっ!?　だって、見た目同じなんだもんなあ～！　仕方ないよ～！」

「見た目が同じでも愛があれば区別できるはずではないか！　酷《ひど》いぞ！」

「だからあ、良晴の愛はこの隆景が独占《どくせん》してるんだも〜ん♪　ほら良晴、そろそろ寝床《ねどこ》へ」

「ちょっと待てーい！　いくら修行といえど、それだけは許さぬ！　二人まとめて斬る！」

あ、ああ、あああ。一所懸命《いっしょけんめい》になりきりすぎだよ吉川さん！　毛利両川姉妹の仲が破綻《はたん》していく。三本の矢の二本が折れてしまう〜。

どんどん、良晴の顔色は真っ青になっていくのだった。


しかし、毛利両川姉妹の仲違《なかたが》いを仲裁《ちゅうさい》してくれた者が現れた。

天狗《てんぐ》のお面を被《かぶ》った、うどん国の王と副王。

金剛坊と中将坊であった。

「お待ちあれ。うどんの替《か》え玉《だま》をお持ちいたしました」

「あなた方はどうやら、毛利家の両川さまと、相良良晴どのとお見受けいたす」

「相良良晴どのは、織田家に仕官していたはず。不思議な取り合わせもあったものですな」

うっ、バレたけえ！　まさかこの天狗たちの正体は、敵国の武将？　妹を守らねば！

と吉川元春があわてて「姫切」を抜《ぬ》こうとした。が、その姫切は隆景が持っている。

「われらは、かつて武士でした。織田家ともそして毛利家とも、過去にはいろいろありましたが——はっきり言えば、戦ってきた敵でございますが——」

「仇敵《きゅうてき》であるはずの織田家と毛利家のお三人が、かくも仲むつまじくともに過ごすことができるとは。とても乱世とは思えませぬ」

「今まで姫《ひめ》武将が怖《こわ》くてたまりませんでしたが、ぶっちゃけ、お二人ともかわいい！　われら、癒《い》やされ申した！」

吉川元春が「なにを言う。われらは今、仲違いしとるけえ。じゃなかった。な、仲違いしているのだぞ」と天狗たちに突《つ》っ込んだが、隆景のほうは「み、み、見られていた……？　し、し、しごうしたる、などとはしたない言葉を叫《さけ》ぶところを……あう、う、ううう」と恥《は》ずかしくなって良晴の背中に隠《かく》れてしまった。

「なに。ケンカするほど仲がよい、というやつです。表情豊かで愛らしいあなたがまさか『冷血の将』と呼ばれるあの小早川隆景さまだとは、最初は気づきませんでした」

「相良良晴どの。あなたはまことに奇特《きとく》なお方だ。あなたにとっては、どうやら織田家も毛利家もないらしい——みなが、『日ノ本』に生きる同胞《どうほう》。しかも、信仰《しんこう》心の有無《うむ》による門徒の選別すら無用らしい」

「あなたこそ、この乱世を終わらせてくれるお方だとお見受けいたしました」

良晴は（俺、この二人とどこかで関わったことがあるのかな）と首を捻《ひね》ったが、二人は「今はわれらの素顔を見ないほうがよろしいでしょう」とお面を取らなかった。

「われらは長らく戦漬《いくさづ》けの日々を過ごしておりましたが、戦いに疲《つか》れて城を捨て、天狗の面を被り名を変え修験者《しゅげんしゃ》となってお遍路《へんろ》の旅を続けていたのです。一族郎党《ろうとう》、戦乱の中でずいぶん死にましたからな。とりわけ、一族同士の内紛《ないふん》にはほとほと嫌気《いやけ》がさし申した。悲しいものでございました」

「ですが、いざ国主を失った讃岐の民《たみ》は憐《あわ》れなもの。たとえ讃岐から戦国大名が消えても、隣国《りんごく》との戦は続くのです。四国統一の野望に燃える長宗我部元親に、畿内から全国制覇《せいは》をうかがう織田信奈。しかも、大名不在となって村々がばらばらになってしまえば野盗どもが村を荒《あ》らします。そこでわれらは村人たちと協議し、猫神さまを中心に民が結束している大坂本猫寺を参考にして、自治国家『うどん国』を建国した次第《しだい》なのです」

しかし、大国に挟《はさ》まれたうどん国の平和はしょせん「かりそめの平和」。三好家最後の牙城《がじょう》・十河城が陥落《かんらく》してうどん国まで攻《せ》め込まれた時にいかがするべきか、やはり武器を取って武士として戦わねば民を守れぬのか、とわれら「兄弟」は悩《なや》んでおりました――ですが、相良良晴どのと毛利両川さまのお姿を拝見して、「希望」を見つけました、と天狗「兄弟」はうなずきあった。

「伝え聞く『木津川口での再戦』の結果がどう転ぼうが、相良良晴どのがおられる限り、うどん国の未来は守られましょう。お約束いただけますか。毛利家が天下を治めることとなっても、織田家が勝利しても、うどん国を戦なき『公界《くがい》』として守っていただけると」

利発な小早川隆景は、二人の天狗の「正体」におおよそ見当がついていた。織田信奈上洛《じょうらく》以前の「天下人」。今は亡《な》き姫大名・三好長慶《ながよし》の一族の男たちなのだろう、と。

三好家は四国を本拠《ほんきょ》としつつ、阿波讃岐の強兵を率いて上洛し、畿内を支配していた。しかし三好長慶の没後《ぼつご》、宰相《さいしょう》の松永久秀《まつながひさひで》と三好一族が対立して内紛に突入《とつにゅう》し、織田信奈率いる上洛軍に蹴散《けち》らされた——松永久秀は、妙《みょう》に馬が合ったらしく織田信奈の家臣となった。一族の有力者「三好三人衆」が束ねていた三好家は、反織田家勢力と結んで畿内を奪回《だっかい》すべく対抗《たいこう》したが、ついに敗れて四国に逃《に》げ込んだのだった。讃岐三大天狗とは、この「三好三人衆」が一族の十河存保に武家としての三好家を譲《ゆず》り、民とともに「公界うどん国」を運営する修験者に転身した姿なのだろう。

良晴には、織田家の家臣として上洛軍に参加し、三好家と戦った頃《ころ》の記憶《きおく》がない。失われているのだ。

だが、良晴は天狗兄弟の申し出を快諾《かいだく》した。たとえ記憶があったとしても、ほぼ同じことを言っただろう。

「わかった！　そうだな。俺には織田家の記憶がないが、きっとなんとかする。讃岐の民を戦禍《せんか》に巻き込みたくないというあんたたちの思いは俺が受け継《つ》ぐ！　織田信長、いや、織田信奈は『楽市楽座』で商業を振興《しんこう》する政策を採っていると聞く。うどん国を中心としたお遍路観光が莫大《ばくだい》な銭《ぜに》を生むと説けば、自由都市・堺《さかい》のようにうどん国を保護してくれるはずだ！　それに、そもそも次の戦では俺と小早川さんたちが勝つしな！　任せてくれ！」

　また安請《やすう》け合いじゃな。良晴は琉球国王・尚寧王や明の面々にも同じことを言うちょったな、と吉川元春は苦笑していた。

「参ったのう。『日ノ本人』どころか、南蛮人も琉球人も明人も、良晴にとっては同じ人間なのじゃな。つくづく大きい男じゃな……」

「まあ、ろくに英語しゃべれないんだけどね。それでも、未来人だからな。世界各国のＮＩＮＪＡ好きやＢＵＳＨＩＤＯ好きとチャットで交流くらいはしていたよ。未来じゃ、インターネットを通じて全世界が繋《つな》がっていたんだ。俺のカタコト英語でも、戦国マニア同士なら話は通じたのさ。アメリカ人のＮＩＮＪＡ好きは異常だった。あいつら、チベットの奥地には少林寺《しょうりんじ》みたいな謎《なぞ》のカンフー寺があって、そこに弟子《でし》入りすれば自分もＮＩＮＪＡになれると信じていたっけ」

　ふえ～言葉の意味はさっぱりわからんがなんだかすごいのう、と元春は膝《ひざ》を叩《たた》いている。

「とはいえこの戦国時代では、隣国同士は戦争するというのが基本常識だからなあ。織田と毛利の戦いだって、回避《かいひ》できるものなら回避したいけどさ。戦国大名と戦国大名とは、話し合う前にまず戦わなければならないんだな……ともあれ、うどん国は決して巻き込まないと約束するよ」

「う、ううむ。でかい男じゃのう。た、隆景だけを正妻に迎《むか》えてちんまり暮らすのは、良晴には似合わんかもしれんけぇね。いっそ全国各地から妻を迎えて日ノ本をひとつにまとめるちゅうのは、どうじゃ？　琉球のあの姫さまも、そして、こほん、毛利最強を誇《ほこ》るこの……」

「ちょ、ちょっと待て姉者！　光源氏を見るような目で良晴を見つめるな！　しごうするぞ！」

「なんじゃ。まだ修行を続けちょったんか、隆景？　生真面目じゃな。ならば自分も。ねえねえ、良晴～♪　祝言《しゆうげん》会場はぁ、厳島《いつくしま》神社がいいな～♪」

「う、ううう！　良晴の腕《うで》から手を離せ～！　も、もう修行は終わりなんだからっ！　良晴！　私と織田信奈をともに嫁《よめ》にして合戦を回避するなどと言いだしたら、斬《き》るからっ！　斬った上に、磁石を全身に張り付けて鳴門《なると》の渦潮《うずしお》に放り込むから！」

ははは。「冷血の将」の余裕《よゆう》を失って焦《あせ》りまくる妹はなかなかかわいいの、と元春が笑った。思えば、これほど隆景が喜怒《きど》哀楽《あいらく》を表に出してくれることなど、絶えて久しくなかったのだ。そして、妹の怒《いか》り顔や拗《す》ね顔見たさに思わずはしゃいでいた元春自身も、また。

「お、俺はそんなこと言ってないよ、小早川さ～ん！　でも……もしも戦争ではなく婚姻《こんいん》で争いを終わらせられるなら……誰《だれ》も死なないし、血も流れない……いいかもしれないな……琉球だって、薩摩《さつま》に武力で征服《せいふく》されるよりはそっちのほうがずっといい……」

「月嶺《げつれい》はまだ子供だ、なにを言っている！　それに私とて、良晴のかつての『仲間』である織田家の面々を滅《ほろ》ぼすまでとことん戦い続けようなどとは考えていない。いずれ落としどころを見つけて和睦《わぼく》する。だが、そのためには毛利水軍を壊滅《かいめつ》させる『新兵器』鉄甲船《てっこう》だけは倒《たお》さねばならないのだぞ」

「そうじゃ隆景。木津川口で鉄甲船を破れば、あとは恵瓊《えけい》が有利に外交交渉《こうしょう》を進められるけぇね！　良晴の正妻は隆景じゃ、と織田信奈に認めさせるんじゃ～！」

「ん、んもう。人前でその話は……あ、姉者……」

金剛坊と中将坊が、「こたびの織田と毛利の戦は」「正妻・紫《むらさき》の上と、明石《あかし》の君とが恋人《こいびと》をかけて戦うと聞いていましたが」「どうやら良晴どのには女難の相あり。気をつけなされよ」と苦笑していた。

村上武吉率いる毛利水軍の船団が「うどん国」に入港したのは、それからまもなくのことだった。さすがに琉球の時とは違《ちが》い、素早《すばや》かった。なにしろ瀬戸内の海は村上水軍の庭なのだ。

「まったく、二度も遭難《そうなん》するとはなあ。だから、軍議は後回しにして宴会《えんかい》に参加すりゃあよかったんだ！　がはは！」

「オレさまは心配していなかったぜ。なにしろ、われら毛利水軍には露璃《ろり》の神がついているんだからよ――」

「いよいよ決戦だねっ！　隆景！　元春！　良晴お兄ちゃん！」

「毛利と織田との停戦期限はまもなく切れるのじゃ。乾坤一擲《けんこんいってき》の勝負ぞ！　われらの手で『未来』を変えるのじゃっ！」

あれ？　いつもの毛利一家が総出でお出迎《でむか》えしてくれているけれど、山中鹿之助《やまなかしかのすけ》の姿が見えない……まさかまた俺を追うとか言いだして勝手に入水《じゆすい》したんじゃあ、と良晴はふと不安になった。しかばねになった鹿之助を見たくはない。

「ああ。あの娘《むすめ》っ子《こ》なら穂井田《ほいだ》の元清《もときよ》と一緒《いつしよ》に船底に籠《こ》もっててめえの無事を祈願《きがん》していらあ。地下牢《ちかろう》みてえな薄暗《うすぐら》くて狭《せま》い空間にいると安心するらしいんだよな。ヘンな娘だぜ、がはは」

讃岐うどんに牡蠣《かき》のトッピングをしてご満悦《まんえつ》の村上武吉が、鹿之助も同行していることを教えてくれた。

「姉者。良晴。われらの船旅はぎりぎりで間に合った。これより安芸で最後の軍議を開く。行こう」

「おう！　うどん国に流されたことで、偶然《ぐうぜん》、丁字《ていじ》回頭の弱点を塞《ふさ》ぐ方法が見つかった。『運』が巡《めぐ》ってきたということじゃ！　隆景、影武者《かげむしや》役は任せえ！　これほど修行したんじゃ、絶対に見破られん！　自信があるけえ！」

「……死なないで。姉者」

「自分は死なん！　死んだら、隆景と良晴の祝言を見られんからの！　必ず生きて、隆景に勝利を届ける！」

「……すまない……」

「詫《わ》びるな！　『ありがとう』でええんじゃ、隆景。生きるも死ぬも、最後まで運命をともにしよう。双子《ふたご》の、姉妹《しまい》じゃけえの」

「……うん」

相良良晴は、吉川さんはほんとうに勇気の塊《かたまり》だな。いいお姉さんだ……死なせない。勝ってみせる。「歴史」はそう簡単には覆《くつがえ》せないだろう。不可能かもしれない。それでも俺たちは織田軍が誇る鉄甲船団に勝って、「未来」を変えてみせると誓《ちか》っていた。織田家での記憶が不意に浮《う》かび上がってきそうになることは、ある。だがもう、迷いはない。毛利両川姉妹。毛利輝元《てるもと》。宇喜多父娘《おやこ》。穂井田元清と暗黒寺恵瓊《あんこくじ》。足利《あしかが》こども将軍ちゃん。村上水軍の海賊《かいぞく》たち。俺を家族として受け入れてくれた、毛利家の人々のために。そして、小早川さんと結ばれるために。対外出兵から長い長い「鎖国《さこく》」へと至る日ノ本の未来も。戦に翻弄《ほんろう》される琉球の未来も。なにもかもを変えるんだ。心優《やさ》しい日ノ本一の智者・小早川さんと、一緒に。俺は、新しい「歴史」を切り開いて進んでいく。

（たとえ、織田家のみんなが、俺の仲間であり家族だったのだとしても……）

良晴の胸が、うずいた。心の中のなにかが、叫び声をあげている。俺は今、「夢」を見ているんだ。「夢」は、やがて終わる。必ず、目覚めてしまう時が来る。手遅《ておく》れになる前に早く目覚めるんだ。目覚めが遅れれば遅れるほど、小早川さんを傷つけ悲しませることになるのだから。そう、もう一人の自分が囁《ささや》いてくるかのような——だが良晴は、不安げに自分を見つめている隆景の小さな手をそっと握《にぎ》りしめて、

「だいじょうぶだよ。小早川さん。俺は、ここにいる」

と微笑《ほほえ》み、励《はげ》ましていた。

毛利一家と合流を果たした良晴、隆景、元春は、ついに「第二次木津川口の合戦」へと挑《いど》むこととなったのである。

「兄者。どうやら、相良良晴の帰るべきところは——あの娘の泣き顔など、見たくはないものだな」

「伊三入道《いさにゆうどう》よ。たとえ今は毛利家に仕官すれどもあれは三好家の仇敵《きゆうてき》。今日だけは武士に戻《もど》り山頂へ相良良晴を誘《いざな》って暗殺すべし、と進言したお前が、ころりと参ったな」

「参らざるを得ない。われらは戦乱の世にも武士としての人生にも疲《つか》れ果てた。小早川隆景もまた……が、あの男ならば、乱世に光を照らしてくれる。新しい時代を切り開いてくれる。小早川隆景のあの笑顔を見て、そう、思わされたのだ」

毛利船団を見送った二人の天狗《てんぐ》――かつて「三好三人衆」として織田家と戦ってきた三好清海入道《せいかいにゅうどう》と三好伊三入道は、毛利両川のために祈《いの》った。

ウドンコクソレダケジャナイサヌキコク――。

巻ノ七　旅の終わり　三原《みはら》・木津川口《きづがわぐち》

一時は四国讃岐《さぬき》のうどん国に遭難していた小早川隆景《こばやかわたかかげ》と相良良晴《さがらよしはる》だったが、村上水軍《むらかみ》によって無事に救出され、いよいよ「木津川口再戦」を前に最後の海上軍事演習を行っていた。小早川家の本領・三原の湾岸《わんがん》で。

水軍大名小早川家の本拠地《ほんきょち》・三原は、安芸《あき》の毛利《もうり》宗家と、瀬戸内《せとうち》の大三島《おおみしま》や因島《いんのしま》といった数々の島を治める村上水軍衆、その両者のちょうど半ばに位置する。

十代の幼さで小早川家を相続した隆景は、自ら「海賊のお姫《ひめ》さま」として小早川水軍・村上水軍を統括《とうかつ》するため、三原に入ると同時に、三原湾《わん》に点在する大島・小島をつなぎ合わせて、誰も見たことがなかった壮麗《そうれい》な「海の城」を築いた。

それが、三原城である。

潮が退《ひ》いている時は「陸城《おかじろ》」だが、満潮になると、海に浮かび上がる「浮城《うきじろ》」となる。

三原の人々は当初、毛利家から乗り込んできた幼い小早川隆景を「父親から悪謀《あくぼう》の才能を継《つ》いだよそ者」だと警戒《けいかい》していたが、この三原城のあまりの美しさと荘厳《そうごん》さに言葉を失い、また彼女の私心のない善政ぶりを見てたちまち小早川隆景に心服した。

村上水軍の海賊たちも、幼い隆景に「姫」「お嬢《じょう》」と懐《なつ》いて、実にまめまめしい。

三原衆と村上水軍衆は、隆景のもとにひとつとなった。

隆景が入って以来、三原では平和が保たれ、いちどの合戦も起こったことがない。

隆景が三原城を海上に浮かぶ「浮城」となすという奇想《きそう》を抱《いだ》いたのは偶然ではなく、毛利家が信奉《しんぽう》する「厳島神社《いつくしま》」がアイデアのベースにあったことは言うまでもない。

その三島湾で、数百艘《そう》の船に乗った村上海賊たちは、「丁字戦法」のための軍事演習を続けていた。

相良良晴は、織《お》田《だ》軍が難攻《なんこう》不落の海上要塞《ようさい》とも言うべき「鉄甲船」を開発量産して村上水軍を全滅《ぜんめつ》させるという「未来」を知っている。故《ゆえ》に、織田軍の鉄甲船を破るために隆景とともに半年にわたって策を練り続けてきたのであった。博多《はかた》、琉球《りゅうきゅう》、マカオまで磁石を集めるための旅に出たのも、織田軍に勝つためである。

織田信奈《のぶな》率いる鉄甲船艦隊《かんたい》は、必ずこれまでの日《ひ》ノ本《もと》の水軍の常識を無視した「縦陣《たてじん》」を敷《し》いて迎撃《げいげき》してくる。これに対して、数では勝《まさ》るが戦闘《せんとう》力で劣《おと》る村上水軍は、鉄甲船の「旗艦」のみを撃沈《げきちん》することに全力を注ぐほかはない。織田信奈が乗り込んだ「旗艦」は、きっと縦陣の先頭に立ってくる。この先頭の旗艦に対して一斉《いっせい》攻撃を仕掛《しか》ける「位置」を奪《うば》い取るために、良晴は危険にして難易度の高い「丁字戦法」を採用した。

つまりは、「敵前回頭」である。鉄甲船艦隊の正面でいっせいにターンして旗艦の頭を塞ぎつつ、横陣を敷いて敵旗艦を集中して叩《たた》く、という暴挙とも言える戦法だった。

日露《にちろ》戦争でロシアのバルチック艦隊を撃滅するために、当時の日本海軍の参謀・秋山真之《あきやまさねゆき》が考案したこの「丁字戦法」は、彼自身の「独創」ではなく、なんと秋山真之が戦国時代の村上水軍の古文書を読み漁《あさ》っているうちに発見したものだ、と言われている。

その伝説の真偽《しんぎ》はともかく、良晴は「絶対に縦陣の先頭に立ってくる織田信奈に勝つには、先頭の旗艦を沈《しず》める以外にない」と考え抜《ぬ》き、秋山真之の「丁字戦法」を採用した――が、その戦法の元祖は村上水軍にある――ならば最初に「丁字戦法」を考えたのはいったい誰《だれ》だ？　という、歴史のパラドクスとでもいうべき難問が生じたが、良晴は、ありていにいえばバカなので深く考えなかった。

そんなことよりも良晴は、小早川隆景に「勝利」を、届けたかったのだ。

だが「敵前回頭」しているその間、村上水軍側の船団は完全に無防備になる。

そこに、鉄甲船が大筒《おおづつ》を撃《う》ち込んでくれば、どうすることもできない。

「敵前回頭」を終える前に、こちらの「旗艦」は十中八九、撃沈するだろう。

そこで、小早川隆景が乗り込んだ「真の旗艦」を隠《かく》すために敢《あ》えて囮《おとり》として「ニセの旗艦」を準備し、そのニセ旗艦に「小早川隆景の影武者」を乗り込ませる――この、「海の上で囮として死んでくれ」と言われているのも同然の役目を、隆景の双子の姉・吉川元春《きっかわもとはる》が引き受けたのだった。

讃岐のうどん国での修行《しゆぎよう》開始以来、吉川元春はすっかり「小早川隆景」になりきっていた。鉢巻《はちま》きを外すと、姉妹はまるで見分けがつかない。その上、安芸弁も腐女子癖《ふじよしへき》も封印《ふういん》している。

「ついに目標の刻限内に回頭を終えた！　本日の『敵前回頭』の演習は大成功じゃ〜！　じゃなかった、こほん。成功だ」

「もう演習は終わったから、織田軍の海域に入るまでは小早川さん弁でしゃべらなくてもいいよ、吉川さん」

「おう、わかった。お嬢さま然とした隆景弁は肩《かた》がこるけぇ……顔の筋肉を使わないでいると、かえって疲れるのう」

「こら良晴。『小早川さん弁』などない。姉者も『隆景弁』とか言うな。しかし姉者……こちらの囮旗艦は、織田方の旗艦を仕留める前に必ず撃沈される。ほんとうに、いいのか」

「隆景。おどれは考えすぎるのがいかん。何度も同じ言葉を繰《く》り返すな。だいいち隆景に討《う》ち死にされたら、自分は兄者に合わせる顔がなくなるけぇね」

海上に浮かぶ三原城を眺《なが》めながら、吉川元春は苦笑いしていた。妹の性格は誰よりもよく知っている。小早川隆景は幼い頃《ころ》から途方《とほう》もない知恵者《ちえ》で、戦国最高の知能を持つ「謀神」と呼ばれた父・毛利元就《もとなり》から「智謀《ちぼう》」を受け継いでいた。だが、自分自身のために智謀を用いるということを知らない。欲《よく》がなく、我がない。常に、誰かのために智謀を用いることばかりを考える。その「誰か」とは、かつては兄・隆元《たかもと》であり、父・元就だった。その二人の死に次々と遭遇《そうぐう》した隆景は、一時は生ける屍《しかばね》のように心を病《や》み絶望の淵《ふち》に沈んでいた——が、もう、なにも心配はない。

(この決戦で自分がたとえ死んでも、隆景はだいじょうぶじゃ。隆景の智謀をいくらでも注ぎ込める「器《うつわ》」が、隆景の心にいくらでも情を注ぎ込んでくれる「器」がおる。良晴。おどれは、よき男じゃ。妹は、おどれに任せたけぇね)

昨夜、演習でくたくたになった隆景が寝《ね》ている隙《すき》にこっそり良晴に伝えたその自分の言葉を思いだしながら、吉川元春はふと頬《ほお》を赤らめていた。もしも隆景が良晴に恋《こい》していなければ、もしかしたら自分が良晴に恋しとったのかもしれん、と思うとなぜか急に胸が切なくなって、あわててその想《おも》いを打ち消していた。

未来から相良良晴が来なかった「世界」もあったはずじゃ。自分が隆景とけんめいに良晴を奪い合う……そういう「世界」ももしかしたら、どこかにあるのかもしれんけぇね、と思うと、つい元春は微笑んでしまう。

「また貴公子との逢瀬《おうせ》を妄想《もうそう》して腐《くさ》っているのか姉者?」

「ちちち違《ちが》うっ! 貴公子なわけがあるかっ!」

「……え? 姉者?」

「い、いや、なんでもないけぇ」

「がはは。『丁字戦法《ていじ》』をやれと言われた時には海賊《かいぞく》どももみんな戸惑《とまど》っていたが、やればできるもんだな！　練度はばっちりだぜ、お嬢たち。相良良晴。木津川口ではいちど戦っている。海の潮の流れも風向きもなにもかもばっちり覚えているぜ。本番の決戦でも、問題ねえ！」

村上水軍を束ねる村上武吉《たけよし》が、今日は大量のタコを釣《つ》り上げてきて「タコ祭りだあ！　お嬢たち、食え食え！　腹が減っては戦《いくさ》はできんぞ、がはは！」と笑った。

小島や岩場が多い三原には、たくさんのタコが棲《す》み着いていて、すっかり名物になっているのだった。獲《と》っても獲っても増えるので、いくら食べても食べ尽《つ》くすことがないという、文字通りの海の幸《さち》である。

「……うう……武吉は胃が丈夫《じょうぶ》だな……私は合戦前になると飯が喉《のど》を通らない」

「小早川のお嬢、食えなくても食うんだ。まもなく出陣だぜ！　三原の新鮮《しんせん》なタコ料理を食うなら、今しかないぜ！」

村上水軍の海賊たちの面々は、みな、海の幸を船上でささっと豪快《ごうかい》に料理する達人揃《ぞろ》いである。「火力上等」な野郎《やろう》どもなので、石焼きや焙烙《ほうろく》焼きが得意だが、タコに関しては焼き料理だけではなく、あれこれ繊細《せんさい》な調理をやる。これらの料理は、三原の住民たちから教わったものだ。

「さあさあお嬢。タコの刺身《さしみ》だ！　とれとれピチピチ、タコ料理～♪」

「こっちは南蛮渡来《なんばんとらい》の最新調理技術・天ぷら製法を使ったタコ天だぜえ！」

「問答無用、タコ飯だーっ！　タコと白米の重ね合わせの美味《うま》さは異常！　ハフッハフッ！」

「船上でも日持ちする、タコの酢《す》の物《もの》っ！」

食が細くて「うう、お腹《なか》が」と青ざめていた隆景にタコ料理を食わせようと、自慢《じまん》のタコ料理を続々と提供してくる野郎ども。みんな小早川さんに懐いているなあ、と良晴はほっこりした。海賊たちはみな、これからの合戦のことも、迫《せま》り来る「死」のことも、怖《こわ》がっていない。船に乗り海に出た時から、命は海の女神《めがみ》・弁才天《べんざいてん》に預けてある。彼らにとって、小早川隆景こそがその弁才天なのだ。

日頃あまりにもタコにお世話になっているので、三原の住民たちはタコを愛玩《あいがん》している。稲荷狐《いなりぎつね》のかわりにタコの石像を神殿《しんでん》に祀《まつ》ったり、タコ姿の「お守り」を作ったりもしているのだ。

そういえば今朝から三原の陸地で、住民たちが「やっさ、やっさ」と踊《おど》っているのは、タコと関係あるのかな？　と良晴は気づいた。しかし三原のやっさ踊りは、タコとは直接関係がなく、小早川隆景が築き上げた海に浮《う》かぶ「浮城」三原城を見て震《ふる》えるほどに感動した住民たちが、誰ともなしに自然にはじめた踊りである。

見たか　聞いたか　三原の城は
地から湧《わ》いたか　浮城かよ
月はまんまる　金波に銀波　やっさ踊りに夜がふける
見たか　三原の胡蝶《こちよう》の踊り　凧に桜の花が散る
三原の港は　情の町よ　酒の出どころ　恋どころ

海上演習を終えた村上海賊衆や、隆景に仕える毛利軍の兵士たちも、いつしか住民たちと一緒《いつしよ》になって踊りはじめていた。

隆景がどれほど三原の人々に慕《した》われているかが、この盛り上がりを見るだけで良晴にもわかった。彼らはみな、隆景の戦勝を祈《いの》りながら一心に踊っているのだ。しかし、どこにも悲愴《ひそう》感はない。みな、笑顔だった。誰もが、隆景の笑顔を見たい、と思っているからだ。

そしてこの日は、やっさ踊りを踊る日であると同時に、タコ絡《がら》みの日でもあった。

「良晴。今日はタコ供養《くよう》の日なのだ。三原の人々はタコを愛玩しているからな。愛玩するなら食べるな、と言われると困るのだが、人はなにかを食べないと生きられないので仕方がない。そこで、タコを毎年供養して感謝の意を伝えるわけだ。タコさん。今日もありがとう……いただきます……あむ、あむ」

「おう。三原のタコ神社からも、届け物を預かってきたぜ。吉川のお嬢には頭に鉢巻きを巻いた『元気ダコ』のお守りを！　小早川のお嬢には、『恋人ダコ』のお守りを！　恋人ダコってのは未来絵の画風を取り入れた新作で、タコの目が心臓の形になっているんだぜ。理由はよくわからねーが、未来じゃ恋する乙女《おとめ》の瞳《ひとみ》は心臓の形になるんだそうだ！　がははは！」

「ぐぬぬ。自分のタコお守りは相変わらず鉄火場姿で、隆景のほうはえらいかわいいのう」

「こここれは……め、目が、は、は、ハートマークだとっ？　わわわ私はここここんなデレた姿じゃない……んだから……！　こここ小早川隆景は、め、め、明智《めいち》の将にして、れ、れ、冷血の将……！」

「傍《はた》から見たらこういうふうに見えていらあ、相良を見るお嬢の目はすっかりハートマークだ！　琉球旅行のうちにずいぶんかわいくなったなお嬢。もしかして相良の子種でも授《さず》かったか？　がははははは！」

「ううううう〜っ！　さ、さ、授かっていないいんだから！　よ、良晴もなにか文句を言ってやれ！」

「あ。いや。か、かわいくて小早川さんに似ているから、いいんじゃないかな。タコ、か……そういえば、たこ焼きがないな？　タコと言えば……たこ焼き……」

あ。あれ。おかしいな。また、頭が痛くなってきて……この戦国時代にたこ焼きがないのは当たり前のはず、なのに……あ、あれ？　俺は戦国時代のどこかでたこ焼きを見たことがある、ような……？

『明石《あかし》直送のぷりぷりのタコを生きたままぶつ切りにしてどぼどぼ入れるです！　ほら早くタコの足を刻むです！　さっさと入れないと、たこ焼きが焦《こ》げちゃいます！』

『……思ったより、手強《てごわ》い……襲《おそ》いかかられた』

『おおっと、タコとの格闘《かくとう》です！　格闘しながら、刻んだタコを確実にたこ焼きへと投入！　これは見事です！』

「……良晴？」

「な、なんでもない。たぶん船酔《ふなよ》いしただけだと思う、小早川さん。だいじょうぶだよ」

ああ。

終わる。

「旅」の終わりが、「夢」の終わりが、近づいている。

良晴は、ふと、そんな思いに囚《とら》われていた。確信、と言っていい。

しかし、出陣《しゅつじん》を控《ひか》えた隆景にそんな不安を感じていることを気取《けど》られてはならない。

すかさず村上武吉が、「ドオン！」と良晴の肩をぶっ叩《たた》いて、からからと笑った。

この大男、豪放磊落《ごうほうらいらく》な筋肉達磨《だるま》に見えて、心はけっこう繊細なのだ。

「負け戦を予感してブルってんな、小僧《こぞう》！　まったくてめえは、不肖《ふしょう》の弟子《でし》だぜ！　自信を持て！　てめえはもう立派な村上海賊よ！　琉球、讃岐と二度も遭難していながら、小早川のお嬢《じょう》を守り抜《ぬ》いたじゃねえか！　てめえがいる限り、お嬢は心配ねえ！」

お嬢はもう、だいじょうぶだ。たとえ、この恋が木津川口で終わってもな——そう、村上武吉は言外に良晴に伝えようとしているかのようだった。

「そうだそうだ！　心配すんな相良の！」

「俺ら村上海賊衆に任せておけっての！」

「俺らがいる限り、吉川のお嬢も小早川のお嬢も断じて死なせねえ！」

「丁字戦法だろうがなんだろうがドーンとやってやらあ！」

「おうよ！　木津川口を『赤壁《せきへき》』の如《ごと》く紅蓮《ぐれん》の炎《ほのお》で染めてやるぜえ！」

「いや待て、『赤壁』は未来語で言う負けフラグだぞ」

海賊たちに隆景が思わず突《つ》っ込んでいると。

村上海賊衆の一員としてまめまめしく働いている隆景の異母弟・穂井田元清《ほいだもときよ》が、

「景さまあああ！　相良良晴義兄《にい》さまあああ！　できましたっ！　三原城下に、景さまの銅像が完成しましたあああ！　これから除幕式ですううう！」

と歓喜《かんき》の声をあげながら甲板《かんぱん》へと飛び乗ってきた。

「わ、私の銅像っ!?　どどどうしてそんな恥《は》ずかしいものを……」

「景さまは三原の海の女神さまですからっ！　町衆の人々が戦勝を祈願《きがん》して、銭《ぜに》を出してくださいました！　僕も働きましたよ！　たっぷり！」

「か、か、合戦前だというのに、ぜ、ぜ、銭を無駄遣《むだづか》いするな、虫けらめ～！」

動揺《どうよう》した隆景は真っ赤になって「除幕式などさせん！　私の銅像など建てられたら……は、は、恥ずかしくて城に入れなくなる！　地中に埋《う》めるっ！」と小早船へと乗り込み、三原城へ向かっていった。

良晴は、「ご褒美《ほうび》のお言葉、ごちそうさまでした！」と隆景の背中に向けて手を合わせて伏《ふ》し拝《おが》んでいる元清に、

「なあ、このまま海の上の一兵卒として戦うのか？　小早川さんの副将を務めてほしいんだけど」

と頼《たの》んでいた。元清は、良晴と一緒に村上海賊の先輩《せんぱい》たちに海上でさんざんしごかれた仲だが、いまだに村上水軍の一兵卒、海賊見習いの立場のままなのだ。

「はいっ、いいんです！　僕が景さまのもとに副将として侍《はべ》る時は――良晴さま。あなたが景さまの隣《となり》からいなくなった時です。そんな時は、来ないほうがいいんです……」

「……元清」

「勝ちましょう。絶対に。僕の領地十二万石《ごく》は、いつでも毛利家から良晴さまへの引き出物としてとってありますから！　この決戦に勝てば、良晴さまは勲功《くんこう》一等、一躍《いちやく》十二万石です！」

毛利家は山ばかりで土地が少なくていかんけぇ、良晴には本来二十万石は準備せんといかんのじゃが捻出《ねんしゅつ》できん。すまんのう、と吉川元春がタコ飯を頬張《ほおば》りながら良晴に謝っていた。

「俸禄《ほうろく》なんて要《い》らないからいいよ、吉川さん。そうだな。元清、俺たちは必ず木津川口の再戦に勝つ。俺は勝って、小早川さんの副将を務め続ける！」

「ほいっ！」

そんな中、良晴は厳島神社からはるばる「巫女《みこ》」たちが戦勝祈願の応援《おうえん》にやってきた、との一報を受けたのだった。

「わが忠実なる家臣・相良良晴よ。お手紙将軍さまが直々に三原城へ来てやったのじゃ！今宵《こよい》は、戦勝を祈る宴《うたげ》ぞ！　そちと小早川隆景の祝言《しゅうげん》を実現するためならば、そちをこの将軍さまの義兄《ぎけい》に迎《むか》えてもよいのじゃぞ。心置きなく戦うがよい、ほっほっほっ」

一応男子禁制の「厳島巫女船」には、ぞろりと「お留守番組」の女の子たちが集まっていた。みんな巫女服を着てお仕事モードのふりをしているが、ありていに言えば良晴や隆景たちを案じてつい厳島から三原まで来てしまったというのが真相らしい。

そうでなければ、男子の良晴をほいほいと船に乗せるはずがなかった。

「もっとも、そちをわがお兄ちゃんにする、とおおっぴらに宣言すると急に隆景が怖くなるので、ここだけの秘密じゃぞ……わらわはまだ、石を抱《だ》かされて瀬戸内の海に放り込まれとうはないのじゃ～……その昔、わらわが兄上とともに明《みん》へ亡命しようとした時、明智《あけち》光秀《みつひで》も同じようなことを……なぜじゃっ？　なぜみんな、わらわを海へ沈《しず》めたがるのじゃっ？　ぶる、ぶる」

毛利家に居候《いそうろう》として押しかけてきた足利義昭《あしかがよしあき》も、今ではすっかり毛利一家の一員として馴染《なじ》んでいた。良晴の知っている「歴史」では、木津川口の再戦で毛利が織田に敗れたため、足利幕府は完全に滅亡《めつぼう》。足利義昭は流浪《るろう》の元将軍として生涯《しょうがい》をひっそりと終えることになる。だが、良晴は兄から「幕府復興」の使命を託《たく》されて将軍位を継《つ》いだけなげなこどもも将軍を、できることなら京の都へもういちど戻《もど》してあげたかった。

「じゃが相良よ。苦戦が予想されるが、たとえ敗れても決して討《う》ち死にしてはならぬぞ。必ず、生き延びるのじゃ。もう、そちたちは一片の土地も持たぬ居候のわらわに、じゅうぶんすぎるほどに尽《つ》くしてくれた。これ以上を望んでは、わらわは兄上に叱《しか》られる。それに、この将軍さまへの忠義心よりもたいせつなものが、そちたちにはあろう」

「……忠義よりもたいせつなもの……」

「み、みなまで言わせるでない。『藪《やぶ》から棒』というやつじゃ！」

「ごめん。どのたとえと間違《まちが》ってるのかもわからない」

なんだ？「猫《ねこ》に小判」？「豚《ぶた》に真珠《しんじゅ》」？　いったいなにと間違えているんだ、将軍ちゃん……!? と良晴は戸惑《とまど》いながら、義昭の頭をそっと撫《な》でていた。

「でも、わかるよ将軍さま。俺も小早川さんも吉川さんも――必ず、生き延びるよ」

「こらっ！ 頭を撫でるのは将軍さまの役目じゃぞ！ ひょ、漂流《ひょうりゅう》を重ねているうちに逞《たくま》しくなったのう。身体《からだ》の大きさは兄上の半分くらいじゃが、か、海賊《かいぞく》らしゅうなったの」

将軍ちゃんのお兄さん・足利義輝《よしてる》って、村上武吉さんみたいな大男なのか……今は明国で剣術修業《けんじゅつしゅぎょう》に明け暮れているという。いつか会えればいいな、と良晴は思った。

「てるは、立派な姫《ひめ》武将に育つまで前線には出ちゃダメだ、って隆景と元春に参戦を禁じられているから、お見送りはここまでということで許してね相良お兄ちゃん。二人とも、過保護なんだよね～。てるが将来、毛利家の屋台骨を傾《かたむ》けるボンクラ武将に育ってもしーらないっと♪」

巫女軍団の中でもいちばん幼い「三代目」毛利輝元《てるもと》。毛利家の当主・毛利隆元の忘れ形見にあたる幼女だ。航海中は、毛利こども軍団を結成して、足利義昭、宇喜多秀家《うきたひでいえ》と仲良く遊んでいた。長崎《ながさき》で出会った南蛮のお菓子《かし》・カステラが大のお気に入りらしく、今もせっせと南蛮ナイフで切り分けてこども将軍と秀家とともに奪《うば》い合っている。良晴が教えた「博多ラーメン」はけもの臭《くさ》くてダメらしい。

「隆景と元春は、父上が遺《のこ》したてるを守るためならば、この海戦で討ち死にしても悔《く》いはない、って密《ひそ》かに覚悟《かくご》しているみたいなんだけど……お兄ちゃん。てるは、『毛利両川《りょうせん》』

の二人のお姉ちゃんがいないとなんにもできないダメな当主だから。だから……お姉ちゃんたちを、お願いね」

「ああ。わかってるよ。必ず——三人揃《そろ》って毛利姉妹《しまい》、だもんな」

「ほんとうは姉じゃなくておばさんなんだけど、それ言うと隆景にお尻《しり》ぺんぺんされるから、お姉ちゃんなんだよ～。ねえ、相良お兄ちゃん？　この決戦に勝ったら……隆景と結《けっ》婚《こん》して毛利家にほんもののお兄ちゃんとして居ついてくれる？」

「……ああ。勝ったら、な」

「あ。でも負けてもいいんだよ！　『俺、この戦争が終わったら結婚するんだ』は未来語で言う死亡フラグだもんね！　生きて帰ってきてね！　負けても、いいの……国をぜんぶ失っても、いいの……どっちでもいい。だから……隆景お姉ちゃんを幸せにしてあげてるのお兄ちゃんになって……」

「ありがとう。でも、負けたら織田軍が毛利領へと本格侵攻《しんこう》してくる。祝言どころじゃなくなるぞ」

「ええ、そーなんだー!?」

毛利隆元が暗殺されていなければ、小早川さんにも吉川さんにも、まったく違った人生が待っていたのかもしれない。幼くして毛利家三代目の家督《かとく》を継ぐことになってしまった、輝元も。俺は彼女たちを、「初代」毛利元就が遺した「決して天下を望むな」という遺言《ゆいごん》に背《そむ》かせようとしている。最悪の場合、海戦に敗れれば毛利家は滅《ほろ》びる。なんとしても、この子を守るために勝たなければならない――少なくとも、織田水軍の「完勝」は阻止《そし》しなければならない。これ以上毛利領へ侵攻することを織田信奈に断念させなければならない。

（織田、信奈……か……はじめて聞いた時は驚《おどろ》いたのに……なんだろう。昔から知っていた名前のような……）

巫女姿をしていてもぜんぜん巫女には見えない、どちらかというと「暗黒の使者」的なオーラを放っている暗黒寺恵瓊《あんこくじえけい》が、

「心配ご無用！　勝敗がどのような結果となるにせよ、毛利家も織田家もこの一戦で消え去るわけではありませんから～♪　戦後処理は、この外交尼僧《にそう》の恵瓊ちゃんにお任せを！」

と良晴を励《はげ》ます。

「恵瓊ちゃんの腹づもりでは、万が一この決戦でボコボコに敗れて毛利両川さまがともども討ち死にされた場合、毛利家は戦争継続《けいぞく》を断念して織田家に備中《びっちゅう》・備後《びんご》・美作《みまさか》・伯耆《ほうき》・出雲《いずも》の五ケ国を差し出して恭順《きょうじゅん》し、和睦《わぼく》を乞《こ》います。美作は宇喜多直家《なおいえ》領ですが、そこは連帯責任で～す♪　片方が欠けて痛み分けに近い形で敗れた時は、備中・美作・伯耆の三国を割譲《かつじょう》するということでケチります。負けても毛利両川さまがご無事でしたら、戦争は

継続。陸の国境線は動かず、です。留守番役の宇喜多直家にがっちり播磨《はりま》戦線を守らせておきますから。そして、もしも毛利方が勝てば……」

「……そのまま陸路と海路から上洛《じょうらく》し、織田家を滅ぼすのか？　それは……」

気が進まない。記憶《きおく》がなくとも、良晴はかつて織田家の家臣だった。五右衛門《ごえもん》と一益《かずます》、それに鹿之助《しかのすけ》がたしかにそう証言している。時折、なにかを思いだしそうになる。

「いえいえ。播磨、摂津《せっつ》といった山陽道沿いの要所を割譲させて、大坂本猫寺《おおさかほんびょうじ》に毛利軍の大本営を前進させ、いつでも上洛できる態勢を整えたところで『毛利家・織田家・本猫寺』の三者和睦に持ち込み、織田家を畿内《きない》から撤退《てったい》させます。毛利両川さまも織田家を滅ぼそうなどとは考えておりません。両家の国力差は圧倒的《あっとうてき》ですし、なにしろ、良晴どのの旧主にしてかつての恋人《こいびと》ですから——」

「……滅ぼすには、忍《しの》びない、と……」

はい。これは隆景さまのご意思です。冷血の将のような顔をしておいて甘いお方ですが、そこがあのお方らしいですよね、と恵瓊は苦笑していた。

「だが。織田信奈は必ず、先頭の旗艦《きかん》に乗ってくる。そこを狙《ねら》い撃《う》つ以外に勝ち目はない。俺は、記憶を失ったままに、昔の自分の恋人を討ってしまうかもしれない。俺は……取り返しがつかなくなってから不意に記憶を取り戻しそうで、それが……怖《こわ》いんだ」

「あなたがおられなければ、この戦《いくさ》で毛利を破ろうとも、いずれ織田信奈は高転びに転びます。あれほどの才知を持ちながら、心が、不安定なお方なのです。愛情に、餓《う》え渇《かわ》いておられるお方なのです。恵瓊ちゃんが想定する未来予測は、大きく外れることはありません。あなたは、きっと……」

いつしか、夜になっている。恵瓊は、月を背に海上に浮《う》かんだ三原城を眺《なが》めながら、まもなく訪《おとず》れるであろうなんらかの「未来」を観《み》ていた。

巫女服を着てロザリオを握《にぎ》りしめていた和洋折衷《せっちゅう》姿の宇喜多秀家が、

「お父さまが、極秘《ごくひ》にお話があると」

と、恵瓊が「観ている」未来の姿がどのようなものなのかわからずに戸惑う良晴に、そっと声をかけていた。

「宇喜多さんが？」

「はい。隣の船に、山中鹿之助《やまなか》さんの牢《ろう》が。お父さまはその牢のおそばで牢番をしています」

「宇喜多さんが俺に話って、なんだろう？　鹿之助とも話しておきたいな。生還《せいかん》できるかどうかわからないし」

「だいじょうぶです。お父さまが日和見《ひよりみ》して織田方に寝返《ねがえ》ったりしないよう、この秀家がきっちりお父さまを見張っておきますから！　がんばります！」

宇喜多さんって世間から「奸悪《かんあく》無限」と罵《ののし》られて娘《むすめ》の秀家に怒《おこ》られるのが日課になって

るけど、そんな悪い人には見えないんだよなあ。不思議なもんだな、と良晴は思った。

山中鹿之助は、せっかく琉球で人気者になっていながら、織田・毛利の和睦期間が終わると同時に律儀《りちぎ》に船牢に戻っていた。

「もっともっと私を苦しめていただきたい！　捕虜《ほりよ》に対してこの甘い扱《あつか》い、納得《なつとく》いきませんっ！　もっとこう、尼子《あまこ》十勇士筆頭の勇将を辱《はずかし》める責め苦の数々を期待していましたのに……なんとなく忘れられている気が……くっ……捨て殺しとは……はあ、はあ」

「し、鹿之助。俺はいよいよ木津川口へと向かう。ええと。俺が勝ったら、そろそろ捕虜生活を続けるのは諦《あきら》めて正式に俺の家臣として仕えてほしいんだけど……」

「あっ？　と、殿《との》おおおお！　断固として織田家へは帰参せぬ、お前のことは決して思いださない、これからも俺さまの肉奴隷《どれい》として扱ってやるから覚悟しな、と私を言葉責めしてくださっているのですね！　くううっ……！　これぞ、まさに七難八苦！　たまりません！」

「え、えええええ？　そんなこと言ってないし、そんな扱いしたことないよう⁉」

いつもの挨拶《あいさつ》のようなやりとりを交《か》わしたあと――。

牢の格子《こうし》を隔《へだ》てた向こう側で、鹿之助は不意に、真顔になっていた。

小窓から差し込んでくる月明かりに照らされた鹿之助の凜《りん》とした表情が、不意打ちのように良晴の胸を打った。

「……殿。あなたのお優《やさ》しさは痛いほど理解しています。たとえ歴史に抗《あらが》ってでも小早川隆景どのを守りたい、毛利家の運命を変えたいという殿のお気持ちも……この鹿之助も、殿に救われた一人ですから」

「俺が？　きみを？」

「そうです。私は……山中鹿之助は、ほんとうは織田家に捨てられて毛利に斬《き》られ、すでに野に朽《く》ち果てているべき人間です。殿が、そんな私の運命を変えてくださいました。でも……殿。小早川どのの運命を変えるためといえども、織田信奈さまを討ってはなりません。殿ご自身が、生涯に消えない悔いを残すことになります。私には想像もできないような後悔《こうかい》を……ですからどうか、その瞬間《しゅんかん》が訪れてしまった時は、踏《ふ》みとどまってください。思いだしてください。織田家での日々を。かけがえのない、あなたのもうひとつの人生を」

織田家の人々。織田信奈。敵味方に分かれた今も、俺との「絆《きずな》」は切れてはいないのだ。

鹿之助は、逃《に》げようと思えばいつでも逃げられた。なのに、俺のもとに留《とど》まり、こうして捕虜として牢に入っている。自ら、織田家と良晴の「絆」は決して消えてはいないという「証《あか》し」となって、良晴に「道」を示し続けてくれているのだ。

「……鹿之助。ありがとう。きっと、きみのその祈《いの》りが、俺を最悪の悲劇から救ってくれる」

「願わくば、殿の七難八苦をこの鹿之助が肩代《かたが》わりできれば。今宵《こよい》はそう、月に祈っています」

鹿之助は、格子の向こう側からそっと指を伸《の》ばして、良晴の頬《ほお》に触《ふ》れていた。

牢に降りてみたけど、宇喜多さんはいなかったな。どこへ行ったんだろう……。

良晴が甲板《かんぱん》に戻《もど》ってみると。

宇喜多直家がただ一人で、良晴を待ち受けていた。

「よう。オレの前に出る時には、鎖帷子《くさりかたびら》を着込んでいないと危険だぜ。オレが殺さないのは女と子供だけよ。不用心だぜ、相良良晴」

違う。いつもの親バカ露璃魂《ろりこん》教徒の宇喜多さんとは雰囲気《ふんいき》が違う。この殺気。この冷徹《れいてつ》な視線。まるで暗殺者だ……！　これが、戦国の梟雄《きょうゆう》、奸悪無限の男、ほんものの「宇喜多直家」……!?　良晴の全身が、ぞわっ、と震《ふる》えた。

「お、俺に話があるって言ってたんだろう？　だから捜《さが》していたんだ。まさか織田方に寝返って、俺を暗殺……」

「……恩賞は備中・備後の二ヶ国といったところか。その手もアリっちゃあアリだが、秀家に叱《しか》られるんでな。そもそも、お前はスキだらけだ。殺すならとっくに殺している」

な、なんだ。違《ちが》ったのか。宇喜多さんも、決戦を控《ひか》えて気分を武将モードに切り替《か》えているだけだったんだ。俺もいよいよ出陣《しゅつじん》ということで緊張《きんちょう》してブルってるんだな……兄貴分の宇喜多さんを疑うだなんて。良晴は安堵《あんど》のため息をつこうとした。

が、宇喜多直家は、なおも良晴を安心させてくれなかった。

「だいいち、相良良晴。お前を殺せば、オレは織田信奈に捕《と》らわれて大鍋《おおなべ》で煮《に》殺されるか、のこぎり引きの刑《けい》でなぶり殺されちまう。下手に逃げりゃ、秀家まで巻き添《ぞ》えだ。日ノ本から脱出《だつしゅつ》して呂宋《ルソン》まで逃げたって、あいつはオレを殺しに世界の果てまで追いかけてくる。お前はさ、織田信奈がどれほど激しくてどれほど強くてどれほどおっかねえ女か、忘れてんだよ。あんなに人間への愛憎《あいぞう》の念が深い女は、そうはいねえ……ほんものの、英雄だな。この日ノ本にあんな規格外の英雄は、千年に一人、出てくるかどうか」

もっとも、オレよりもお前のほうがずっとあいつに詳《くわ》しい。世界広しといえども、お前だけが織田信奈の真の理解者だ。お前だけが。相良良晴。

「お前は木津川口で負けるさ。本気で勝ちに来た織田信奈に、お前は勝てねぇよ。お前は敵をばったばったと薙《な》ぎ倒《たお》す戦士じゃねえ。いわば織田信奈の『盾《たて》』みてえな存在だ。どれほど村上水軍で鍛《きた》えられたって、鉄甲《てっこう》船の投入という未来を知っていたからって、あの姫《ひめ》武将の激しく燃え上がる『意志』の力を、お前は覆《くつがえ》せないさ」

「……宇喜多さん。俺一人の力で、織田信長《のぶなが》と同等の英雄を倒して歴史を変えられるだなんて、そこまで俺は思い上がってはいないよ。でも。小早川さんが。吉川さんが。村上さんたちが。毛利一家の人たちがいる。仲間たちが……宇喜多さんだっている。だから俺は、最後まで諦めない」

「そう言うと思ったぜ。だがまあ、心配すんな小僧《こぞう》。合戦の行方《ゆくえ》ってのは大なり小なり『運』が左右するもんだ。もしも勝てれば僥倖《ぎょうこう》。たとえ負けても……まあ、十中八九お前は負けるが……恥《はじ》を忍んで泥水《どろみず》をすすって、木津川口の戦場を生き残れ。なんとしてもな。小早川のお嬢《じょう》も、吉川のお嬢も、オレがなんとかしてやる。村上の旦那《だんな》だっている。だから、どんなかたちでも生き残るんだぜ、小僧」

たとえ女を泣かせる結果になったとしても、だ――。

「夢破れたからって、小早川のお嬢に勝ちを届けられなかったからって、美しく戦って散ろうなんぞと思うな。一時の感傷に浸《ひた》ってそんな甘えた選択《せんたく》をするようじゃ、てめえは男として下の下よ。だが、お前は、そんなひ弱な男じゃねえ。お前は必ず生き残る。心配すんな。負けたあとのことは、オレに任せろ。小早川のお嬢を、絶対にここで終わりにはさせねえからよ」

「どうして。どうして、俺をそこまで生かそうとするんだ。宇喜多さん？」

毛利家への恩義なんぞオレはかけらも感じちゃいねえ。日和《ひよ》って服従しているだけよ。オレは奸悪無限の宇喜多直家。オレ自身の利益のために、てめえを生かそうとしているだけさ、だから気にすんな、と直家は笑っていた。

「相良良晴。天下を誰《だれ》が手に入れるかは、オレなんざにはわからねえ。土壇場《どたんば》までオレはそろばんをはじき続け、薄汚《うすぎたな》く日和り続けるだろうよ。だが——天下人が誰になろうが、最後の最後に秀家を託《たく》せる『男』は、おそらくお前になるだろう。そんな予感がするのさ。だから、お前には生きていてもらわなくちゃ困るんだ。ただ、それだけだ」

が、まあ、オレは親バカ。見込み違いということもあるかもしれん。せいぜい生きろよ小僧。

宇喜多直家は、手をひらひらと揺《ゆ》らしながら、良晴の前から静かに立ち去っていた。

ついに、夜が明けた。

三原から木津川口への出陣は、予定より数日、早くなった。

巫女《みこ》軍団が三原を訪れたその翌日の早朝に、隆景が突如《とつじょ》として「ただちに急行し決戦する」と断を下したからである。

瀬戸内の海に展開していた伝令網《もう》から、演習の最後の詰《つ》めにかかっていた隆景のもとに、「雑賀衆《さいかしゅう》はこれより織田軍が新兵器を集めている堺《さかい》を攻め《せ》る」

という一報が届いたからだった。

「しまった。良晴から教わった織田信奈対策を内密にしていたため、織田軍による鉄甲船と大筒《おおづつ》の投入を知らない孫市《まごいち》が、堺という餌《えさ》に釣《つ》られた。おそらくはもう敗れている」

事実、この時すでに、堺を急襲《きゅうしゅう》した雑賀孫市率いる雑賀水軍は、織田信奈が投入した鉄甲船艦隊《かんたい》によって文字通り壊滅《かいめつ》していた。孫市が誇る大鉄砲《おおでっぽう》も、海上要塞《ようさい》・鉄甲船が搭載《とうさい》した大筒の前にはまるで歯が立たなかったのである。

この時点で、雑賀衆と毛利水軍による連携《れんけい》が、崩《くず》されている。「第一次木津川口の合戦」では、海戦を毛利が、陸戦を雑賀衆が分担することで、水陸で同時に織田軍を完璧《かんぺき》に粉砕《ふんさい》している。が、織田信奈は毛利との再決戦を前に、まず計略を練って各個撃破《げきは》策を採り、雑賀衆を海上におびき寄せて殲滅《せんめつ》した。しかも、出し惜《お》しみすることなく鉄甲船をぶつけた。

これまで織田信奈に常に一歩先んじ続けてきた智将《ちしょう》・小早川隆景が、はじめて織田信奈に出し抜《ぬ》かれたと言っていい。

（……こうして良晴と過ごしている時間を、失いたくなかったのだろうか。私ともあろう者が、判断を誤った。織田信奈に先手を打たれた……織田信奈は、なりふり構わず毛利を撃破して良晴を取り戻すつもりだ。彼女は織田家の蓄財《ちくざい》のすべてを、鉄甲船と大筒の開発量産に費やし、惜しみなく戦線に早々と投入してきた……！　対する私は、良晴を失うことを恐《おそ》れている。このままでは、敗れる）

まだ「丁字《ていじ》戦法」の練度は完璧ではない。この危険極《きわ》まる戦術をしくじって吉川元春を討《う》ち死にさせたくはなかった。できることならばあと一度だけ、演習を行いたかった。しかし、雑賀衆を失った今、戦況《せんきょう》は織田方優勢へと一気に傾《かたむ》いている。

　隆景は、姉を失う恐怖《きょうふ》、海賊《かいぞく》たちを死なせる恐怖、そして良晴を失う恐怖に震えながら
——村上水軍が誇る六百艘《そう》の大艦隊に「全艦出撃」を命じた。

　輝元たちに別れを告げる時間すらない、強行軍だった。

　織田信奈が今川義元《いまがわよしもと》を討つべく桶狭間《おけはざま》へ電撃的な奇襲《きしゅう》を敢行《かんこう》した時と同様に、村上水軍もまた、乾坤一擲《けんこんいってき》の「勝負」に打って出たのである。

「右頭三巴紋《みつどもえもん》」の旗を掲《かか》げた「囮《おとり》」の大型旗艦・安宅《あたけ》船には、「……私に任せろ」とすっかり妹になりきった影武《かげむ》者《しゃ》・吉川元春が乗船。

　総大将の小早川隆景は、副将・相良良晴と村上武吉とともに、小さな小早船へと乗船して無数の「船」の中に隠《かく》れた。敵前回頭する間、吉川元春が「囮」となって織田鉄甲船の大筒を一手に引き受けてくれる。そういう、非情の作戦なのだ。隆景がはじめて織田信奈に一歩遅《おく》れた一因は、間違いなく、姉にこの役目を実行させることを躊躇《ためら》っていたからだった。

　やや波が高いが、風向きもよく、天候も晴れ渡《わた》っていた。

　村上水軍艦隊は、一路、摂津の海へ。木津川口へと、突《つ》き進んだ。

　小早船に乗り込んでから、村上武吉は「貝」になって口をつぐんでいる。ここは隆景と良晴にとって「二人きり」の空間なのだ、と無言のうちに二人の背中を押してくれていた。

隆景も。

良晴も。

緊張のあまり、小早船に乗り込んでから、ほとんど口を開くことができないでいた。黒塗《くろぬ》りの巨大《きよだい》な「鉄甲船」の船団。人類がまだ見たことのない不沈《ふちん》の海上要塞。信じがたい火力と、焙烙攻撃《ほうろくこうげき》をものともしない防御《ぼうぎよ》力。「歴史」の結末を良晴は知っている。だから「歴史」を覆すために、あらゆる手を講じてきた。影武者・吉川元春。丁字戦法。敵前回頭。火力では沈《しず》められない鉄甲船を沈めるための「磁石」作戦。磁石をかき集めるための、博多、長崎、琉球、マカオへの大遠征《だいえんせい》。すべての努力が、無謀《むぼう》な「賭《か》け」だった。しくじれば、すべてを失う。

（……小早川さんが、怯《おび》えている……）

俺が弱気になってどうする！　と、良晴は自分の頬をぴしゃっと叩《たた》いて、気合いを入れた。勇気を奮い起こすのは今だ。今しかない。

「小早川さん。会った記憶《きおく》はないけれど、あの伝説の雑賀孫市なら、戦《いくさ》に敗れても死んだりはしないよ。孫市さんには悪いけれど、むしろこれで織田軍は村上水軍にも勝てると確信して勢いづいているはずだ。こっちが極秘《ごくひ》に対策を練ってきたことまでは、織田方はまだ摑《つか》めていない」

住吉《すみよし》から木津川口へと展開しているという織田鉄甲船団までの距離《きより》をぐんぐんと縮める

中、良晴はけんめいに隆景の肩《かた》を抱いて支えながら、自分と隆景を鼓舞《こぶ》しようと言葉を重ねた。

「そうだな。良晴の言うとおりだ。長丁場になれば手の内を知られる。このまま即座《そくざ》に織田と海上で対決せねば、勝機を逃《のが》す」

この時。

海上を先行していた決死の斥候《せっこう》船から、「烽火《のろし》」を用いた暗号連絡《れんらく》が入った。

その暗号の内容は——。

我、織田軍の鉄甲船艦隊を発見。

全身黒塗りの鉄甲船、全七艘。

その船体は、途方《とほう》もなく、巨大。

搭載された大筒、数十門。

陣形は、水軍の常識を無視した「単縦陣」。

陣の先頭に、敵方の総大将・織田信奈が乗り込んだ旗艦「鬼宿丸《きしゆくまる》」。

まだ隆景たちの船から、遠眼鏡《とおめがね》で目視できる距離ではない。

目視するまでは、この報告をすべて鵜《う》呑みにすることはできない。それは危険だ。が。

目視できる距離まで接近すれば、即座に、開戦することとなる。

そして、小早川隆景は、この斥候からの暗号を読むと同時に、自らの「敗北」という運命を悟《さと》った。

海上で縦陣を敷《し》いて、大将の織田信奈自らがもっとも危険な先頭の旗艦を率いるという、非常識極まる「新戦術」。

このような事態を、相良良晴以外の誰が予想し得ただろうか。

鉄甲船の開発投入と大筒の量産は、良晴でなくとも、未来人であれば「未来知識」によって予測できる。

しかし、敗れれば死あるのみのこの海上決戦で、「天下布武」を目指す総大将自らが船団の先頭に立つなどという常識外れの織田信奈の勇気と決断と選択を予想し得《う》る者は、相良良晴しかありえなかった。信奈のもとに仕え、長年にわたって信奈を公私ともに「恋《こい》人《びと》」として支え続けてきた相良良晴だけが、この展開を予想していた。

ああ。二人の間には、私には及《およ》びもつかない長い時間が積み重ねられてきたのだ。この戦国の世界に召喚《しょうかん》された良晴は、はじめに私ではなく、織田信奈と出会った。私と良晴の「時間」よりもずっと早く、なによりもずっと以前より、いちばんはじめから。二人の「絆《きずな》」は、決して切り離《はな》されることはない。私と良晴の「時間」は、きっと、歴史の「幕間《まくあい》」にすぎない——。

（良晴は今でも、誰よりも深く織田信奈という異形の英傑《えいけつ》を、超世《ちょうせい》の英雄《えいゆう》を、孤高《ここう》の少女を、理解している。きっと……織田信奈も、また。私は、追いつき、追い越《こ》すことができなかった。「時間」の差と出会った順序の差で、そして彼女が抱《いだ》く「天下布武」への執念《しゅうねん》の前に、私は、織田信奈に敗れる。良晴に出会うのが、遅《おそ》すぎた。勝てない。これだけ努力してこれほどの犠牲《ぎせい》を払《はら》ってなお、織田信奈には勝てない。私が、私欲《しよく》を抱いたばかりに。姉者も。村上水軍の海賊たちも。良晴も。なにもかもを失ってしまう……！）

隆景が、まもなく訪《おとず》れる「未来」を、「結末」を予感して、震《ふる》える。

良晴は、そんな隆景の肩を抱きしめながら、なにか言葉を紡《つむ》ごうとした。

まもなく、遠眼鏡が織田鉄甲《てっこう》船の姿を捉《とら》えるだろう。

発見まで。

目視まで。

あと、およそ十秒。

発見してしまえば、「状況《じょうきょう》」を伝え、「作戦」を語り、「指示」を飛ばすことになる。もう、迷っている猶予《ゆうよ》など、なくなる。

だが、あと十秒の、沈黙《ちんもく》。

この十秒の間に。

良晴は、自らの敗北を予感して震えている隆景に。

なにを言えばいいのか、わからなかった。

（どうしてだ。なぜだ。不意に、「夢の終わり」が、来た。毛利一家での「夢」のような日々が、終わってしまう。小早川さんのもとから去る時が、来てしまった。いきなりそんな気がして、俺の身体《からだ》が、金縛《かなしば》りに……）

そんなはずはない。勇気を出せ。なぜ俺の声が出ない。なぜ言葉が出ない。なぜ小早川さんを守る言葉が出てこない。考えるな。理屈《りくつ》なんか要《い》らない。ただ、小早川さんへの俺の想《おも》いを口にすればそれでいいんだ。どうして固まっているんだ。この死地で。これが俺の限界、俺の本性《ほんしょう》だというのか？　そんなはずはない！　それでも男か。相良良晴！　動け！　なぜ、口が動いてくれないっ？　声を出せ。言葉を紡げ！

（俺は……俺は……！）

……

……

……

「あ、あれ？　こ、ここは……横浜《よこはま》の俺ん家《ち》じゃないか!?」

そうだ。この横浜港を一望に見渡《みわた》せる……はずが、隣《となり》のタワマンが邪魔《じゃま》になって見晴らしが微妙《びみょう》なリビングダイニング。父さんが仕事関係のツテで安く買ってきた、ちょっとくたびれたカリモクのソファー。母さんがオープンキッチンで煮《に》ている「横須賀《よこすか》カレー」の匂《にお》い。母さんは、夕食の準備が面倒臭《めんどうくさ》くなると、すぐに横須賀カレーとサラダで誤魔化《ごまか》すんだ。そしてこのメニューが三日三晩続く。三日目ともなるとカレーがすっかり煮詰《につ》まって濃《こ》くなっているから、横須賀カレーではなくなってもはや金沢《かなざわ》カレーと化す上に、カレーを食べ飽《あ》きた母さんがカツを載《の》せてきて「今夜はカレーじゃなくてカツカレー。献立《こんだて》が変わったわよ良晴」と適当なことを言いだすのだ。まーた付け合わせは無添加《むてんか》の茶色い福《ふく》神漬《じんづ》けなんだろうか。ギトギトに赤い福神漬けじゃないと俺はイヤだ。だいいちカレーだのカツだの食わせておいて、福神漬けだけは健康志向とかおかしいだろ。意味がない。

テレビ周囲のサイドボードには、シャア専用ズゴックをはじめとする某《ぼう》バンダイのガンプラがずらりと並んでいる。これは俺の趣味《しゅみ》じゃない。俺は斎藤道三《さいとうどうさん》フィギュアとか安土《あづち》城プラモを好んで作る、老成した男子高校生だからな。ガンプラは、父さんの趣味だ。タワマンは地震《じしん》が来ると揺《ゆ》れる。リビングの壁《かべ》になっている石膏《せっこう》ボードは亀裂《きれつ》が入りっぱなしだ。いちど地震でぜんぶひっくり返ってガンプラが壊滅《かいめつ》した時、父さんは「ふふふ」と不気味な笑みを浮《う》かべながら「父さんがこれまでガンプラに投資した時間と金額を考えてみるがいいであります……」とぶっ壊《こわ》れたギャンをちーんと指で叩いて、微妙な軍曹《ぐんそう》口調でなにごとかをつぶやいていた。

「なんだ良晴？　また『織田信長公の野望』の超級モードでぼろ負けして、どうすりゃ勝てるんだ……と嘆《なげ》いているのか？　『僕が考えた最強の武将軍団』を脳内で編成して『勝てる、勝てるんだ！』と駆《か》けだして、お隣のけいゆう病院で村田《むらた》と吉村《よしむら》が静かに息を引き取った、なんて展開はなしにしてくれよ」

「と、父さん？」

「良晴は同盟軍の仲間の救援《きゆうえん》加勢に奔走《ほんそう》してばかりで、自分の戦功を稼《かせ》がないから。誰《だれ》に似た性分なのかしらね～」

「母さんまで？」

ゆ、夢か？　夢なのか？　こんな会話を父さんと母さんを相手に交《か》わした記憶は、俺にはない。父さんはたしかに実年齢《じつねんれい》より若い。ＳＦ小説作家崩《くず》れでガンプラオタではあるが、こんなネタ口調でしゃべったりしないし、母さんが俺がハマっている戦国ゲームに詳《くわ》しいのもおかしい。

でも……夢とは思えない。たしかに、父さんも母さんも生きている。幻《まぼろし》じゃない。この部屋だって。窓の外に映る横浜の風景だって。俺自身の呼吸も鼓動《こどう》も。母さんが煮ているカレーの香《かお》りも。なにもかもが、ほんもののような……。

「なにか悩《なや》んでるんだな、良晴？」

悩んでいる？

そうだ。

「……父さん。俺……この世界に。自宅に。自分の家に帰る努力をしたことがなくて。生きているのに。死んだわけでもないのにさ。普通《ふつう》、唐突《とうとつ》に異世界に送られて迷子《まいご》になったら、帰り道を探すのが当たり前なのに。迷わずに、戦国時代で生きる道を選択《せんたく》してしまった。『逃《に》げるな』って声が聞こえてきて……俺って、親不孝者、なのかな……」

そうだ。なにかがわだかまっていた。俺は、なぜだろう、「現代への帰還《きかん》」についてほとんど考えたことがなかった。俺の身を案じていた小早川さんのほうがむしろ、帰還方法について調べてくれていたくらいだ。俺は、父さんや母さんに再会したくないのか？　ある日いきなり勝手に家から消えて、それっきり戻《もど》らなくて、それでいいと思っていたのか？　いいわけないだろう。どうして、俺は？

それどころか、俺は……俺は、かつて現代に帰還する唯一《ゆいいつ》のチャンスを、自ら捨てたような……そんな気がして……うっ……頭が……。

「ははは。父さんだって、海外を飛び回っていて滅多《めった》に日本に戻ってこないじゃないか。かわいい子には旅をさせろ、だよ良晴。最後に戻るべき場所があるのならそれでいいし、戻ってこられなかったとしても、それはそれで構わない。故郷《ふるさと》は、遠きにありて思ふもの、だ」

「父さんは海外の港々にハーレムを築いていますものね～。東京ではなく敢《あ》えて横浜に暮らしているのだって、港があるから……ハーレムへの玄関口《げんかんぐち》だから、ですものね～」

「そ、それは誤解だ母さん！」

俺は、なぜかぽろぽろと泣いていた。「夢」が終わる時が来た、小早川さんと別れなければならない時が来たのだ、と気づいたからだ。俺は……俺は、父さんを捨てて、母さんを捨てて、友達も学校も故郷の町も捨てた。この現代の世界を捨てて、小早川さんを守ろうとがんばってきた。

それなのに。

それなのに――俺がしてきたことは、いったい、なんだったんだろう？

「いいか良晴。父さんは今、建築家という仕事をしているが、建築というのは要は人間の頭の中だけに存在する『想像』を現実の世界に現出させる仕事だよ。まあ、科学というのは理屈は魔法《まほう》と変わらない。『想像』を『現実』に――都市というものじたい、人間の想像力の産物だろう？　小説だってそうじゃないか。父さんはSF小説家にはならずに建築家になったが、どちらも大局的には同じことだよ。想像したものを、この世に現出させたい、この世界に遺《のこ》したい、人々と共有したい。それが人の営みというやつだよ」

そうだ。だから……だから、不動の現実、永遠の世界なんてものはない。築き上げたものは、いつだって、一瞬《いっしゅん》で壊れてしまう。都市だって。一瞬の地震で。一瞬の津波《つなみ》で。一発の爆弾《ばくだん》で。あっけなく壊れてしまう。父さんが世界各地に建築した建物のうち、どれだけが寿命《じゅみょう》を迎《むか》える前に天災や戦争やテロで壊れてしまったことか。

かつて小早川さんは、兄さんを毒殺されていちど心が壊れた。彼女を守りたかった。でも、どれほど人を愛したって……どれほどがんばったって……最後まで守り抜《ぬ》くことなんて、結局、不可能なんじゃないか。俺と小早川さんの恋だって……「織田信奈」という俺のかつての恋人との記憶《きおく》と絆を犠牲にした上で成り立っている。

どうすればいいんだろう。どうすれば、俺は。小早川さんを幸せにできるんだろう。

「人間の営みは、人生は、みな夢だよ良晴。形あるものは、すべて壊れる。人間は、生老病死から逃《のが》れることはできない。誰もが、最後には死ぬんだよ。父さんも。母さんも。残念ながら、良晴もだ。だから、誰かを『完全に守り抜く』ことは、人間にはできない」

「だったら、父さん。最後は『死』というバッドエンドが確定しているのなら、愛する人を守れないと決まっているのなら、必ず死別すると定められているのなら、生きている意味なんて、ないじゃないか！」

「……いや。バッドエンドではないよ。だって父さんと母さんは、良晴。お前を生んだじゃないか。お前が生まれてきてくれたから、父さんと母さんは、幸福な時間を与《あた》えられたのだよ。その時間が、無意味だったはずがない。いつか終わりが来るとしても、過ごした時間は、嘘《うそ》ではない。人生は夢だが、夢だから『嘘』だとか、夢だから『無意味』だなんて考えに囚《とら》われてはいけないよ、良晴。むしろ……夢だからこそ、守るべき価値がある。

誰かが守らなければ、誰かが生みださなければ、夢は、たちどころに消えてしまうのだから。親がけんめいに世話をしなければ、赤子がすぐに死んでしまうのと同じに」

そしてその「赤子の世話」こそがなにものにも代えがたい「幸福」なのだよ、人は結局、他人と夢を共有しなければ生きられない存在なのだから、と父さんは微笑《ほほえ》んでいた。

まったく。

お人好《よ》しだな、この人は……。

「なあ、良晴。父さんと母さんの夢はいつか終わる。だが、夢はお前に引き継《つ》がれる。お前の夢も、お前の子供や仲間たちに。だいじょうぶだ。今は、帰り道を探さなくてもいいんだよ。お前自身の『夢』を生きなさい。私たちはきっと、また会える。父さんには、そんな予感があるのだよ。なにしろ、父さんは実は天才SF作家だからね。あまりにも天才すぎて一般《いっぱん》受けしなかったがね。は、は、は……」

ああ。

「夢」が終わり、もうひとつの世界へ、俺は戻りはじめている。

父さん。

あんまり働きすぎるなよ。「毎日休まず仕事をする」というわけのわかんねーポリシーは捨てろよ。ちゃんと健康診断《しんだん》受けろよ。あと……母さんが鬼《おに》と化すから、あんまりガンプラ増やすなよ。それと、母さん。世の中、料理はカレーだけじゃない。ハヤシもあるぞ。

それに、それに。マヨネーズたっぷりの、揚《あ》げたこ焼き、だって……子供の頃《ころ》、シネコンのフードコートでよく一緒《いっしょ》に食べたよな。映画を観《み》た帰りに。あれ、めちゃくちゃ美味《おい》しかった。

「良晴。あなたはいつか、女の子になって戻ってくる気がしてならないわ。どうしてかしら？」

「ははは。それは斬新《ざんしん》だ！　母さんのほうがＳＦ作家の才能があるな！」

「……父さん。母さん。ありがとう……」

俺を……生んで、育てて、くれて……。

ああ。

そうだ。

俺は、「夢」から、覚めていた。

戻って来た。

ここが、「現実」の世界だ。

木津川口。

村上水軍。

村上武吉さん。

そして――記憶をいちど失った俺にとっての「初恋《はつこい》」の人、小早川さんが、俺に肩《かた》を抱《だ》かれながら、かぼそい声を発していた。俺の目を覚まさせようと、するかのように。けんめいに。迫《せま》り来る運命への恐怖《きようふ》と戦いながら。

「……本日、天気晴朗なれども、浪《なみ》高し」

「お嬢《じよう》、あれだぜ！　おおお、でけえええええ！　住吉の港の前を、織田の黒い巨船《きよせん》団が縦一列に並んで突《つ》っ走っていやがる！」

見えた。

織田軍が誇《ほこ》る、黒塗《くろぬ》りの鉄甲《てつこう》船団。

この時代の日ノ本と南蛮の造船技術の粋《すい》を結集した、究極の建造物。最高にして最強にして無敵にして至高。織田信奈は、奇跡《きせき》の如《ごと》く、その精神の中に湧《わ》き上がってやまない「想像」を、現実世界に、生みだしていた。これが、織田信奈。これが、俺と小早川さんが戦わなければならない相手。想像の世界も。現実の世界も。彼女には。織田信奈には、いっさい関係ないのだ。いずれも等しく、彼女の世界。「織田信奈の世界」なのだ。

ああ。強い。途方《とほう》もなく、強い。彼女には、この国のかたちが、見えているのだ。はっきりと。決して、揺《ゆ》らぐことはない。二度とこの国に現れることのないであろう、千年に一人の、英雄《えいゆう》――。

それでも、勝つ。勝ちたい。どうしても、勝ちたい。たとえ、俺と彼女との「絆《きずな》」が決して消えないものなのだとしても。

それでも、小早川さんを、俺は――!

村上武吉さんが。小早川さんが。俺自身が。この絶望的な「戦況《せんきょう》」について早口で語り合っている。叫《さけ》びあっている。彼我の距離《きょり》は、ぐんぐんと縮んでいく。

「野郎《やろう》ども、無敵の村上水軍が九鬼《くき》水軍の鉄甲船に敗れるという忌《い》まわしい歴史を変える時が来た!」

「「おおおお!」」

「みんな、すまない。この戦《いくさ》に勝てば、織田家は畿内から撤退《てったい》するほかなくなるだろう。今一度、私に力を貸してくれ」

俺たちは長蛇《ちょうだ》の陣形《じんけい》を築きながら、鉄甲船団の真正面へと突進《とっしん》していく。

織田信奈が乗り込む「鬼宿丸《きしゅくまる》」の舳先《へさき》めがけて、一直線に。

乾坤一擲《けんこんいってき》の「丁字《ていじ》戦法」を、決行するために。

「行くよ、小早川さん。勝とう。運命に」

「……ありがとう、良晴。私はもう、なにも……怖《こわ》くない」

織田鉄甲船団による大筒射撃《おおづつしゃげき》開始まで、あと、十秒。

毛利

遠眼鏡《とおめがね》を放り投げながら、小早川さんになりきった吉川さんが、全船団へ届けとばかりに高らかに、そして清らかに声をあげていた。

「わが恋の成就《じょうじゅ》なるや否《いな》やは、この一戦にあり！　毛利村上が誇る海の勇者たち、いっそう奮闘《ふんとう》せよ！」

うおおおおお！　と、六百艘《そう》の船に乗り込んだ村上水軍の男たちが、いっせいに呼応していた。

ここに。

「第二次木津川口の合戦」の幕が、切って落とされた。

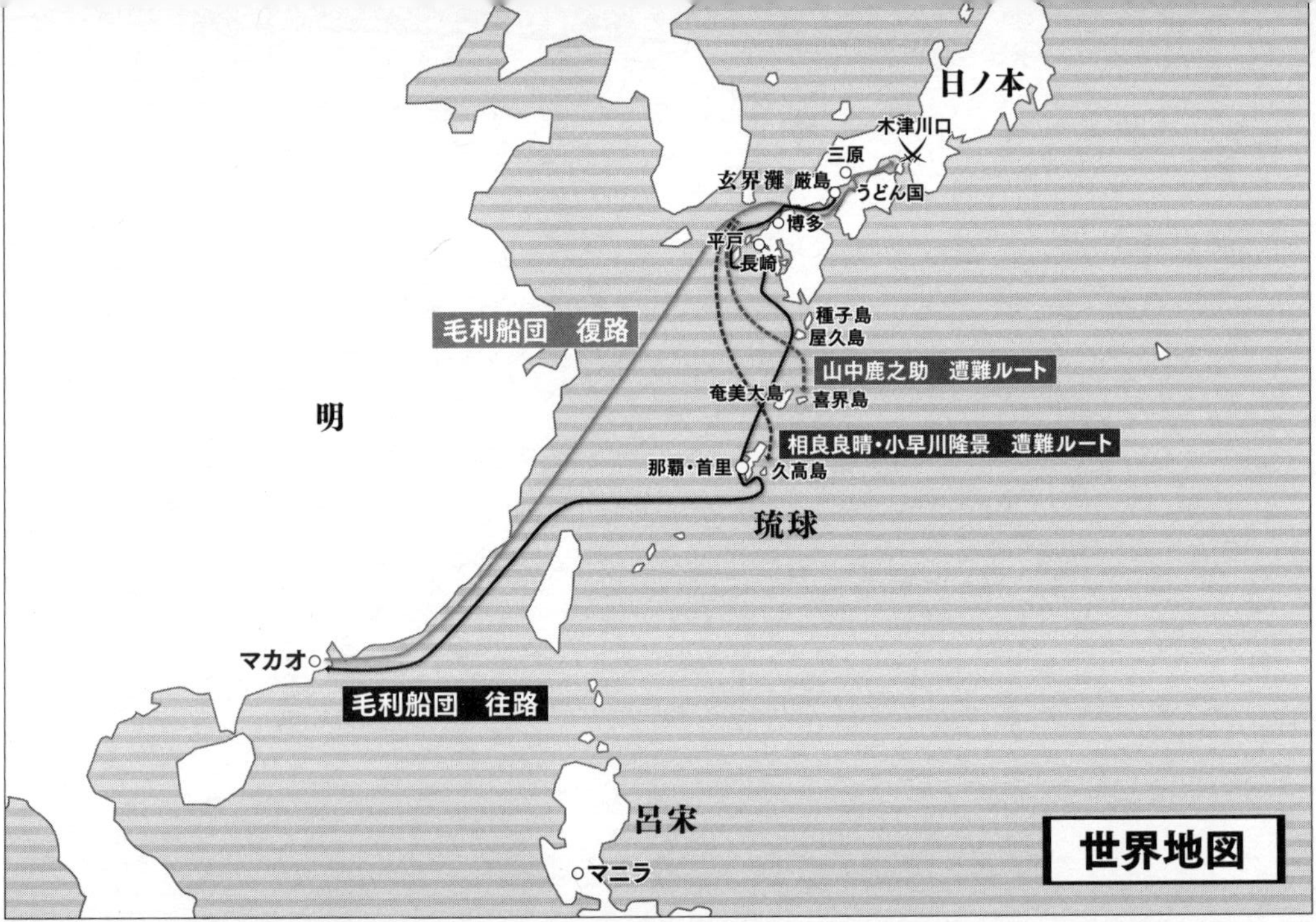
世界地図
日ノ本
木津川口
三原
玄界灘
厳島
うどん国
博多
平戸
長崎
種子島
屋久島
山中鹿之助　遭難ルート
奄美大島
喜界島
相良良晴・小早川隆景　遭難ルート
那覇・首里
久高島
琉球
明
毛利船団　復路
毛利船団　往路
マカオ
呂宋
マニラ

あとがき

「織田信奈《おだのぶな》の野望 安土《あづち》日記2」は、「織田信奈の野望」本編ではページ数の都合で書けなかった、相良《さがら》良晴の毛利《もうり》家時代を描《えが》いた連作短編集です。つまり、幻《まぼろし》の小早川《こばやかわ》さんルートです。

11巻で「第二次木津川口《きづがわぐち》の合戦」がはじまる直前までのおよそ半年弱の間、大量の磁石を求めて、良晴《よしはる》と小早川さん、吉川《きっかわ》さんたち毛利一家が航海の旅を続けるという物語です。貿易の旅ですから本格的な合戦はほとんど発生せず、ずっと良晴と小早川さんがいちゃいちゃしているところに、吉川さんたちが茶々を入れ続けるという優《やさ》しい世界で――もしも本編で書いていたら、そのままタイトルが「小早川隆景《たかかげ》の初恋《はつこい》」になってヒロイン交代、勢いで筆が滑《すべ》って毛利家が天下布武達成！　というIFルートに分岐《ぶんき》しかねなかったのと、なにしろ一冊分たっぷり書かせていただけたので、「安土日記」で書いてよかったのかなと思います。

「ドラゴンマガジン」で六話分連載《れんさい》させてもらったものをベースに一部加筆修正し、文庫本化にあたってマカオ編を新たに一話追加して完成となりました。

船旅のルートは、途中《とちゅう》で船団が分岐しますが、おおむね安芸《あき》厳島《いつくしま》→博多《はかた》→長崎《ながさき》→琉球《りゅうきゅう》

↓マカオ↓うどん国↓三原《みはら》↓木津川口。

このうち、博多と沖縄《おきなわ》には住んでいた時期があるので、その当時のことを懐《なつ》かしく思いだしながら原稿《げんこう》を書いていました。博多に引っ越《こ》して驚《おどろ》いたことといえば、
・女の子が博多弁をしゃべるとすごくかわいく聞こえる!?
・道路は、西鉄バスだらけ　バスターミナル！
・博多と福岡《ふくおか》は違《ちが》う　主に黒田家《くろだ》のせい
・「一蘭《いちらん》」というラーメン屋が美味《うま》い！
最近は関東でも「一蘭」のラーメンは食べられるんですが、天神西通り店の釜《かま》だれとんこつ味は違《ちが》うんです。もうちょっと時間とお金があれば食べに行きたいです……。

沖縄では、那覇《なは》からちょっと離《はな》れた宜野湾《ぎのわん》でしばらく暮らしてたことがあるんですが、驚いたのは電車がないんですよ。昔はあったらしいんですが……美ら海《ちゅらうみ》水族館行きのバスに乗ろうとしたら逃《のが》して次が十時間後？　タクシーで行ったらたいへんな金額に。しかし、運転手さんがとても親切な人で、小説の取材に来たと言ったら今帰仁《なきじん》グスクへサービスで連れていってくださいまして、海を望む丘《おか》の上にそびえる今帰仁グスクはまるでケルトの古城のようで、その幻想《げんそう》的な光景に感激しました。ただしその後、「わし、孫にお土産《みやげ》買って帰りたいのでパイナップルパークに寄っていくわ」と、パイナップルパークに連れ去られまして、まあ、すごくてーげーでしたが（笑）。

ただ、沖縄は食べ物がたいへんでしたね。地元の定食屋に入ったら、スパム焼きとスパムの唐揚《からあ》げが一緒《いっしょ》に出てきて（なぜ揚《あ》げる？）、味噌汁《みそしる》のかわりにソーキそばと善哉《ぜんざい》が！

でもまあ、ほんとうに海が綺麗《きれい》で、海のある町に生まれ育った春日としてはもう海目当てで沖縄に定住しちゃおうと思ったのですが、飛行機恐怖症《きょうふしょう》で羽田へ行くたびに恐怖だったのと、沖縄のGが恐《おそ》ろしいので夏は住めないと思いまして断念した次第です。奴《やつ》らは本土のGよりもはるかに巨大《きょだい》で、数も多く戦闘《せんとう》力も高く、しかも人間を発見すると飛んできて襲《おそ》ってくるんです……夏の夜は絶対に外出できません。「スターシップ・トゥルーパーズ」か「ミスト」か、ということになります。

うどん国編は、もともとは本編に入るはずだったんですが、入れるタイミングを逸《いっ》したので小早川さんに立ち寄ってもらいました。なんか磁石ツアーというよりも麺類《めんるい》ツアーみたいになってますが、本編では謎《なぞ》の国として唐突《とうとつ》に登場したうどん国の秘密（？）がようやく明らかになります。

「信奈」は11巻から小早川さんというキャラクターの力に引っ張られて、作者が想定していた以上の長期シリーズとなり本来は幻になるはずだった「関ヶ原編」が書けたわけですが、「安土日記2」はそんな小早川さんへの感謝を込めて――という面もあります。ただ、19巻の内容は「祝言《しゅうげん》か!?　はぁれむか!?」でしたが、二月に発売される20巻は、「世界大戦か!?　世界はぁれむか!?」。ついに、斎藤利三《さいとうとしみつ》の大奥構想は世界規模に――あれっ正妻はどうした？　という話ですが、いやあ、小早川さんの磁力は恐ろしいですね。

というわけで、「織田信奈の野望」もいよいよクライマックス。20巻をどうかよろしくお願いします。

なお、信奈20巻と同時に、新作「真・三国志妹　俺の妹が邢道栄に転生するはずがない」が同じ富士見ファンタジア文庫から発売される予定です。内容は、タイトルの通りです。三国志で、妹です。説明不要ッ！　戦国を書いたなら、当然、次は三国志でしょう——ということで構想はずっとあったのですが、現代人の主人公が女の子だらけの三国志世界に召喚《しょうかん》、では名作「恋姫《こいひめ》†無双《むそう》」と同じ話になってしまいます。この課題をクリアするアイデアを捻《ひね》り出すまで時間がかかってしまいました。２０１８年3月号の「ドラゴンマガジン」で第零話が先行掲載《けいさい》されていますので、「いったいなにがはじまるんです？」と気になった方はぜひ。

また、他社作品ですが、集英社ダッシュエックス文庫から「ユリシーズ」の4巻も同時期に発売されます。こちらはアニメ化企画《きかく》進行中です。これで和・洋・中揃《そろ》い踏《ぶ》みで、体力がちょっと心配ですが、調整させていただきながら完走させられれば、と思います。

春日みかげ

初出

巻ノ一　旅のはじまり　安芸厳島……ドラゴンマガジン2017年1月号掲載
巻ノ二　石築地と神風　博多……ドラゴンマガジン2017年3月号掲載
巻ノ三　こども十字軍と、小早川さんのニライカナイ　長崎……ドラゴンマガジン2017年5月号掲載
巻ノ四　小早川さんのニライカナイ(承前)　琉球……ドラゴンマガジン2017年7月号掲載
巻ノ五　けものラーメンが歴史を変える　琉球、マカオ……書き下ろし
巻ノ六　讃岐うどんのお姫さま　うどん国……ドラゴンマガジン2017年9月号掲載
巻ノ七　旅の終わり　三原・木津川口……ドラゴンマガジン2017年11月号掲載

富士見ファンタジア文庫

織田信奈《おだのぶな》の野望《やぼう》　安土日記《あづちにっき》 2
小早川隆景《こばやかわたかかげ》の初恋《はつこい》

平成30年1月20日　初版発行

著者――春日《かすが》みかげ

発行者――三坂泰二
発　行――株式会社KADOKAWA
〒102-8177
東京都千代田区富士見2-13-3
0570-002-301（ナビダイヤル）
印刷所――暁印刷
製本所――BBC

※定価はカバーに表示してあります。
KADOKAWA　カスタマーサポート
［電話］0570-002-301（土日祝日を除く 11時～17時）
［WEB］http://www.kadokawa.co.jp/（「お問い合わせ」へお進みください）
※製造不良品につきましては上記窓口にて承ります。
※記述・収録内容を超えるご質問にはお答えできない場合があります。
※サポートは日本国内に限らせていただきます。

ISBN978-4-04-070897-3 C0193

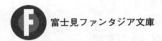

ファンタジア文庫
1～7巻好評発売中！
Misaki Honoka
水崎萌香
優等生にして、一真の彼女。エロゲを教えてもらうことに!?
初めてできた
優等生の彼女が
自分好みに染ま

第31回ファンタジア大賞
原稿募集中！
賞金
〈大賞〉300万円
〈金賞〉50万円〈銀賞〉30万円
胸がキュンキュンするような原稿待ってるよ！
締め切り
後期 2018年2月末日
選考委員
葵せきな「ゲーマーズ！」×石踏一榮「ハイスクールD×D」×橘公司「デート・ア・ライブ」×ファンタジア文庫編集長
投稿＆最新情報▶http://www.fantasiataisho.com/
イラスト：深崎暮人